Danger mortel

PEGGY NICHOLSON

Danger mortel

AMOURS D'AUJOURD'HUI

Cet ouvrage a été publié en langue anglaise
sous le titre :
THE SCENT OF A WOMAN

Traduction française de
JEANNE DESCHAMP

HARLEQUIN ®
est une marque déposée du Groupe Harlequin
et Amours d'Aujourd'hui ®
est une marque déposée d'Harlequin S.A.

Illustration de couverture
Femme · © IMAGE BANK / ALAN DANAHER

Toute représentation ou reproduction, par quelque procédé que ce soit, constitue-
rait une contrefaçon sanctionnée par les articles 425 et suivants du Code pénal.
© 1998, Peggy Nicholson. © 2001 Traduction française Harlequin S.A.
83-85, boulevard Vincent-Auriol, 75013 Paris — Tél. 01 42 16 63 63
Service Lectrices — Tél 01 45 82 47 47
ISBN 2-280-07734-5 — ISSN 1264-0409

1.

Jon Sutton manœuvra son fauteuil roulant pour améliorer sa position face au téléviseur. La projection débutait sans bande-son ni générique. Rien d'étonnant. Ce n'était pas un film de fiction que lui faisait visionner son frère, mais une simple vidéo amateur. Le premier plan était néanmoins digne d'une production hollywoodienne : emplissant l'écran, une forme mouvante, galbée, gainée de soie noire...

Inexplicablement troublé, Jon retint un instant son souffle. Puis un sourire involontaire se dessina sur ses traits : il s'agissait tout simplement d'une paire de hanches féminines. Des hanches magnifiques, au demeurant, qui s'éloignaient de la caméra avec un balancement irrésistible, rythmant un message qui disait en substance : « Messieurs, tombez à mes pieds... »

Il pouvait au moins en tirer une première conclusion : l'agent du FBI qui tenait la caméra cachée était de sexe masculin ! Se détournant des courbes tentatrices qui se mouvaient à l'écran, Jon jeta un bref coup d'œil à son frère. Vautré dans son meilleur fauteuil, l'agent secret Trace Sutton faisait mine de se concentrer sur la projection. Mais un petit sourire satisfait flottait au coin de ses lèvres. Trace semblait se féliciter tout bas d'être parvenu à éveiller sa curiosité.

Jon fronça les sourcils.

7

— Charmant postérieur... Pourquoi me montres-tu cette cassette, Trace ? Tu envisages de te reconvertir dans le porno ?

Son frère se mit à rire.

— Pas vraiment, non. Attends de voir la suite...

La caméra prit du champ et la femme en noir apparut de pied en cap — court vêtue mais ultrasophistiquée. Ni le personnage ni le contexte, effectivement, n'évoquaient l'univers sulfureux du cinéma classé X. Longue, brune et élancée, la jeune femme évoluait dans un restaurant à l'atmosphère feutrée. Un établissement de luxe, à en juger par le raffinement du décor et l'élégance des dîneurs. Au milieu de cette foule huppée, miss Jolies Hanches faisait une arrivée remarquée, vu le nombre de regards qui s'attachaient à sa personne.

Estimant que le mystère avait assez duré, Jon fronça les sourcils.

— Alors ? C'est quoi ton truc, Trace ? Une présentation de mode ?

— Niet.

— Cette radieuse beauté en noir nous viendrait-elle, par hasard, du pays d'Anna Karénine ? C'est une dangereuse espionne russe ?

Bien que Trace fût tenu au secret, Jon savait que son frère s'intéressait de près aux agissements de la toute puissante mafia russe qui avait commencé à étendre ses tentacules dans plusieurs pays — dont les Etats-Unis.

— Raté. Elle a un grand-père italo-français et une grand-mère égyptienne ; pour le reste, c'est du Brooklyn pur teint.

— Cent pour cent américaine, autrement dit, murmura Jon.

Les Sutton aussi étaient le produit d'un mélange compliqué. Côté maternel, ils descendaient d'une fière lignée de montagnards du sud, avec une pointe de sang cherokee dans les veines ; quant aux gènes paternels, ils provenaient également d'une union contrastée : paysans allemands méthodistes d'un côté, noblesse anglaise de l'autre.

Se concentrant de nouveau sur son téléviseur, Jon vit la femme en noir obliquer sur la gauche pour emboîter le pas au maître d'hôtel. Ses cheveux noirs mi-longs balayèrent son menton, révélant une oreille délicate ornée d'une perle. Malgré ses courbes pleines, elle était extraordinairement mince. Jon discerna une pommette haute, la pointe d'un nez à peine busqué. Il était curieux de voir son visage. Serait-elle authentiquement belle ou simplement jolie, voire banale ?

« Stop ! Qu'est-ce que ça peut te faire, Sutton ? Tu ne crois pas que tu as des soucis plus urgents, en ce moment ? »

Il serait mieux inspiré de se tenir sur ses gardes. De toute évidence, cette femme brune était l'appât brandi sous son nez par Trace pour l'inciter à participer à quelque aventure de son cru. Or, il n'avait plus de goût pour l'aventure. Et plus de goût pour grand-chose, en fait...

— Regarde à l'arrière-plan, ordonna Trace.

Assis seul à une table pour deux, un homme jeune à la carrure athlétique faisait face à l'objectif.

— Jusqu'à présent, le maître d'hôtel la dissimulait à sa vue, précisa Trace. A ton avis, que ressent-il en la voyant ?

Jon haussa les épaules.

— Comme un début de turgescence en dessous de la ceinture. Que veux-tu qu'il ressente d'autre, face à une telle femme ?

— Essaye de creuser un peu.

Se prenant au jeu, Jon se concentra de nouveau sur l'écran.

— Il paraît... surpris. Il ne s'attendait pas qu'elle soit aussi belle.

— Mmm... Peut-être. Mais encore ?

Trace mit le magnétoscope sur « pause », et l'image se figea au moment où l'homme se levait pour saluer l'arrivante. Jon approcha son fauteuil roulant du téléviseur, et examina les traits de l'inconnu avec une attention plus soutenue.

— Si je devais mettre un nom sur ce qu'il éprouve, je dirais... qu'il ressent quelque chose comme du regret.

Cela dit, il projetait peut-être sur l'inconnu des sentiments qui lui étaient propres. Les femmes superbes avaient tendance à lui inspirer des océans de regrets en tous genres, depuis quelque temps...

Trace eut une moue sceptique et actionna de nouveau la télécommande. Les images recommencèrent à défiler et on vit l'inconnu se redresser de toute sa hauteur. Il était grand, plutôt svelte. Avec un raffinement tout oriental dans ses manières, il prit la main qu'elle lui tendait et se pencha pour l'effleurer de ses lèvres.

— Alors? D'autres observations? demanda Trace.

A part le fait qu'il détestait cordialement ce bellâtre qui avait la chance de pouvoir se tenir sur ses deux jambes devant une jolie femme? Jon soupira et recommença à analyser les visages et les réactions.

— Il s'agit à l'évidence d'une première rencontre. Et ce n'est pas un rendez-vous galant. La brune ne me paraît pas être le genre de femme à recruter ses amants par petites annonces.

Elle était beaucoup trop sûre de son charme pour cela, à en juger par son port de tête, sa démarche. Et il savait de quoi il parlait : Angelina avait eu une attitude en tout point semblable...

Chassant le souvenir de son ex-femme, il continua à scruter les images qui défilaient à l'écran :

— O.K. Ces deux-là se voient donc pour affaires. Je ne sais pas quel est le domaine d'activité de cette fille, mais c'est une pro, en tout cas. Elle excelle dans sa spécialité.

— Qu'est-ce qui te fait dire cela, Jon? demanda Trace avec une pointe de curiosité dans la voix.

— Elle a opté pour la tenue « business » standard : le

tailleur. Mais elle est suffisamment sûre d'elle pour s'autoriser une variation sur le thème.

Le tailleur était de soie souple, en effet. Et il n'avait strictement rien de guindé...

— En affaires, les femmes optent souvent pour un style vestimentaire hyper-masculin afin de se donner de l'assurance : cheveux courts, ensemble pantalon strict, chaussures plates. Miss Jolies Hanches a dépassé ce stade. Elle ne craint pas de souligner à fond son côté féminin.

Il n'aurait d'ailleurs guère été surpris si le vernis à ongles de ses orteils avait été assorti à la couleur de sa lingerie...

— Et sur l'homme ? Pas d'autre commentaire ? demanda Trace.

— Ce n'est pas le premier venu, de toute évidence. Sa ressemblance avec Omar Sharif est frappante. Il en a d'ailleurs conscience, puisqu'il la cultive en portant la moustache. Il a une physionomie relativement typée. Il est originaire du Moyen-Orient, je suppose ?

— Pas du tout : il est américain comme toi et moi, mon cher. Mais tu as droit à un bon point tout de même : son père est syrien.

— Mmm... Il est riche, en tout cas. Le restaurant a l'air hors de prix, et la brune n'est pas du genre à partager l'addition. La chevalière qu'il porte est élégante sans être ostentatoire. Et son costume, c'est du sur mesure, made in London. Elégant sans être tape-à-l'œil.

Jon s'interrompit pour interroger son frère du regard.

— Je pourrais continuer comme ça pendant un bon moment, mais je ne t'apprends rien que tu ne saches déjà, je pense ?

— Exact. Mais tu es sacrément doué pour ce genre d'interprétation, mon vieux. Si tu as envie de te reconvertir dans l'analyse, n'hésite pas.

— Analyser, je ne fais que ça. N'oublie pas que je passe le plus clair de mes journées dans un laboratoire.

— Mmm... J'ai plutôt l'impression que tu passes le plus clair de tes journées à broyer du noir, frangin.

Jon se figea.

— A l'avenir, évite ce type de remarque, tu veux bien ? riposta-t-il en fixant l'écran d'un œil vide.

A toute autre personne que son frère, une réflexion de ce genre aurait valu la porte. Mais il avait une grosse dette envers Trace. C'était lui qui s'était chargé de le rapatrier lorsqu'il s'était retrouvé au fin fond du Chili avec les deux jambes brisées.

— Devine d'où je t'appelle, mon vieux ? avait-il lancé au téléphone avec une feinte désinvolture.

Il n'avait pas eu besoin d'entrer dans les détails. Trace était arrivé à la rescousse toutes affaires cessantes. En renonçant pour l'occasion à un séjour de ski en haute montagne qu'il préparait depuis des mois. Trace n'avait pas sacrifié que ses vacances, au demeurant. Ce départ impromptu avait également sonné le glas de ses amours naissantes avec Hilda. Or, Trace n'était pas le genre d'homme à se lier facilement...

Eu égard à sa double dette envers son frère, Jon enchaîna comme si de rien n'était :

— Maintenant, raconte-moi tout. Quel est le lien entre cette femme et la mission qui t'occupe en ce moment ?

— Il est fort possible qu'il n'y en ait aucun, admit Trace. Mais dans le doute, nous aimerions nous en assurer.

C'était donc pour cela que Trace faisait appel à lui ? Pour espionner la femme en noir ? « Si tu crois m'appâter avec cette beauté brune, tu te trompes de technique, mon vieux. Pour les belles femmes, j'ai déjà donné, merci. Une fois, oui, mais pas deux. »

Mais si Jon était devenu méfiant, il n'en demeurait pas moins curieux...

— Pourquoi vous intéressez-vous tant à elle, au fait ?

— C'est tout une histoire, ça, mon vieux. Et je ne parle jamais face à un verre vide.

12

Jon désigna le réfrigérateur d'un geste du menton.

— Prends-moi une bière aussi, pendant que tu y es. Et fais attention à la barre.

Trace baissa la tête juste à temps et passa dans la cuisine. Foster, un des ex-étudiants de Jon, était venu rabaisser la barre fixe de manière qu'il pût l'attraper de son fauteuil. Sa moyenne actuelle était de quatre-vingts tractions par jour. Un score plus qu'honorable, quand on songeait qu'il ne pouvait déplier les jambes et qu'elles étaient alourdies par ses plâtres.

— Alors? demanda-t-il lorsque Trace lui tendit une canette.

— L'histoire commence par un grand yacht blanc appartenant à une riche héritière américaine. Il y a deux mois, ce bateau croisait dans la mer Noire...

Lorsque Trace eut fini de raconter son histoire, le couple sur l'écran s'apprêtait à passer au dessert. Alors que Jon, lui, était resté sur sa faim : pas une seule fois, la caméra n'avait révélé le visage de la jeune femme brune...

L'énigme de ces traits mise à part, il en restait une autre à résoudre — une affaire de contrebande ou de terrorisme qui se résumait à ces simples éléments : une caisse transportée en pleine nuit à bord du yacht *Aphrodite*. C'était du moins ce que supposait l'informateur qui avait fait son récit à la CIA. Tout ce qu'on savait, en vérité, c'était que la barque avait quitté le quai avec la mystérieuse marchandise à bord. Et qu'elle était revenue à vide.

— Qu'est-ce qui prouve que la caisse était destinée à l'*Aphrodite*? avait-il objecté à Trace. Ils ont tout aussi bien pu la balancer par-dessus bord. A moins qu'elle n'ait été destinée à un autre bateau.

Mais toutes les embarcations qui mouillaient au port ce soir-là appartenaient à des pêcheurs du coin. D'où le raisonnement du mouchard : la caisse — événement inhabituel — était destinée au bateau étranger, seul susceptible de sortir la « marchandise » en contrebande.

Personne, en revanche, n'avait la moindre idée de ce que contenait la caisse en question.

— Et si c'était tout simplement une pile de linge propre, dûment plié et repassé, livré par le teinturier du coin ? avait suggéré Jon.

Impossible, avait rétorqué Trace. Car les types qui avaient transporté la caisse étaient connus de ses services. Il s'agissait d'hommes de main de la mafia moscovite, qui ne trempaient que dans des affaires louches.

Ensemble, Trace et lui avaient fait le tour des possibilités — et Dieu sait qu'elles étaient nombreuses ! Il pouvait s'agir de revenus illicites amassés par un politicien véreux aux temps du communisme. Ou du butin collecté par un gang de Moscou. Vu l'état d'instabilité du pays, tous ceux qui avaient la possibilité de transférer leur fortune dans une banque étrangère s'arrangeaient pour mettre leurs biens en lieu sûr.

Pour des raisons analogues, la caisse avait pu contenir des œuvres d'art volées. Certaines rumeurs couraient, suggérant que des pièces rares, disparues au cours de la Seconde Guerre mondiale, auraient été repérées en Russie. Des collectionneurs pris à la gorge avaient pu juger opportun de vendre clandestinement leurs dessins de Degas ou de Pissarro.

Ou de les utiliser dans une version moderne du commerce triangulaire.

— De l'argent, des œuvres d'art ou des armes volées en provenance de Russie servent parfois à acheter de l'opium en Birmanie ou de la cocaïne en Colombie, avait expliqué Trace. Les bénéfices sont astronomiques. Une partie est mise de côté dans des banques étrangères et fait office de « bas de laine ». Le reste permet d'acheter de la technologie en toute légalité. Puis de la revendre en Russie pour rafler de nouveaux bénéfices.

— Ils ont parfaitement bien intégré les principes de l'économie de marché, dirait-on ? ironisa Jon en frottant sa mâchoire râpeuse. Mais revenons-en à notre caisse. Qu'aurait-elle pu contenir d'autre ?

— Toutes les suppositions restent ouvertes... D'après notre mouchard, elle était assez grande pour qu'un être humain roulé en boule puisse y être logé. Enlever des personnalités contre rançon est apparemment très à la mode, dans la Russie d'aujourd'hui.

— Et ils auraient transporté la victime à bord d'un yacht américain ? protesta Jon, incrédule.

Trace sourit de sa naïveté.

— Les Américains ne sont pas tous des anges, frérot. Cela dit, l'*Aphrodite* est grande comme la moitié d'un terrain de foot, avec un équipage de quatre personnes. Je doute que notre riche héritière mette jamais les pieds en chambre des machines. Il se peut qu'elle soit de mèche, mais il est également possible qu'elle soit tenue dans l'ignorance.

En vérité, toute cette affaire paraissait on ne peut plus floue, conclut Jon. Mais Trace semblait prêt à envisager les pires cas de figure : il n'excluait pas que la fameuse caisse puisse receler du plutonium arraché à des missiles. Lequel plutonium serait convoyé jusqu'aux Etats-Unis et revendu à des terroristes poseurs de bombes.

— Charmante hypothèse..., commenta Jon en se tournant vers l'écran. Et tu ne m'as toujours pas dit quel rôle cette femme est censée jouer dans cette histoire ?

— Si elle a un rôle à jouer, ce sera par son intermédiaire à lui, précisa Trace en désignant son compagnon sur l'écran. Ce type se nomme Richard Sarraj, et sa présence a été signalée à bord de l'*Aphrodite* une fois que le yacht a regagné les côtes de la Méditerranée pour faire escale au Liban. Après un séjour d'une semaine à bord, notre homme a sillonné la région un mois durant. La Syrie, l'Arabie Saoudite, le Koweit.

— Et que savez-vous exactement à son sujet ?

— Rien d'ouvertement compromettant. Il a travaillé pendant des années comme agent de change au sein d'une maison honorablement connue de Manhattan. A présent, il s'est mis à son compte en tant que « consultant ». Concrètement, il aide quelques riches Saoudiens à gérer les bénéfices du pétrole. Ces derniers cherchent à diversifier leurs sources de profits et à investir dans des économies stables. Grâce à ses origines syriennes, Sarraj navigue facilement d'un bord à l'autre. Ce qui fait de lui un intermédiaire rêvé. Il n'est pas le seul à exercer ce genre d'activité, d'ailleurs. Et ils sont nombreux à le faire en toute légalité. Mais pour lui, il n'est pas exclu qu'il s'agisse d'une couverture.

— Une couverture pour quoi ?

— Terrorisme international. Il peut facilement passer des informations d'un pays à un autre, rencontrer des gens influents sans éveiller la moindre suspicion, transférer de grosses sommes en justifiant le tout jusqu'au dernier centime.

Jon se frotta le menton. D'accord, le dénommé Sarraj ne lui inspirait aucune sympathie. Mais le scénario-catastrophe de Trace lui paraissait passablement tiré par les cheveux.

— C'est une possibilité, concéda-t-il. Mais *a priori*, ce type est blanc comme neige. Vous n'avez rien contre lui, à part le fait qu'il est monté à bord de l'*Aphrodite*. Ça ne suffit pas à en faire un dangereux terroriste. J'imagine d'ailleurs qu'il n'est pas le seul à avoir séjourné sur ce yacht.

— Exact. Jusqu'à présent, nous avons dénombré une cinquantaine de personnes qui y ont passé quelques heures ou quelques jours.

Cinquante pistes différentes ? Autant dire que Trace et ses collègues ne devaient plus savoir où donner de la tête. Voilà donc pourquoi son frère était venu l'appeler à la rescousse.

« Désolé, Trace, mais il est hors de question que j'aille

16

jouer les espions en fauteuil roulant. Il m'est déjà arrivé de te dépanner pour des missions, mais cette fois-ci, je ne suis pas d'humeur — et encore moins en état. »

— Et la femme brune, dans tout ça ? demanda-t-il, curieux malgré tout de connaître la fin de l'histoire.

Trace hocha la tête.

— J'allais y venir... Avant de rentrer aux Etats-Unis, Sarraj a fait une escale aux îles Caïman, où il a ouvert un compte en banque pour un groupement économique anonyme dont il représente les intérêts. Il n'a pas donné d'autres noms que le sien, les autres membres du groupe n'étant désignés que par des matricules. Impossible donc de savoir qui alimente le compte. Mais vingt millions de dollars ont été virés dessus la semaine dernière, en provenance d'une banque située à Malte.

Jon siffla.

— Et tu penses que ça a un rapport avec la fameuse caisse ?

— Nous supposons que oui, mais rien ne le prouve. Il se peut également que des investisseurs pour lesquels il opère aient mis cette somme à sa disposition afin que Sarraj puisse la placer en toute légalité. Quoi qu'il en soit, l'argent a immédiatement trouvé son usage. Dès le lendemain, notre ami Richard acquérait la majorité de contrôle dans une petite usine new-yorkaise.

— Mmm... Et c'est là que la femme brune entre en jeu, je parie ?

— Indirectement, oui. L'entreprise en question est spécialisée dans la fabrication d'échantillons de parfum fixés sur papier, comme on en diffusait, à une époque, dans les magazines. Ses fondateurs ont déposé un brevet pour un nouveau procédé qui permet d'obtenir l'étanchéité à l'air.

Jon hocha la tête.

— Je me souviens qu'il y a eu des plaintes de la part de lecteurs souffrant d'allergies. S'ils ont réussi à résoudre ce problème, il y a un créneau à prendre.

— En effet, acquiesça Trace en s'emparant de la télé-commande. Et voici quelle a été la seconde démarche de Sarraj depuis son retour...

La vidéocassette se remit en marche, et on vit Sarraj prononcer quelques mots. La brune secoua la tête et ses cheveux glissèrent sur ses épaules. Elle parlait beaucoup avec les mains, nota Jon. Des mains longues, fines, aux doigts extraordinairement mobiles.

— Je ne sais pas ce qu'il lui propose, mais elle a l'air dubitative, commenta-t-il.

Sarraj adressa à sa compagne un petit sourire rassurant et sortit un carnet de chèques de sa poche. Lorsqu'il lui tendit un chèque signé, Jon demanda d'une voix sombre :

— Combien ?

— Un demi-million.

Jon haussa les sourcils.

— Et qu'acquiert-il, avec cette coquette petite somme ?

— C'est justement ce que nous aimerions savoir.

— Et en admettant qu'ils soient honnêtes l'un et l'autre, et qu'il s'agisse d'une banale transaction commerciale ?

— Dans ce cas, il vient tout simplement d'acheter... son nez.

2.

Demi Landero avait toujours imaginé que si un ange venait frapper à sa porte, il se présenterait sous les traits ingrats d'un vieillard ou d'un infirme. Son aspect rebutant serait comme une mise à l'épreuve : « As-tu le cœur généreux, Demi ? Mérites-tu que le ciel te donne un coup de pouce ? Ou passeras-tu à côté de ce malheureux vieillard, sans même entrevoir les ailes qu'il cache sous ses hardes ? »

Mais l'ange en chair et en os qui venait de tomber du ciel pour la sauver n'avait strictement rien de repoussant. L'homme assis en face d'elle, ce soir-là, ne portait pas de haillons. Richard Sarraj sentait le cuir, le tabac fin et Xeryus de Givenchy. A vue de nez, son costume avait été taillé sur mesure. Et il ressemblait furieusement à Omar Sharif dans ses années de gloire. Un prince du désert en tenue de ville.

Or, non content d'avoir un physique à damner une sainte, Richard Sarraj lui offrait une fortune sur un plateau ! A travers ses cils baissés, Demi vérifia le montant inscrit sur le chèque. Incroyable, mais vrai : la manne de cinq cent mille dollars lui arrivait au moment où elle commençait à envisager sérieusement de mettre la clé sous la porte.

Ce chèque sauvait de la faillite sa société de matières aromatiques. Et qui sait si le beau Richard Sarraj ne l'arracherait pas également au désert sentimental qu'elle traversait en ce moment ?

« Ah, non, ma vieille ! Concentre-toi sur l'argent et oublie le reste, d'accord ? La dernière fois que tu as mélangé affaires et sentiments, ça ne t'a pas réussi, rappelle-toi. »

Demi prit une profonde inspiration. Il aurait été tentant — si tentant ! — d'empocher la somme sans faire de commentaires et de signer le contrat. Mais cela n'aurait pas été honnête du tout. Et si elle voulait travailler avec Richard Sarraj dans de bonnes conditions, il s'agissait d'entamer la collaboration sur des bases saines.

— Votre confiance me touche, monsieur Sarraj, mais cette manière de procéder n'est pas très orthodoxe, déclara-t-elle en reposant le chèque sur la table. C'est une tout autre démarche qui est suivie, d'ordinaire, lorsqu'on veut lancer un parfum sur le marché.

— Vraiment ? Comme vous le savez déjà, je suis entièrement novice dans le secteur de la parfumerie de luxe. Alors, parlez-moi de la procédure conventionnelle.

— Tout commence lorsqu'un grand couturier, un fabricant de produits de beauté ou une célébrité qui lance sa propre marque — Elisabeth Taylor ou Paloma Picasso, pour ne citer qu'elles — décide qu'un nouveau parfum s'impose sur le marché. Ce désir peut aller de pair avec une nouvelle orientation de la mode, ou correspondre à une volonté de toucher une clientèle plus ciblée. Compte tenu de ces éléments, l'industriel qui désire financer un parfum rédige ce qu'on appelle le « brief » de départ.

— Le brief ? Mais naturellement, s'exclama Richard Sarraj en claquant des doigts au passage d'un serveur pour lui faire signe de leur apporter du café. La personne pour laquelle je conduis cette transaction a des idées bien arrêtées sur la clientèle visée, la fourchette de prix et la gamme de parfums... J'avais l'intention d'aborder ces questions avec vous plus tard.

Demi hocha la tête et s'obligea stoïquement à dire la vérité, toute la vérité, et rien que la vérité :

20

— Le problème est le suivant, monsieur Sarraj : une fois que le brief est rédigé, la coutume veut que cinq à dix sociétés en moyenne soient consultées pour le lancement. En principe, les « nez » des différentes maisons doivent entrer en compétition pour vous fournir la composition qui correspondra le plus étroitement à vos souhaits. Et un seul, bien sûr, emporte le marché.

Demi jeta un coup d'œil nostalgique au chèque que Sarraj n'avait toujours pas rempoché, et compléta ses explications :

— Tant que le choix n'a pas été fait — même si le processus dure un an, deux ans, voire cinq — le parfumeur compose sans être payé.

Il y avait cependant une différence notable entre Alluroma, la société qu'elle dirigeait, et les autres sociétés new-yorkaises solidement établies depuis des lustres : elle ne pouvait plus se permettre de travailler sans être rémunérée. Si elle tenait encore deux mois sans faire faillite, ce serait le bout du monde...

Son regard énigmatique plongé dans le sien, Richard Sarraj prit une gorgée de café.

— Tout cela, je le savais déjà, déclara-t-il avec une lenteur presque théâtrale. Mais c'est *vous* que veut mon prince.

Ainsi, l'ange était l'émissaire d'un prince ? Et ils avaient porté leur choix sur elle spécifiquement ? Pour le coup, Demi renonça à douter et se contenta d'accueillir le miracle.

— Un prince ? murmura-t-elle.

— Un prince saoudien, qui appartient à une branche collatérale, et qui a décidé de se faire un nom dans les affaires. Comme tous les Saoudiens, c'est un grand romantique, avec une nostalgie non dissimulée pour les temps glorieux où les caravanes chargées d'épices parcouraient les déserts d'Arabie. Ses ancêtres étaient les premiers parfumeurs, comme vous le savez sans doute mieux que moi.

— « Emplir la tente d'une variété de parfums, cita Demi de mémoire. Ambre gris, musc et toutes sortes de senteurs ; rose, fleur d'oranger, jonquille, jasmin... »

Ces lignes étaient extraites du *Jardin parfumé*, un ouvrage érotique datant du XVe siècle. Mais Sarraj ne devait pas le connaître, car son regard demeura inexpressif. Il se contenta de sourire et de hocher poliment la tête.

— Le monde islamique a toujours glorifié les parfums, en effet. Et mon prince préfère utiliser son argent à rétablir les belles traditions, plutôt que d'investir dans des accessoires de plomberie ou dans de nouvelles thérapeutiques contre les ulcères.

Demi hocha vigoureusement la tête. Toute personne douée d'un minimum de sensibilité ne pouvait qu'être fascinée par l'alchimie des parfums.

— Comme je le comprends ! Mais... pourquoi moi spécialement ?

Sarraj sourit.

— La modestie est une vertu que j'apprécie chez une femme ! Il se trouve que nous avons suivi votre carrière. Vous avez créé une eau de toilette à base de phéromones l'année dernière. Envy... Le nom était très bien choisi.

— Merci.

Elle-même n'avait pas pour autant laissé de souvenirs impérissables à Brian Reeves, qui lui avait commandé cette composition. Lorsqu'il lui avait fait part de son intention d'épouser Alexandra, Brian lui avait procuré un choc dont Demi n'était toujours pas remise. Il lui avait paru tellement évident, d'emblée, que Brian et elle étaient faits l'un pour l'autre. Et le plus pénible dans l'histoire, c'est qu'elle n'avait pas rencontré un seul homme, au cours de l'année écoulée, qui lui arrivât à la cheville...

— Mis à part votre talent, il y a une autre raison pour laquelle le prince vous a choisie. Il s'est incliné devant la nécessité de traiter avec les Occidentaux ; les réalités du marché l'exigent. Mais dans la mesure du possible, il préfère s'adresser à ceux qui lui sont proches par le sang et la tradition... Comme vous, mademoiselle Landero.

Demi réussit de justesse à ne pas éclater de rire.

— Le prince est bien aimable.

Si le fait d'avoir une grand-mère égyptienne faisait d'elle une Arabe à ses yeux, tant mieux ! Même si elle n'avait jamais fréquenté d'autres chameaux que ceux qui se promenaient derrière les grilles du zoo du Bronx...

A moins que... Ils n'avaient tout de même pas eu vent de son histoire avec Ali ? A quinze ans, elle avait nourri pour le jeune diplomate stagiaire de vingt-quatre ans une de ces passions exacerbées comme on n'en vit qu'à l'adolescence. Elle avait passé deux mois de rêve à lui faire visiter New York sous toutes ses facettes. En allant même jusqu'à fréquenter la mosquée pour lui prouver à quel point elle l'aimait. Puis, un sort cruel avait voulu qu'Ali apprît son âge véritable. En découvrant qu'elle n'avait pas dix-huit ans comme elle le prétendait, il avait rompu sur l'heure, expliquant qu'un futur diplomate ne pouvait se permettre de braver les lois du pays qui l'accueillait.

— Mais si tu avais été majeure, ma perle rare..., avait-il murmuré en séchant ses larmes.

Sur quoi elle l'avait giflé avant de partir en courant, outrée qu'il pût douter de la pérennité de leur amour.

Et si Ali avait eu l'indélicatesse de ne pas tenir sa langue ? Leur histoire aurait-elle fait le tour du consulat, pour parvenir, de fil en aiguille, jusqu'aux oreilles du prince en question ?

A vérifier, songea Demi en tapotant le chèque de la pointe d'un ongle vernis.

— Et ceci correspond à... ?

Autant clarifier les choses d'emblée, après tout.

— Juste un premier versement, bien sûr, répondit Sarraj avec un sourire entendu.

Il savait apparemment que la note finale serait vertigineuse.

— A condition que j'accepte votre offre, lui rappela-t-elle en ouvrant de grands yeux innocents.

Ne jamais céder trop rapidement : telle était sa devise.

La dernière fois qu'elle avait dévié de cette ligne, c'était avec Brian Reeves. Et elle s'en était mordu les doigts...

Sarraj hocha la tête.

— En supposant que vous acceptiez, donc, nous avons deux conditions sur lesquelles nous ne transigerons pas.

Le cœur de Demi se serra dans sa poitrine. Des conditions ! Quelles conditions ? Elle aurait dû se méfier d'emblée de ce trop beau miracle. Richard Sarraj, tout compte fait, n'avait rien de séraphique. Il tenait plutôt de l'archange qui se promène glaive au poing...

— Oui ?

Demi poussa la désinvolture jusqu'à laisser glisser son regard sur la Rolex en or massif que Sarraj portait à son poignet. Histoire de signifier que ces « conditions » ne l'effrayaient pas, — qu'elle s'ennuyait même un peu, et qu'il aurait tort de croire qu'elle était suspendue à ses lèvres.

Sarraj fixa sur elle un regard impénétrable.

— Pour commencer : ne pas regarder à la dépense. Vous ne devez utiliser que les ingrédients les plus rares et les plus précieux pour composer votre parfum. Le prince est très exigeant sur la qualité.

— Je pense que je pourrais m'accommoder de cette consigne, répondit-elle gravement en réprimant un rire de joie.

Et dire qu'elle s'était inquiétée ! Non seulement Sarraj la sauvait de la ruine, mais ses rêves les plus fous se réalisaient en un soir. C'était toujours la nécessité de veiller aux coûts qui bridait la créativité des parfumeurs. Si aucune restriction de budget ne l'arrêtait, elle composerait une merveille. De la magie en bouteille, comme les amateurs de parfum n'en avaient plus humé depuis longtemps !

— Deuxièmement, ajouta Sarraj, il faudra nous autoriser à utiliser votre nom pour toute publicité que nous choisirons de faire. Le prince ne souhaite pas revendiquer la paternité de cette fragrance. Il se contentera de récolter les bénéfices.

Demi n'en croyait pas ses oreilles. Etait-il donc télépathe, ce fameux prince, pour répondre ainsi à tous ses vœux ? Si elle avait quitté sa place confortable au sein d'une grosse société new-yorkaise, c'était précisément pour en découdre avec la tradition qui voulait qu'un parfum porte le nom d'une célébrité ou d'un designer, et pas celui de son créateur. Rien ne justifiait à ses yeux qu'un « nez » demeure dans l'ombre, à œuvrer dans un total anonymat !

Quel peintre, quel musicien-compositeur de talent accepterait de vivre dans un tel renoncement ? Quel artiste livrerait ainsi ses créations en se contentant de la discrète estime de ses pairs ? Sans vouloir spécialement se mettre en avant, elle ne voyait aucune raison de rester terrée toute sa vie dans les coulisses !

Et voici que Sarraj lui faisait ce cadeau inestimable : il lui proposait de signer son parfum et d'exister enfin à la face du monde !

D'un geste résolu, Demi prit le chèque sur la table.

— Monsieur Sarraj, je crois que nous allons faire affaire, vous et moi.

La pluie. Dégoulinant des gratte-ciel, tombant sur le bitume poisseux des rues de Manhattan. Une densité record de circulation au mètre carré. Pour Jon Sutton, tous ces moteurs grondants et ces carrosseries luisantes évoquaient une horde de scarabées en déroute, se précipitant carapace contre carapace dans les profondeurs d'un canyon. L'air épais, pestilentiel, était chargé de vapeurs d'essence... Des passants trempés jusqu'aux os zigzaguaient entre les flaques — une marée humaine aux visages hagards. Jon Sutton soupira bruyamment, le regard fixé sur le va-et-vient des essuie-glaces. Bon sang, comme il haïssait cette ville — *toutes* les villes ! Pourquoi s'était-il laissé embarquer dans cette galère ?

Une seule consolation : son séjour à New York n'était

sans doute pas appelé à se prolonger. Depuis le temps qu'ils faisaient du surplace dans cet embouteillage, l'heure de son entretien avec Demi Landero était déjà dépassée de vingt minutes. Et quel employeur potentiel retiendrait la candidature d'un postulant retardataire ?

Le chauffeur du taxi aménagé pour les handicapés lui jeta un coup d'œil dans le rétroviseur.

— Vous voyez ? Je vous l'avais bien dit, non ? Il doit y avoir un accident quelque part.

— Ouais... Eh bien moi, la prochaine fois, je me déplace en métro.

« C'est ça, bien sûr. Dans ton fauteuil roulant, peut-être ? » Il aurait dû rester chez lui à Princeton, terré dans son appartement, loin des embouteillages, de la pluie et des foules. Il était à moins d'un kilomètre de sa destination, mais à ce rythme, il lui faudrait vingt-quatre heures pour l'atteindre.

— Dites-moi combien je vous dois, ajouta-t-il. Je vous fausse compagnie.

— Hé, faut pas vous énerver comme ça, l'ami ! On va bien finir par y arriver, vous verrez. Un peu de patience.

Patience. Depuis son accident, ses médecins, son avocat, ses amis n'avaient que ce mot à la bouche. Mais à force de végéter dans une attente résignée, il était en train de se transformer en légume à la vitesse grand V.

— J'ai dit stop, répéta-t-il, sans élever la voix, mais d'un ton qui avait toujours fait marcher ses étudiants au pas.

Le chauffeur haussa les épaules.

— Bon, bon, si vous y tenez...

Il descendit en faisant claquer sa portière et fit glisser celle de Jon avant d'activer la plate-forme hydraulique qui le déposa — fauteuil compris — sur le trottoir. Une fois sa course réglée, Jon se trouva livré à lui-même sous la pluie torrentielle. Il ôta les lunettes aux verres ridiculement épais que Trace lui avait imposées et passa la main dans ses cheveux hérissés d'épis. Une coupe hideuse et ridicule qui n'était sans doute pas étrangère à son humeur massacrante...

— Désolé, mon vieux, mais ces détails ont leur importance pour une mission secrète, avait précisé Trace lorsque la « coiffeuse » chargée de le massacrer était partie en pouffant de rire. Dorénavant, tu dois te confondre avec les murs, Jon. Ton personnage est passe-partout, terne, insignifiant. Il ne faut pas que Landero et ses camarades te prennent un tant soit peu au sérieux.

« Aucun danger de ce côté-là », avait songé Jon en découvrant son reflet dans le miroir. Il n'avait jamais été un apollon, certes. Mais là... Il ressemblait à un chien de berger qui serait passé sous une débroussailleuse. Le type même du perdant, ringard à souhait.

Les mâchoires crispées, Jon commença à rouler sur le trottoir détrempé en songeant qu'il aurait pu être au chaud chez lui, en paisible tête à tête avec le petit écran. S'il n'y avait pas eu cette histoire avec le technicien de laboratoire de Demi Landero, il n'en serait pas là. Mais lorsqu'il avait appris que Trace et ses amis s'étaient permis d'expulser le malheureux Philippin manu militari, son sang n'avait fait qu'un tour.

— Comment ça ? Mais de quel droit ? Il n'a strictement rien fait de mal, ce type ! Il avait un bon job, ici, et du jour au lendemain, il se retrouve en rade à Manille sous le douteux prétexte que ses papiers n'étaient pas en règle. Vous ne lui avez même pas laissé le temps de se retourner.

Ce à quoi Trace avait objecté la formule consacrée : « La sécurité nationale avant tout. » Mais Jon, qui avait dirigé des fouilles archéologiques en Turquie et au Pakistan, avait pu observer par lui-même la façon dont les gens vivaient dans les pays en voie de développement. Si le dénommé Hector Domingo avait eu suffisamment de courage et de détermination pour s'en sortir, il ne méritait pas de se retrouver brutalement à la case départ. Avec interdiction formelle de reprendre contact avec son ex-employeuse, qui plus est !

Jon avait été informé trop tard pour sauver le technicien de laboratoire. Mais il avait proposé un marché à Trace : il acceptait de postuler pour la place désormais vacante. De toute façon, il ne faisait rien de constructif en restant chez lui à tourner en rond dans son appartement. Alors, autant se rendre utile en jouant les espions amateurs. Ce ne serait pas pire que de regarder des documentaires animaliers à la télé où de méchantes hyènes dévoraient de gentils Bambi.

Mais en échange, si d'aventure Landero acceptait de l'embaucher, son salaire devrait être remis en intégralité à Hector Domingo. Et une fois sa mission terminée — à supposer, toujours, que Demi Landero ne termine pas ses jours derrière les barreaux — le Philippin devrait retrouver son emploi.

— C'est à prendre ou à laisser, avait-il annoncé à Trace.

Et ce dernier, contre toute attente, avait accepté ses conditions sans rechigner. Résultat : il se retrouvait, trois jours plus tard, en fauteuil roulant dans les rues inondées de pluie d'une ville qu'il haïssait, sur le point de briguer un emploi dont il ne voulait pour rien au monde.

Et tout ça pour les beaux yeux de cet Hector Domingo !

Parvenu devant l'adresse indiquée, Jon découvrit un immeuble en brique de taille moyenne dans le West Side. Comme il manœuvrait pour tenter de négocier les lourdes portes de verre, un employé préposé à l'entretien vint lui ouvrir de l'intérieur.

— Merci, marmonna-t-il en roulant dans le hall.

L'homme en uniforme gris qui s'était porté à son secours lui sourit et retourna à son aspirateur. Jon s'avança et chercha le numéro d'étage d'Alluroma International sur le grand panneau de verre placé entre les deux ascenseurs.

— Je peux vous être utile ? lui demanda l'agent d'entretien au moment où il découvrait qu'Alluroma se situait au vingt-troisième étage.

— C'est très aimable, merci. Mais je sais lire.

Sans se retourner, Jon appela l'ascenseur. Incroyable, le nombre de gens qui vous prennent pour un attardé mental sous prétexte que vos jambes ont cessé de fonctionner ! Sous le coup de l'irritation, il roula dans la cabine d'ascenseur, puis jura tout bas. Il aurait dû s'engager en marche arrière. A présent, il était condamné à se contorsionner pour actionner le bouton derrière lui.

— Hé, monsieur ?

Jon serra les dents et résista à l'envie d'envoyer paître l'agent de service secourable.

— Je me débrouille, merci, répondit-il sèchement.

Mais l'homme ne battit pas en retraite pour autant.

— Le nom de votre frère commencerait-il par un T, à tout hasard ?

Etonné, Jon tourna la tête.

— C'est... euh... possible. Pourquoi ?

— Quel est son prénom exact ?

L'agent avait soudain perdu son air débonnaire et son accent traînant.

— Trace... Allan Tracey.

« Et si tu es de l'autre bord, je viens de me comporter comme le dernier des idiots » ! Serait-il tombé dans un piège ?

— C'est ce que je pensais, murmura l'homme derrière lui. Dans ce cas, ne montez pas au vingt-troisième étage, mais au vingt-neuvième. Bonne chance, l'ami.

Le pseudo-agent d'entretien sortit de la cabine, laissant à Jon le soin de se débrouiller avec les boutons. Ainsi, Alluroma ne se trouvait pas à l'étage indiqué dans le hall ? Il était possible que les gens du FBI aient changé le numéro sur le panneau sans que Demi Landero y prît garde. Qui aurait songé à vérifier ce genre de détail ? D'un autre côté, les postulants n'étaient pas idiots. S'ils ne trouvaient pas Alluroma en arrivant sur le palier, ne chercheraient-ils pas tout naturellement à se renseigner ?

Curieux comme tous les scientifiques, Jon appuya sur

le bouton du vingt-troisième étage. De toute façon, il avait déjà quarante minutes de retard. Un peu plus ou un peu moins...

Quelques secondes plus tard, il découvrait une porte de verre où les lettres « Alluroma International » se détachaient comme si elles avaient été peintes la veille. Laquelle impression était sans doute justifiée... Mais que se passerait-il s'il franchissait le seuil ? Tomberait-il sur une femme mince et brune qui prétendrait être Demi Landero ? Une chose était certaine : ils n'avaient sûrement pas trouvé la réplique exacte de l'original pour tenir le rôle. La jeune femme qu'il avait vue sur la cassette vidéo était beaucoup trop belle pour avoir un sosie.

Jon était tenté d'entrer pour vérifier ces suppositions, mais il avait déjà perdu suffisamment de temps ainsi. Avec cinquante minutes de retard, il aurait déjà bien assez de mal à calmer la véritable Demi Landero lorsqu'il se présenterait, six étages plus haut...

3.

Depuis quand les demandeurs d'emploi se comportaient-ils comme des mufles dépourvus d'éducation? Trop furieuse pour s'asseoir, Demi Landero arpentait son bureau, l'œil rivé sur la pendule. Jon Sutter, le postulant suivant, avait presque *une heure* de retard. Autant dire qu'il ne se montrerait pas plus que les six autres candidats, qui lui avaient déjà fait faux bond en deux jours. Et pas un seul n'avait eu la courtoisie de prendre le téléphone pour prévenir de son désistement!

— Et puis tant mieux, s'ils ne sont pas venus, tous autant qu'ils sont! J'aurais été bien avancée, à embaucher un de ces irresponsables!

Restait qu'elle avait besoin d'un technicien de laboratoire. Et de toute urgence, même. Retournant à son bureau, elle se mordilla la lèvre en relisant la première formule qu'elle avait ébauchée en vue de sa nouvelle composition. Elle aurait pu passer dans le labo attenant et mélanger elle-même les huiles essentielles, les bases et les absolues dans les proportions qu'elle venait d'établir. Mais ce serait une perte de temps considérable. Or, s'il y avait une chose qu'elle ne pouvait se permettre de perdre en ce moment, c'était bien le temps.

Se redressant avec impatience, elle rejeta ses cheveux noirs en arrière. Richard Sarraj, en effet, avait oublié de mentionner un tout petit « détail » lorsqu'ils avaient dîné ensemble, le lundi soir. Deux jours plus tard, quand ils s'étaient revus pour mettre leur contrat au point, il avait annoncé très calmement que son prince voulait un parfum unique, précieux, original, envoûtant — la fragrance la plus divine qui eût jamais été créée pour une femme. Et cela en l'espace de... deux mois.

— Deux mois! s'était-elle récriée, consternée. Mais ce n'est même pas de l'ordre du possible! Savez-vous qu'il n'a pas fallu moins de sept ans pour mettre au point « Chant d'Arôme » de Guerlain?

Pour qui la prenait-il, ce prince? Pour une parfumeuse à trois sous créant des parfums d'ambiance et des eaux de toilette de supermarché? En soixante jours, elle ne pourrait rien faire. Même un parfum pour chien et chat exigerait plus de temps!

— C'est la limite que le prince a fixée, avait répondu Sarraj, imperturbable. Et il ne reviendra pas sur cette condition. Donc, si vous ne pensez pas être en mesure de livrer le produit fini dans les délais...

Il ne lui resterait plus qu'à rendre le chèque et à mettre la clé sous la porte. Et qui sait si, dans un mois, elle ne se retrouverait pas au bas de l'échelle, à créer les eaux de toilette du supermarché en question?

Sans parler des réactions de ses anciens collègues. Tous l'avaient prévenue, en effet : pour survivre en tant que parfumeur indépendant, il fallait avoir les reins très solides. Le talent ne suffisait pas. Aucun « nez » ne pouvait s'en sortir seul, par ces temps difficiles.

Elle les entendait d'ici, commentant sa défaite :

— Pauvre Demi... On te l'avait bien dit, pourtant...

Dans un sursaut d'orgueil, elle avait soutenu le regard de Sarraj.

— O.K. Vous aurez votre parfum dans les temps.

Quitte à passer deux mois sans dormir, le cas échéant. Mais pour cela, il lui fallait un technicien de laboratoire. Et pas plus tard qu'aujourd'hui!

— Si je t'avais sous la main, Jon Sutter, je te tordrais le coup! vociféra-t-elle.

Comme en réponse à cette imprécation, le timbre de la sonnerie se fit entendre. Demi tressaillit. Il y avait longtemps qu'elle n'avait plus les moyens de payer une secrétaire, même si elle continuait à cultiver l'illusion en drapant chaque jour une veste différente sur la chaise placée devant le bureau à l'entrée.

Elle leva les yeux vers la pendule. Si c'était Sutter, il avait une heure entière de retard. Il pouvait donc, d'ores et déjà, faire une croix sur le poste. Mieux valait ne pas avoir de préparateur du tout que de travailler avec un individu incapable de respecter un horaire.

Demi alla ouvrir au pas de charge et tira le battant d'un mouvement brusque. Son regard se porta à hauteur d'homme et ne rencontra que le vide. Et pour cause... Baissant les yeux, elle découvrit un fauteuil roulant coincé dans l'encadrement. Le visage en feu, son occupant s'efforçait de se sortir de cette mauvaise posture, et ses lunettes avaient glissé sur le bout de son nez dans le feu de l'action. Elle entrevit une mâchoire carrée, crispée par l'effort.

— Attendez! s'écria-t-elle en se précipitant à la rescousse. Laissez-moi vous aider.

La porte était trop étroite pour qu'il pût écarter les coudes et exercer une pression suffisante sur les roues, comprit-elle en se penchant pour attraper les accoudoirs.

— Ça va aller, merci, répondit-il sèchement.

Le nouveau venu sentait la laine mouillée et l'eau de toilette démodée.

— Si, si, j'insiste.

Tirant plus fort, elle débloqua le fauteuil d'un coup, et le repose-pied en métal vint lui heurter les chevilles de plein fouet.

— Aïe!

Déséquilibrée par le choc, elle vacilla, se rétablit trop brusquement et finit par se retrouver en appui précaire sur le genou plâtré de l'arrivant.

Nez à nez avec l'inconnu, elle sentit une vague de chaleur lui empourprer les joues. L'homme se mit à rire. Sa bouche n'était qu'à quelques centimètres de la sienne. Elle rencontra des yeux d'un bleu de ciel d'été au-dessus des lunettes, perchées sur un nez très droit. Lorsqu'il lui attrapa les avant-bras, elle connut un bref instant de panique. Et s'il décidait de la maintenir dans cette position humiliante ? Il avait peut-être perdu l'usage de ses jambes, mais elle percevait une force phénoménale dans ses mains et dans ses bras.

Le sourire un rien goguenard qui se peignit sur une bouche bien dessinée indiqua à Demi qu'ils étaient sur la même longueur d'onde. Puis la pression de ses doigts se resserra, et il la souleva pour la replacer à la verticale.

— Eh bien...

Reculant d'un pas, elle lui jeta un regard noir. Il était entièrement responsable de cet incident stupide ! S'il était arrivé à l'heure et dans un fauteuil plus étroit... Et de quel droit la regardait-il avec ce sourire amusé, en plus ?

— J'ose espérer que vous avez fusillé le sagouin qui vous a fait cette coupe de cheveux ? fit-elle remarquer avec hauteur.

Jon Sutter ne se laissa pas démonter.

— Pourquoi croyez-vous que j'aie un tel retard ? Il m'a fallu le temps de lui rouler dessus, puis de faire marche arrière pour opérer un second passage. Et un troisième pour finir, histoire d'achever le travail proprement.

Il glissa la main dans ses cheveux pour tenter — en vain — de les aplatir.

— C'est dramatique à ce point ? s'enquit-il avec une grimace.

— Même une haie taillée avec un mauvais sécateur aurait l'air moins ébouriffée.

Il ne manquerait plus qu'elle embauche un assistant qui, non content d'empester la laine mouillée, ressemblait à une meule de foin ravagée par une tornade... Brian Reeves, lui, aurait préféré mourir plutôt que de porter des chaussettes roses. Et avec un costume marron, en plus !

Eprouvant néanmoins le besoin de se composer une attitude, Demi alla se percher sur le bureau de sa réceptionniste imaginaire et croisa haut les jambes. Elle était consciente de l'effet foudroyant qu'elle produisait généralement dans cette position, mais c'était le moment ou jamais de reprendre un ascendant sur son visiteur. Chaussettes roses ou non, il était plutôt sûr de lui, pour un demandeur d'emploi.

— J'imagine que vous êtes Jon Sutter ? Avec une heure de retard sur l'horaire prévu ?

Jon réprima un sourire. Demi Landero lui faisait penser à Dina, la chatte de sa sœur Emilie. Habituellement gracieuse, la féline commettait occasionnellement une erreur d'appréciation en sautant sur l'évier, et se ridiculisait en retombant en tas sur le carrelage. Mortellement vexée, elle s'éloignait alors, tête haute, la queue dressée, et se repliait ostensiblement dans un coin de la cuisine pour une séance de toilettage intensif.

Demi Landero lissa sa jupe sur ses cuisses, tira sur ses manches et haussa un sourcil.

Jon hocha la tête.

— Oui, je suis Jon Sutter. Et je suis désolé d'être en retard.

— Je trouve que l'absence de ponctualité est un défaut rédhibitoire chez un employé. Elle traduit un manque absolu de conscience professionnelle.

Jon était censé lui présenter ses plus plates excuses, sans doute... Mais si elle attendait qu'il se confondît en explications embarrassées, elle en avait pour un moment à parader sur ce bureau en balançant ses jambes de déesse. Il se contenta de lui adresser un sourire aimable et ne tenta pas de se justifier.

Après un silence chargé de tension, Demi Landero plissa les yeux comme une chatte en colère. Elle était habituée à voir les hommes se mettre en quatre pour lui plaire, songea Jon. Et qu'y avait-il d'étonnant, avec un physique pareil ?

— Sérieusement..., reprit-elle d'une voix plus douce. Vous auriez pu me prévenir au téléphone, monsieur Sutter. Cela nous aurait fait gagner du temps à l'un comme à l'autre.

Jon sentit sa joyeuse humeur s'évanouir.

— Vous prévenir de quoi?

Elle décroisa nerveusement les jambes.

— Que vous auriez des difficultés... d'adaptation. Tant du point de vue du travail que par rapport à la largeur des accès.

— J'ai réussi à entrer, il me semble?

— Vous ne croyez tout de même pas que je renouvellerai tous les jours la gymnastique que vous m'avez imposée tout à l'heure! se récria-t-elle en rougissant légèrement.

Jon roula jusqu'à la porte et examina l'encadrement. Parfait. Le montant de bois serait facile à retoucher.

— Je suis vraiment désolée que vous vous soyez déplacé pour rien, monsieur Sutter, insista-t-elle.

Il secoua la tête.

— Donnez-moi une scie et un bout de papier de verre. Et dans dix minutes, je serai parfaitement « adapté » à votre environnement.

— Je ne tiens pas spécialement à ce que vous mettiez mes boiseries en charpie, protesta-t-elle en soupirant bruyamment. Et là, d'ailleurs, n'est pas le fond du problème.

« Un problème? Comme si tu en avais jamais eu, toi, des problèmes, à part choisir la couleur de ton rouge à lèvres tous les matins! » Jon fulminait. C'était donc l'impression qu'il donnait, désormais? Le considérerait-on toujours d'emblée comme un poids mort et un incapable?

— Je ne connais pas le code du travail dans le détail, mademoiselle Landero. Mais je suis persuadé que votre comportement est discriminatoire. Voulez-vous que nous nous renseignions à l'Inspection?

Avec un léger soupir, Demi Landero descendit de son perchoir et prit une chaise pour venir s'asseoir à sa hauteur.

— Ecoutez-moi... Je regrette sincèrement d'avoir à vous dire non d'emblée, répondit-elle en plaçant une main sur son genou valide. Mais j'ai besoin d'aide, vous comprenez? Et c'est terriblement urgent.

36

Ses magnifiques yeux noirs étaient presque suppliants. Au contact de sa paume sur sa cuisse, Jon éprouva une sensation fulgurante. Au moins, son état ne la rebutait pas, puisqu'elle le touchait spontanément. A moins qu'il ne s'agît d'une vile stratégie de sa part pour se faire pardonner son refus ?

— Vous ne serez pas en mesure de travailler dans les conditions voulues, poursuivit-elle. Et ce serait une catastrophe pour moi, surtout en ce moment, de ne pas avoir un assistant qui réponde à mon attente.

— Je souhaite passer un entretien, rétorqua-t-il, imperturbable.

Demi Landero n'était manifestement pas habituée à ce que ses vibrants plaidoyers demeurent sans effet. Elle lui désigna son bureau d'un geste ironique.

— Très bien. Allez-y, je vous en prie. Entrez si vous le pouvez !

Relevant le défi, Jon prit son élan pour franchir la porte, ne retirant ses mains qu'au dernier moment. Las... La manœuvre échoua et le fauteuil se bloqua à mi-chemin.

— Par pitié..., marmonna la voix de Demi derrière lui.

Prenant les poignées, elle poussa pendant qu'il forçait sur les roues. Le fauteuil finit par entrer, faisant craquer le bois au passage. Parvenu non sans mal dans le sanctuaire de la parfumeuse, Jon roula jusqu'au bureau.

A la fois solaire, raffinée et riche en caractère, la pièce portait très fortement la marque de son occupante. Le jaune lumineux des murs rappela à Jon une tente dans laquelle il avait vécu au cœur du désert durant tout un été. Allongé sur un tapis en laine aux couleurs chaudes, il avait fantasmé inlassablement sur un décor fait de coussins de soie. Et sur une femme à la peau brune, aux longs cheveux de nuit partageant sa couche. Ce bel été avait précédé de peu son mariage avec Angelina. Et il avait découvert que ses fantasmes étaient autrement plus harmonieux que la réalité de la vie conjugale...

Tournant la tête, il vit Demi Landero, sourcils froncés, examinant les dégâts infligés à ses boiseries.

— Je vous réparerai ça, c'est promis.

Il s'y engageait d'autant plus volontiers que sa contrariété ne relevait pas de la simple mesquinerie. Il n'y avait pas une seule fausse note dans ce bureau, pas un seul objet qui n'eût sa fonction esthétique. De toute évidence, la parfumeuse était une perfectionniste — au moins sur le plan visuel.

— Vous le réparerez... à condition que je vous embauche, rétorqua-t-elle en prenant un formulaire sur son bureau. Tenez, remplissez-moi ça. Vous avez apporté votre C.V. ?

Se repliant dans l'angle de la pièce, elle se plaça près d'une fenêtre pour déchiffrer les quelques lignes résumant le parcours professionnel de l'insignifiant « Jonathan Sutter ». A la dérobée, Jon jeta un coup d'œil sur la silhouette dessinée à contre-jour entre les palmes d'un cocotier en pot. Elle avait vraiment un nez magnifique — digne de Néfertiti.

— Vous n'avez occupé qu'un seul emploi depuis que vous avez obtenu votre diplôme, monsieur Sutter ?

— C'est exact, répondit-il tout en inscrivant sur le formulaire le faux numéro de Sécurité sociale que Trace lui avait dicté.

« Pas très impressionnant, comme carrière, n'est-ce pas ? Un préparateur en pharmacie dans une petite ville de province, sans autre ambition dans la vie que de compter ses gouttes et de dispenser des médicaments sur ordonnance. » Alors qu'elle devait être habituée à sortir avec des P.-D.G. de multinationales et des pilotes de ligne. « Serais-tu plus impressionnée si je t'avouais que je suis professeur en titre à l'université de Princeton ? » Pas sûr. Sans doute considérait-elle les enseignants comme une race de sinistres raseurs.

— Et pourquoi avez-vous quitté cet emploi ?

— Je ne suis pas parti de mon plein gré, récita-t-il mécaniquement. Ma pharmacie a été rachetée par une multinationale. Et ils n'ont pas gardé le personnel en place.

— Avez-vous la moindre expérience de la chimie du parfum, monsieur Sutter ?

— Non. Mais j'apprends vite. Et je suis très méticuleux dans mes pesées.

Il avait passé trois jours à potasser des textes sur l'industrie du parfum. Et il savait que la précision était la principale qualité qu'elle pouvait attendre d'un préparateur.

Il lui tendit le formulaire qu'il venait de remplir. Demi Landero parcourut le papier d'un regard rapide. Si les renseignements qu'il avait glanés sur les parfumeurs-compositeurs étaient exacts, elle ne choisirait pas son assistant en fonction de critères objectifs. Les « nez » étaient des artistes qui travaillaient non pas avec des couleurs ou des notes de musique, mais avec une gamme de substances odorantes d'une extraordinaire richesse.

Demi Landero, comme tous les créateurs, devait se fonder sur son intuition plus que sur la logique. Restait à savoir ce qu'elle percevait de lui, à l'instinct...

Il s'obligea à fixer sur elle un regard confiant de bon toutou fidèle. C'était fou ce qu'il se sentait déterminé, soudain, à obtenir cet emploi. Parce qu'elle ne voulait pas de lui, sans doute. Il avait toujours eu l'esprit de contradiction chevillé au corps.

Reposant le formulaire sur le bureau, elle fronça les sourcils.

— J'ai... euh... cru m'apercevoir que vous étiez plâtré. Cela signifie-t-il que...?

— Qu'il ne s'agit pas de mon état habituel? C'est exact. J'ai eu un accident.

Un accident qu'il avait cherché, d'ailleurs... Une vision de la rivière submergea son esprit. Fluide, sensuelle, courant sous le ventre du kayak. Il avait été pris, soulevé, entraîné. Dans l'exaltation, d'abord. Puis, à mesure que l'embarcation prenait de la vitesse, la terreur était montée peu à peu, tandis que le fracas meurtrier des rapides se rapprochait inexorablement. Emporté sans recours, il avait compris qu'à ce jeu-là, il ne sortirait pas gagnant. Les chutes, impitoyablement, avaient succédé aux chutes, plus vite, toujours plus vite... jusqu'au moment où le rugissement des eaux avait tout couvert...

— Un accident de voiture, marmonna-t-il en réprimant un violent frisson.

Là encore, il s'agissait d'une idée de Trace. Le statut de banale victime de la route correspondait mieux au profil du modeste Sutter.

— Je vois, acquiesça-t-elle. Donc, en principe, ce ne sera pas... permanent ?

— Pas les plâtres, non.

Quant au reste... Si son genou droit refusait de plier et que les médecins se montraient pessimistes, il y aurait tout d'abord une nouvelle opération pour implanter un genou artificiel. Puis de nombreux mois encore à passer en fauteuil roulant...

Il lutterait pour que les choses n'en arrivent pas là, certes. Mais depuis son aventure dans les chutes, Jon savait que la volonté humaine a ses limites. Il arrivait qu'elle ne pèse guère plus lourd qu'une feuille morte portée par le courant.

Demi Landero parut sur le point de demander plus de précisions, mais elle se ravisa avec un léger haussement d'épaules.

— Venez. Je vais vous faire visiter le reste de mes installations.

Elle le poussa vigoureusement jusque dans la pièce adjacente et l'habituel craquement salua leur passage.

— Vous êtes seule ici avec votre réceptionniste ? demanda-t-il en jetant un coup d'œil au bureau de la secrétaire.

— Euh... oui. C'est exact.

Comme il tournait la tête pour la regarder, elle lui adressa un sourire suave.

— Il vous reste encore une porte à massacrer, monsieur Sutter. Ne nous arrêtons pas en si bon chemin.

Il serra les dents lorsqu'elle força le passage jusque dans le laboratoire, puis observa les lieux avec une pointe d'accablement. Il comprenait mieux, maintenant, pourquoi elle se montrait aussi réticente. Son menton arrivait à peine à la hauteur du plan de travail en formica. Quant aux rayons couverts de flacons, ils s'étageaient jusqu'à hauteur du plafond.

Sourcil levé, Demi Landero attendait sa réaction.

— J'admets que ce ne sera pas facile, commenta-t-il en roulant vers les petites bouteilles de verre de couleur.

Il y avait là tous les arômes, toutes les essences qui avaient charmé les narines de l'humanité depuis trois millénaires. La palette du parfumeur était d'une richesse impressionnante, songea Jon en se tournant pour prendre le cintre en métal remodelé qui lui servait dans les occasions difficiles. Il visa un flacon au hasard sur le rayon supérieur.

Si elle n'avait pas poussé un hurlement strident, l'opération se serait déroulée sans anicroche. Mais ce soudain fracas de sirène le fit sursauter, et il faillit manquer sa cible. Au dernier moment, il la rattrapa du bout des doigts juste avant qu'elle n'aille se fracasser sur le sol.

Avec un sourire modeste, il remit sa prise à sa propriétaire.

— Vous voyez ? C'est faisable.

Elle lui arracha le flacon des mains et le pressa contre sa poitrine en le foudroyant du regard.

— Espèce de... de barbare ! Mon essence absolue de narcissus poeticus ! Avez-vous la moindre idée de ce qu'elle coûte, au moins ?

Jon secoua lentement la tête. Mais si elle décidait de l'assassiner sur place, il subirait son sort sans broncher. Animés par la colère, ses traits gagnaient en authenticité et en caractère. Avec cet air de déesse vengeresse, elle était tout simplement somptueuse.

— C'est un dollar et quelque le kilo de fleur ! vociféra-t-elle en replaçant le flacon hors de sa portée. Et il ne faut pas moins de deux cents kilos de fleurs pour obtenir un kilo d'absolue !

— Vous pourriez peut-être me faire passer les bouteilles, alors ? suggéra-t-il prudemment.

— C'est ça ! Vous croyez que je n'ai rien d'autre à faire que d'assister mon assistant ? Je n'aurai pas une seconde à perdre, au cours des deux mois qui viennent ! Et de toute façon, il faudra bien que vous puissiez atteindre le...

Sur le point de nommer l'objet qu'elle venait de poser sur le plan de travail, elle se ravisa pour se lancer dans un interrogatoire en règle.

— Comment appelez-vous cet appareil, monsieur Sutter?

— Un chromatographe, bien sûr.

— Et celui-ci?

— Une balance électronique.

— Et ça?

— C'est un récipient dans lequel les composants sont chauffés au bain-marie. Il contient un agitateur afin que le mélange s'effectue de façon homogène.

Tout compte fait, il ne regrettait pas d'avoir passé trois jours à potasser ses leçons.

— Bon, au moins, vous avez des connaissances de base! Cela vous donne un net avantage sur le seul autre candidat qui...

Comme Demi Landero laissait sa phrase en suspens, Jon en conclut qu'elle avait tout de même reçu un autre postulant. Un chanceux qui avait trouvé le chemin du vingt-neuvième étage, malgré tous les obstacles placés sur sa route? Mais apparemment, ce candidat numéro un n'avait pas donné satisfaction. Donc, pour le moment, il conservait toutes ses chances!

— Non seulement je reconnais ces appareils, mais je sais m'en servir. Et pour ce qui est de les atteindre...

La manœuvre risquait d'être périlleuse, mais il n'avait guère le choix. Il roula jusqu'à l'îlot central sur lequel il prit appui d'une main en se calant de l'autre sur le plan de travail. Ces deux supports étaient à la fois trop hauts et trop écartés à son goût, mais au diable la prudence!

Le voyant faire, Demi Landero poussa un cri de protestation et courut pour l'arrêter. Trop tard. Les vingt premiers centimètres furent les plus difficiles. Une fois qu'il put placer ses coudes, le reste fut du gâteau. Ils étaient face à face, à présent, et, cette fois, il la regardait de haut. Arrondies par la surprise, les lèvres délicieuses formaient un « o » parfait.

— Apportez-moi le tabouret, dit-il hors d'haleine.

— Mais...

— Vite !

Elle ne pensait tout de même pas qu'il pouvait rester suspendu ainsi pendant une heure ? Avec un petit cri, elle écarta son fauteuil et courut approcher le siège demandé.

— Là !

Il se laissa choir en poussant un grand ouf.

— Voilà en gros la procédure. A part qu'il me faudrait un tabouret à roulettes pour que je puisse me déplacer librement, expliqua-t-il avec un large sourire. Et je peux trouver un moyen plus simple pour me hisser de façon à ne pas avoir besoin de votre aide chaque fois.

— C'est important à ce point, d'obtenir cet emploi ? demanda-t-elle en plongeant son regard dans le sien.

Sa voix vibrait d'une émotion nouvelle dont Jon chercha à déchiffrer la teneur. Elle était énervée, certes. Mais impressionnée, malgré tout. Il hocha la tête avec satisfaction. Rien de tel, parfois, qu'une petite démonstration de force pour se faire entendre.

Ils sursautèrent l'un et l'autre en entendant la sonnette de la porte d'entrée. Le visage de Demi Landero s'éclaira.

— Je vous promets d'examiner votre candidature avec la plus grande attention, promit-elle d'un ton léger. Mais comme vous pouvez l'imaginer, vous n'êtes pas le seul à briguer la place.

Jon jura intérieurement. Quelques minutes de plus, et elle se serait laissé convaincre ! Mais ce nouveau postulant venait tout gâcher. Et si cet individu, quel qu'il fût, s'était montré assez malin pour échapper au piège du vingt-troisième étage, le pire était à craindre...

— Attendez-moi ici, le temps que je fasse entrer mon visiteur, s'il vous plaît. Puis je reviendrai vous aider à regagner votre fauteuil.

Une minute plus tard, elle était de retour. Son expression était satisfaite. Ses jambes toujours aussi fabuleuses.

— Vous pensez que vous parviendrez à vous soulever ?

Jon acquiesça d'un signe de tête. Partant de plus haut, il put se hisser sans peine et réintégrer son fauteuil. Ils raclèrent les boiseries tout le long du chemin sans échanger un mot. Demi Landero n'avait plus aucune question à lui poser, de toute évidence. Elle était déjà entièrement focalisée sur son nouveau candidat.

Lorsqu'ils débouchèrent — avec fracas — dans la réception, Jon découvrit son rival et cligna des yeux de stupéfaction : vêtu d'un costume gris clair et arborant une élégante pochette grenat, l'« agent d'entretien » croisé un peu plus tôt dans le hall soutenait son regard sans broncher !

Demi ne perdit pas de temps à faire les présentations. Pressée de se débarrasser de lui, de toute évidence, elle l'évacua énergiquement dans le couloir et lui serra la main.

— Je vous appelle ce week-end, sans faute, pour vous communiquer ma décision, monsieur Sutter.

— Je reste dans l'attente de vos nouvelles, mademoiselle Landero, murmura-t-il solennellement, n'osant sourire de peur de laisser transparaître son hilarité.

Qu'allait-il lui raconter, cet agent grimé en demandeur d'emploi ? Qu'il avait échoué au bac, avec un trois sur vingt en chimie ?

Il fallait reconnaître que travailler en équipe avec le FBI avait du bon. On pouvait leur reprocher bien des choses, certes, mais ils avaient l'art de vous soutenir dans les moments délicats.

4.

L'euphorie de Jon fut de courte durée. Pour commencer, il dut attendre un quart d'heure sous la pluie glacée avant l'arrivée du minibus spécialement aménagé. Frigorifié, trempé jusqu'aux os, il se fit déposer devant l'immeuble où Trace avait sous-loué un appartement à son intention.

Son frère avait été bien optimiste en signant un bail de trois mois, songea-t-il, le moral en berne. Une location à la semaine aurait largement suffi. Car ledit Jon Sutter ne ferait pas de vieux os à New York. Et cela, pour la bonne raison que Demi Landero ne l'embaucherait pas comme assistant. Elle n'avait pas caché son soulagement, lorsqu'elle avait réussi à le pousser dehors à la fin de l'entretien. Même le fait que son rival ne fût qu'un pseudo-candidat mandaté par le FBI ne la prédisposerait pas en sa faveur. Quelque chose en lui avait manifestement déplu à la parfumeuse. Peut-être s'y était-il pris un peu trop énergiquement ?

En actionnant ses roues pour s'engager dans le hall d'entrée de l'immeuble, Jon tomba sur deux jeunes femmes qui sortaient en riant de l'ascenseur. A sa vue, elles se figèrent, le saluèrent avec un vague sourire gêné et s'éloignèrent en évitant soigneusement son regard.

S'il avait été atteint d'une maladie contagieuse, les gens n'auraient pas réagi autrement, songea-t-il en s'engouffrant dans la cabine. Inutile de se creuser la tête pour essayer de comprendre pourquoi Landero ne voulait pas de lui. Sa préférence, tout naturellement, allait à des hommes sains et forts comme Sarraj. Pourquoi une femme aussi belle s'infligerait-elle la compagnie d'un homme diminué, même s'il ne devait occuper dans sa vie qu'une fonction subalterne ? Demi Landero était une perfectionniste. Peut-être le simple fait de le voir dans cet état la mettait-il mal à l'aise ?

A un niveau inconscient, son rejet était vraisemblablement motivé par des pulsions plus élémentaires, plus profondes. Qu'il s'agisse de choisir un mécanicien, un mari ou un maçon, les femmes étaient attirées par les hommes capables de les protéger, elles et leurs enfants...

Jon tendit la main derrière lui pour atteindre le panneau, se cogna les doigts au passage, jura copieusement et finit par se tromper de bouton. Dieu sait pourquoi il se faisait tout un monde de cet échec, bon sang ! Au pire, que pouvait-il lui arriver ? Lorsque Landero lui aurait signifié son refus, il ne lui resterait plus qu'à plier bagage et à regagner tranquillement ses chères pénates. C'était bien ce qu'il avait espéré depuis le début, non ?

Mais la perspective de retrouver son appartement à Princeton n'était pas de nature à lui remonter le moral. Il s'était installé là, suite à son divorce, pour disposer rapidement d'un lieu où entreposer ses affaires en attendant d'acquérir une vraie maison. Une fois immobilisé par son accident, cependant, il n'avait pas eu le courage de se mettre en quête d'un logement plus agréable. Si bien qu'il n'avait pas de « chez lui » à proprement parler...

Pourquoi diable avait-il accepté de s'enfermer ici, au cœur de cette ville d'entre les villes, labyrinthique et étouffante ? Le plus simple serait d'appeler Trace tout de suite et de l'avertir qu'il avait échoué. Jon Sutter, le triste pharmacien de province, n'avait pas eu l'heur de plaire à Mlle Landero. Qui sait, d'ailleurs, si elle n'avait pas déjà embauché le faux candidat ?

Jon sortit ses clés, manœuvra pour passer la porte de son appartement et, l'humeur sombre, contempla l'entrée déserte. « Chérie ? C'est moi ! » Avec une grimace ironique, il actionna l'interrupteur. Dire qu'Angelina se trouvait peut-être dans cette même ville, à quelques kilomètres de là ! Mais la distance qui s'était creusée entre son ex-femme et lui n'était pas de nature géographique. C'était un éloignement moral, qui se mesurait désormais en années-lumière...

« Bon, tu as fini ? Assez larmoyé sur ton passé ! » Jon se transféra sur le tabouret à roulettes dont il se servait pour se déplacer dans la cuisine, et fit l'inventaire du congélateur. Mmm... Pizza ou sauté de poulet aux légumes ? Comme il glissait un plat dans le four, son attention fut attirée par une feuille pliée en quatre posée sur le plan de travail.

Tiens... Trace l'avait pourtant averti qu'il éviterait de passer le voir, au cas où il serait surveillé. Mais apparemment, son frère avait fait une exception.

« Je pars pour quelques semaines. Je n'aurai donc pas l'occasion de te voir. Mais tu peux toujours me joindre au numéro que je t'ai donné. En attendant, bonne chance avec ta beauté fatale. Mais attention... pas de rapprochements intempestifs ! »

— Oui, bon... Ça va, je sais, merci..., marmonna Jon en reposant le message.

Trace et lui avaient déjà abordé le sujet. Ses relations avec Demi Landero devaient rester purement professionnelles. Il n'était pas bon de frayer de près avec l'ennemi — ou, en l'occurrence, avec une personne considérée comme suspecte. Trop d'intimité faussait le jugement.

Mais Trace n'avait aucun souci à se faire. Même dans le cas — fort improbable — où Demi voudrait de lui, il était devenu insensible au charme des belles femmes. Angelina l'avait immunisé une fois pour toutes contre la beauté. C'était d'ailleurs le seul service que lui eût jamais rendu son ex-femme...

Demi s'arrachait les cheveux.

D'un côté, le sort lui faisait un cadeau extraordinaire, et de l'autre, il s'acharnait sur elle de façon totalement mesquine ! Elle se frotta les tempes et cligna des yeux pour accommoder sa vision. Après dix heures de travail ininterrompu, les lettres et les chiffres commençaient à danser une samba endiablée sur l'écran. Elle en était à sa dix-huitième version de sa composition pour Sarraj. Mais comment progresser correctement dans ses recherches, si elle n'avait personne pour peser et mélanger ses composants ? Un « nez » ne pouvait pas travailler uniquement sur papier. Il lui fallait de vraies senteurs à se mettre sous la narine !

Non, honnêtement, c'était à ne plus rien y comprendre. Au moment précis où elle décrochait le contrat de ses rêves, Hector disparaissait comme un lapin sous le chapeau du magicien ! Pourquoi le destin lui jouait-il cette farce cruelle, reprenant d'une main ce qu'il donnait de l'autre ?

Si encore il y avait moyen de trouver un remplaçant correct ! Mais pour l'instant, son choix se résumait à l'alternative suivante : un fou à roulettes ou un assassin ! Certes, Greenley, le postulant qui avait suivi Sutter, s'était bien gardé d'admettre ouvertement qu'il avait le coup de couteau facile. Il s'était contenté de mentionner une peine d'emprisonnement, suite à un modeste détournement de fonds dans l'entreprise où il avait été employé précédemment. C'était au cours de ses années de détention qu'il avait pu préparer son diplôme de chimiste.

Demi adhérait totalement au principe de la réinsertion, mais elle n'avait pas trouvé le personnage très rassurant. Si Greenley présentait le détournement de fonds comme un délit mineur, de quoi s'était-il rendu coupable réellement ?

Restait Sutter — incontestablement intelligent, mais

hirsute, mal fagoté, indifférent à toute notion d'horaire, et peut-être pas très équilibré, à en juger par la façon proprement criminelle dont il avait traité son absolue de narcisse. Et ce n'était pas tout, songea Demi en portant pensivement un doigt à ses lèvres. Quelque chose lui échappait dans la logique du personnage, et elle ne parvenait pas à savoir quoi exactement...

« Je vis dans une ville de huit millions d'habitants, et c'est à ça que se réduit mon choix ? Inimaginable ! » Avec un peu de chance, quelques nouveaux candidats se présenteraient lundi. Mais pouvait-elle se permettre d'attendre jusque-là ?

Non. Il s'agissait de trancher ici et maintenant. Où irait alors sa préférence ? A l'assassin, ou à l'homme-meule de foin ? Demi tourna les yeux vers le petit couloir obscur qui menait à son laboratoire. Avec lequel des deux se sentirait-elle le plus en sécurité, tard le soir, lorsqu'il n'y aurait plus personne dans l'immeuble ? Elle soupira, et tendit la main vers le téléphone.

Après douze sonneries, elle s'apprêtait à raccrocher lorsque, enfin, hors d'haleine, Jon Sutter aboya un « allô ». Consternée, Demi grinça des dents. S'il lui fallait une demi-heure rien que pour répondre au téléphone, comment pourrait-il faire un bon assistant ? Il n'avait pas la mobilité requise ! D'un autre côté, elle pouvait difficilement lui raccrocher au nez maintenant.

— Monsieur Sutter ? Ici Demi Landero.

Il y eut un bref silence étonné au bout du fil.

— Je ne pensais pas que vous appelleriez si tard. Un instant, s'il vous plaît... Je suis à vous dans une seconde.

Il avait une belle voix, en tout cas, jugea Demi en jetant un coup d'œil à la pendule. Déjà 22 heures ! Elle ne voyait pas le temps passer lorsqu'elle travaillait. A New York, cependant, la soirée commençait à peine. Mais Jon Sutter avait toujours vécu en province, où les gens se couchent sans doute de bonne heure. Qu'est-ce qui avait pu pousser ce grand sédentaire à s'expatrier brutalement à l'âge de trente-six ans ? Le personnage, décidément, restait une énigme à ses yeux...

— J'étais en train de me faire du pop-corn, expliquat-il en reprenant le combiné. Je suis allé couper le gaz.

Il était seul, autrement dit ? Pas d'épouse dévouée, à son côté, pour se charger de ces petits problèmes ? Elle n'avait même pas pensé à lui demander s'il était marié. A cause de sa coupe de cheveux, sans doute. Aucune femme digne de ce nom n'aurait laissé son mari sortir avec une tête pareille !

— Vous m'appelez pour me dire que vous êtes désolée, mais que je ne ferai pas l'affaire ? déclara Jon Sutter à l'autre bout du fil. C'est gentil d'avoir pris la peine de...

— En fait, j'avais décidé de retenir votre candidature, au contraire. Enfin... une fois que j'aurai vérifié vos références, bien sûr. Dans l'hypothèse où elles seraient favorables, accepteriez-vous de travailler à l'essai pendant une semaine ?

Cela lui laisserait au moins le temps de se retourner. Elle verrait d'autres postulants dans l'intervalle. Et qui sait ? Peut-être découvrirait-elle que Jon Sutter était parfaitement capable de prendre la suite d'Hector. Elle pouvait bien lui donner sa chance, après tout.

— J'ai besoin de m'assurer que nos caractères sont compatibles si nous voulons travailler ensemble efficacement, compléta-t-elle tandis qu'un silence lourd de tension lui répondait.

— Vous voulez de moi pour assurer l'intérim, en somme ? demanda-t-il d'une voix neutre.

L'aurait-elle vexé ?

— Je vous propose un essai payé à plein salaire. Ce n'est pas une question d'argent, croyez-moi.

— Une question de quoi, alors ?

Demi réfléchit. Ce n'était pas tant le fait qu'il fût immobilisé dans un fauteuil qui l'inquiétait. Mais elle avait du mal à cerner le personnage. Ce Jon Sutter avait quelque chose... d'insaisissable.

50

— Si j'embauche un assistant, c'est dans le but d'établir une relation à long terme, monsieur Sutter. Vous seriez mon bras droit, en l'occurrence. Et il faut d'abord que je sache si nous sommes en phase.

Elle ne pouvait pas laisser une ambiance tendue s'installer dans son laboratoire. Pour créer un parfum, elle avait besoin de rentrer en elle-même, d'atteindre un niveau de concentration où ses sens et son énergie étaient entièrement tournés vers l'intérieur. Hector avait été parfait, de ce point de vue. Non seulement il l'avait déchargée de toutes les petites corvées matérielles, mais il avait eu un réel talent olfactif. Ses opinions l'avaient souvent aidée à dépasser un blocage, à parfaire ses accords en approfondissant certaines nuances.

— J'ai également oublié de vous demander, tout à l'heure, si vous accepteriez de faire des heures supplémentaires lorsque nous serons sur la brèche, comme c'est le cas en ce moment. Ce soir, par exemple, je vous appelle de mon bureau.

— A 10 heures passées ! Y a-t-il quelqu'un d'autre dans l'immeuble, au cas où il arriverait quelque chose ? Et comment comptez-vous rentrer chez vous ?

Demi faillit éclater de rire. Allait-il lui proposer de se propulser à sa rescousse, dans son fauteuil roulant ? Quoi qu'il en fût, c'était gentil de sa part de s'inquiéter.

— Rassurez-vous, lorsque je travaille tard comme aujourd'hui, j'appelle toujours un taxi.

— Je l'espère bien, maugréa-t-il d'un ton désapprobateur.

Sa réaction la fit sourire. Qui sait ? Finalement, il ferait peut-être l'affaire, ce Jon Sutter. Elle avait toujours eu un faible pour les hommes protecteurs.

— C'est d'accord, acquiesça-t-il d'un ton soudain décidé. J'accepte votre proposition pour une semaine. Quand souhaiteriez-vous que je commence ? Demain ?

Demain, déjà ? Voilà qui était inespéré. Demi contempla la formule qui s'affichait à l'écran et se sentit soudain plus confiante. Enfin, elle allait travailler sur du concret, mettre son odorat en œuvre...

— Vous accepteriez de travailler le week-end ? s'écria-t-elle. Jon Sutter, vous êtes un homme selon mon cœur !

Apparemment, la ponctualité était une qualité que Demi Landero attendait de ses employés sans l'exiger d'elle-même ! Son téléphone portable plaqué contre l'oreille, Jon pesta en guettant les fenêtres d'Alluroma. Le hall d'entrée de l'immeuble était fermé au public le week-end, et elle lui avait dit de l'appeler lorsqu'il arriverait à midi. Depuis vingt minutes qu'il faisait le planton dehors, il avait composé son numéro à plusieurs reprises pour tomber chaque fois sur le répondeur. Et même si le soleil avait fait son apparition ce matin, le fond de l'air restait glacial.

Décidément, les belles femmes étaient toutes les mêmes : égocentriques, capricieuses et incapables de respecter un engagement. Demi, comme Angelina, devait considérer que le reste du monde s'adaptait automatiquement à son emploi du temps personnel. Jon s'apprêtait à composer le numéro d'Alluroma une dernière fois lorsqu'un taxi jaune s'immobilisa devant l'immeuble. Le conducteur descendit promptement et se précipita pour ouvrir la portière de son passager. Jon n'en croyait pas ses yeux. C'était bien la première fois qu'il voyait un chauffeur de taxi new-yorkais se donner tant de peine !

Une paire de jambes somptueuses apparut, et deux pieds fins chaussés d'escarpins se posèrent sur le trottoir. Avec un de ses divins sourires, Demi Landero accepta la main tendue du chauffeur et se releva gracieusement.

— Oh, Jon ! Je suis vraiment désolée de vous avoir fait attendre !

Elle le rejoignit devant l'immeuble, les joues rosées et légèrement hors d'haleine, comme si elle venait de courir un cent mètres pour le retrouver. Elle n'avait pas pris le temps de se faire un brushing, de toute évidence, et ses cheveux bouclaient librement autour de son visage. Jon l'imagina sortant du lit, repoussant la chevelure capricieuse qui lui tombait sur le front...

Elle se tourna vers le chauffeur de taxi qui venait de sortir un grand carton allongé du coffre.

— Où aimeriez-vous que je porte votre paquet, madame?

L'homme avait un accent marqué, des yeux de braise. Il salua Jon d'un regard luisant d'une jalousie si féroce qu'Othello, à côté, aurait fait pâle figure.

— Donnez-le à Jon, ordonna Demi qui s'était déjà détournée pour ouvrir la porte de l'immeuble. Et encore merci pour tout, Salim.

D'un geste possessif, le chauffeur serra le paquet contre sa poitrine.

— Je tiens à le porter moi-même, madame.

« Excellente idée, acquiesça Jon. Je te le laisse volontiers, mon pote. » Les deux années qu'il avait passées au côté d'Angelina, à lui servir de porteur personnel, lui avaient suffi amplement. Et comment était-il censé manœuvrer ses roues, si elle lui collait ce truc sur les genoux?

— Mais non, voyons, quelle idée! protesta Demi avec un charmant sourire. Vos clients vous attendent, Salim. Et Jon est tout à fait en état de s'en charger.

Et maintenant, que répondre? Qu'il n'était pas fichu de transporter un carton? Jon accepta son fardeau sous le regard meurtrier du galant Salim. Plantant là sa conquête émerveillée, Demi prit le fauteuil roulant d'autorité et le poussa dans le hall.

— Eh bien, ce Salim avait de la suite dans les idées! dit-elle en riant, tout en poursuivant son chemin vers l'ascenseur. Désolée de vous avoir laissé attendre dehors par ce froid. Mais cet achat m'a pris plus longtemps que prévu.

D'humeur noire, Jon s'abstint de lui demander en quoi consistait l'achat en question. Il était parti avec la ferme intention de se comporter en employé modèle, soucieux de donner toute satisfaction à sa patronne. Mais elle ne lui facilitait pas la tâche en se servant de lui comme d'un chariot de supermarché !

— Je vais commencer par vous donner les grandes lignes du projet sur lequel nous allons travailler ensemble, annonça Demi en poussant la porte d'Alluroma.

— Plus tard, vous voulez bien ? Une fois que je serai en mesure de passer d'une pièce à l'autre sans fracasser les boiseries au passage.

Il posa son paquet sur le sol, prit la trousse à outils qu'il avait coincée à côté de lui sur le siège, et en sortit une scie et des ciseaux à bois.

— Mais...

— J'ai acheté tout ce qu'il faut.

Il fit une marque sur le montant de la porte, à la hauteur voulue, et glissa le crayon derrière une oreille.

— S'il vous reste un fond de peinture dans cette teinte, apportez-le-moi, voulez-vous ?

Marmonnant une protestation indignée, Demi s'éloigna, ses talons hauts claquant furieusement sur le carrelage. Avec un léger sourire, Jon se mit à la tâche. Une fois qu'il eut découpé, raboté et passé le creux au papier de verre, il se sentit beaucoup mieux. Les lèvres serrées, Demi Landero allait et venait entre son ordinateur et le laboratoire, sans oublier de lui jeter un regard noir à chaque passage. Mais il poursuivit ses travaux sans se laisser décontenancer.

Se souvenant alors du paquet, il le prit et le porta jusqu'à son bureau.

— C'est pour moi ? demanda-t-il en examinant l'étiquette.

Il s'agissait d'un tabouret pivotant à roulettes, à monter soi-même.

Elle le contempla froidement.

— Oui, c'est pour vous.

— Merci.

Il risqua prudemment un sourire, qu'elle finit par lui rendre après un moment d'hésitation. Satisfait d'avoir conclu une trêve, Jon s'attaqua à la porte suivante, qui menait du bureau de Demi aux pièces donnant sur l'arrière.

— Si vous me parliez de votre projet? demanda-t-il, les yeux fixés sur la lame de la scie.

Allait-elle mentionner Sarraj? Le chèque de la valeur d'un demi-million de dollars? Si contrat il y avait, il était prêt à mettre sa main au feu qu'elle l'avait conclu en toute innocence. Pas plus que la chatte de sa sœur Emilie, Demi Landero n'avait un profil de conspiratrice. Pourquoi une femme qui se considérait comme le centre du monde se sentirait-elle tentée de manœuvrer dans l'ombre?

Elle traversa la pièce pour venir s'adosser près de lui.

— J'ai décroché une commande, Jon! Une commande de rêve : je suis chargée de créer le plus extraordinaire, le plus inoubliable des parfums! De surpasser tout ce qui a pu se faire jusqu'à présent!

Levant les yeux, Jon vit son regard brillant, et la légère rougeur qui enfiévrait ses joues. Non seulement son enthousiasme semblait sincère, mais elle était apparemment ravie de faire partager sa bonne nouvelle.

— Et vous vous sentez capable de répondre à la demande?

— Naturellement! Je suis considérée comme un des cinq meilleurs compositeurs de parfums au monde!

Jon sourit en passant son papier de verre.

— Alors, dites-moi comment un nez d'entre les nez procède pour composer la plus belle fragrance de la création?

— Oh, cela demande à la fois du talent, de l'inspiration et des composants qui, pour la plupart, coûtent une fortune. Comme l'ambre gris, par exemple. Et l'absolue de narcisse que vous avez failli fracasser hier... Et c'est là, justement, que j'ai une chance extraordinaire : on m'a recommandé de ne pas regarder à la dépense, de ne jamais me laisser arrêter par des considérations de coût. L'argent n'a aucune importance.

Mmm..., songea Jon. L'argent, en dernier ressort, a *toujours* de l'importance. Si Demi créait par passion, ses commanditaires, eux, avaient sans doute des motivations plus terre à terre.

— Comment pensent-ils rentrer dans leurs frais ? demanda-t-il, les sourcils froncés. J'imagine qu'ils tiennent à ce que ce parfum rapporte des bénéfices ?

— Apparemment, mon client a les moyens de faire les choses en grand.

« A ta place, je me méfierais de ce cheval de Troie, ma jolie. Tout ce qui a l'air trop beau au premier abord cache généralement un piège... » Cela dit, Sarraj espérait peut-être, tout simplement, s'offrir la personne de Demi en plus de ses talents olfactifs. Auquel cas, il n'y aurait vraiment pas de quoi mettre tout le FBI en alerte !

— Lancer un parfum très cher sur le marché est une idée de marketing comme une autre, expliqua Demi. Et si vous voulez mon avis, c'est même une idée brillante. Pour donner envie aux gens de l'essayer, il faut qu'un parfum sorte du lot. Le mien, en l'occurrence, se distinguera par son prix — il sera plus cher encore que « Joy » de Patou, c'est vous dire ! Mais une fois que les femmes l'auront essayé par curiosité — pour voir si ce parfum si coûteux est réellement différent des autres —, elles seront conquises. Je ne me fais aucun souci à ce sujet.

Apparemment, elle ne doutait pas de son talent ! Jon hocha la tête.

— Je reconnais que le principe est valable. C'est comme pour les hommes et les Maserati, par exemple. Même s'ils n'ont pas les moyens de s'en offrir une, ils ne résisteront jamais à la tentation de l'essayer, si d'aventure l'occasion se présente.

Demi le gratifia d'un sourire.

— Je vois que vous commencez à comprendre.

A comprendre, oui... Mais à entrevoir aussi toutes sortes d'obstacles possibles !

— Et si les femmes n'aiment pas votre parfum ?

Elle haussa les épaules.

— Les femmes l'aimeront, je vous le garantis.

— En revanche, il existe toujours un danger pour que vos commanditaires fixent un prix trop élevé. Imaginez qu'il soit considéré comme inaccessible ? Vous courriez droit à l'échec.

— Ces gens-là ne sont pas idiots. Ils ont dû faire des études de marché au préalable, rétorqua-t-elle avec indifférence.

— Et qui sont-ils, ces clients ? demanda-t-il avec désinvolture, en songeant que le FBI serait ravi d'avoir des noms.

— Un consortium d'investisseurs dirigé par un Saoudien. Un prince, en l'occurrence.

Ainsi, comme Angelina, elle était impressionnée par l'argent et les titres ? Jon se vengea en enfonçant le ciseau plus profondément dans le bois.

— Et il a un nom... ce prince ?

— Sans doute, répondit-elle sèchement.

Tournant la tête par-dessus l'épaule, il nota qu'elle avait croisé les bras sur la poitrine et qu'elle le considérait d'un air méfiant. Oh...oh... Le gentil préparateur en pharmacie du Connecticut serait-il sorti de son rôle en se montrant trop curieux ? Jon lui décocha son sourire le plus ingénu et se passa la main dans les cheveux.

Pour avoir pratiqué ce même geste à plusieurs reprises devant le miroir, il savait qu'il devait avoir l'air plus hirsute, plus ahuri que jamais. Otant ses lunettes, il entreprit de les essuyer soigneusement avec un pan de sa chemise.

— C'est drôlement excitant, ce qui vous arrive ! s'exclama-t-il. Ce n'est pas tous les jours qu'on a l'occasion de traiter avec des altesses !

Il remit ses lunettes sur son nez, prit un air sérieux et concentré, et laissa pendouiller sa chemise hors de son pantalon. Demi paraissait déjà beaucoup plus détendue. Elle faisait même des efforts attendrissants pour ne pas pouffer de rire.

— Oui, c'est vrai, acquiesça-t-elle gravement.

— Moi, le gars le plus célèbre que j'aie jamais rencontré dans ma pharmacie, c'était le secrétaire d'Etat à l'Agriculture. L'été dernier, il était en visite officielle dans le coin, et il a été pris de crampes d'estomac. Je lui ai donné un petit remède de ma composition. Et figurez-vous qu'il s'est remis en un rien de temps !

— Ah, vraiment ?

Ecarquillant ses grands yeux noirs, elle réussit à prendre un air impressionné.

— Comment dois-je m'adresser à vous, au fait ? s'enquit-il, résistant à la tentation de continuer à fabuler, rien que pour le plaisir de bénéficier de son attention.

— Devant nos clients, il faudra m'appeler « mademoiselle Landero », bien sûr. Mais lorsque nous serons seuls, « Demi » suffira.

Elle avait prononcé son prénom à la française — Deu-mi — en arrondissant les lèvres, comme pour envoyer un baiser.

— « Dèmi », répéta-t-il, se trompant à dessein pour le plaisir de l'entendre chanter de nouveau les deux mêmes syllabes.

Elle rit doucement.

— Non, regardez-moi bien : c'est Deu...miiii.

S'il avait été debout sur ses deux jambes, il aurait penché la tête pour couvrir son visage de baisers. Il n'aurait tout simplement pas pu s'en empêcher. S'il avait été debout...

Le cœur lourd, soudain, il passa la main sur sa cuisse prisonnière. Même si sa vie en dépendait, il n'aurait pas pu atteindre ses lèvres... Et l'embrasser, qui plus est, eût été une erreur sur tous les plans. Il était là pour l'espionner — et la confondre, le cas échéant.

— Demi, murmura-t-il avec l'accent voulu.

— Très bien. Vous savez, Jon, il est 2 heures de l'après-midi et je meurs de faim.

— Voulez-vous que je fasse un saut... que je descende vous acheter quelque chose ?

Il était censé se comporter en employé soumis, après tout. Sans compter qu'un éloignement lui serait salutaire. Il éprouvait soudain le besoin de se retrouver à l'air libre et de respirer profondément.

— Non, je m'en charge. Restez donc ici, et finissez de gratter votre porte. Je suis pressée de me mettre au travail, figurez-vous.

Jon s'inclina devant l'argument. Il finit de creuser le montant en un temps record et consulta sa montre. Il avait commandé un panini chaud à Demi, histoire de la retarder le plus longtemps possible. En admettant qu'elle en eût pour vingt-cinq minutes, cela lui laissait un bon quart d'heure pour endosser son rôle sordide d'espion et aller fouiller et fureter.

Après quoi, il considérerait que sa dette envers Trace était payée. Et largement payée, décida-t-il, les mâchoires crispées, en pénétrant dans le bureau de Demi.

5.

Jon embrassa la pièce d'un regard sceptique. En si peu de temps, où commencer les recherches ? Dans les tiroirs ? Le meuble de classement ? Sous le tapis ou derrière les tableaux — dans l'hypothèse où elle aurait une cache secrète ? Il sortit un carnet et un stylo de la poche de sa chemise et griffonna deux questions :

1) Qui finance le projet ? Son prince arabe ?

2) A supposer que ce dernier existe, qu'obtiendra-t-il réellement en échange de ses 500 000 dollars ?

Le « prince », réel ou mythique, investissait-il bel et bien dans le parfum le plus merveilleux du monde ? Ou finançait-il une entreprise beaucoup plus sordide ? Comme un attentat à la bombe, par exemple ? Et si c'était le cas, quel rôle Demi Landero tenait-elle dans le scénario ? Jon regarda sa montre et secoua la tête. « Passe à l'action, mon vieux. Tu t'amuseras à élaborer des théories plus tard. »

Puisque le temps lui était compté, pourquoi ne pas commencer par écouter les messages sur son répondeur ? Si — hypothèse absurde — Demi était en lien avec une organisation criminelle quelconque, ils devaient bien prendre contact avec elle d'une façon ou d'une autre.

Avec un léger haussement d'épaules, Jon fit défiler la bande. Le premier message remontait à 11 heures du matin, la veille.

61

— Demi, mon petit sucre ! dit une voix d'homme un peu trop enjouée. J'ai essayé de te joindre toute la semaine. Tu me rappelles au 679-8020 ?

Jon nota le numéro. Admirateur éconduit tentant sa chance, ou poseur de bombe déguisé ? Rien, *a priori*, ne permettait de trancher entre ces deux hypothèses.

— Demi ? C'est moi, Howard... Vous savez, on s'est croisés mardi dernier, au Monkey Bar ? Vous m'avez dit que je pourrais vous appeler. Je... euh... réessayerai une autre fois.

« Howard », inscrivit Jon sur son carnet avant de concentrer son attention sur le message suivant :

— Demi ? Ici Kyle, dit une voix féminine surexcitée. Grande nouvelle, ma vieille : le type super canon que tu m'as adressé sort d'ici à l'instant. Je ne sais pas comment te remercier ! Pour nous, ce serait un client en or, et nous lui ferons certainement une offre dans les prochains jours. Ma question est cependant la suivante : tu me l'envoies exclusivement pour le boulot ? Ou s'agit-il d'un petit cadeau de ta part ? Si ce monsieur t'encombre et que tu ne sais pas quoi en faire, je veux bien me contenter de tes restes. Depuis que j'ai vu *Le Docteur Jivago*, je suis folle d'Omar Sharif. Alors, s'il te plaît, rap...

Bip, fit le répondeur, mettant fin à cet appel enthousiaste. Ainsi Demi avait envoyé Sarraj à cette femme pour « le boulot ». Mais quel boulot ? Mystère. Pouvait-on en déduire que la dénommée Kyle représentait une menace pour la sécurité nationale ? Elle n'en donnait guère l'impression, en tout cas !

Avec ça, le beau Sarraj avait l'air de déchaîner les imaginations féminines. « Toi aussi, Demi, tu as succombé à son charme facile ? Ou aurais-tu plus de discernement que ton amie Kyle ? »

Le message suivant était daté du vendredi, 15 h 43. Un négociant annonçait qu'il était au regret de ne pouvoir lui procurer de l'huile essentielle d'iris en provenance de Florence, et il proposait de l'iris marocain à la place. Un vrai fournisseur? se demanda Jon en griffonnant ses notes. Ou un terroriste s'exprimant dans un langage codé? Décidément, quel casse-tête!

— Mademoiselle Landero? Ici Pete Ruggles, du Connecticut. Je vous appelle suite au message que vous avez laissé ce matin. C'est au sujet de mon ancien employé, Jon Sutter...

Jon tressaillit, puis sourit. Ainsi, elle avait cherché à se renseigner à son sujet?

— ... Jon est un homme tout à fait charmant que je vous recommande chaudement. Il est intelligent, travailleur et d'une honnêteté sans faille. Tous mes clients l'adoraient. Je ne comprends pas pourquoi ils ne l'ont pas gardé lorsqu'ils ont racheté ma pharmacie. Moi, je suis parti en retraite, mais Jon... Bip, bip...

— Merci, le FBI, murmura Jon en levant les yeux au plafond. Vous avez brossé un joli portrait de ma modeste personne.

« Samedi, 13 h 15 », annonça alors le répondeur. 13 h 15? Demi et lui étaient déjà arrivés à Alluroma, à cette heure-là. Or, il n'avait pas entendu le téléphone une seule fois. Elle avait dû couper la sonnerie pour ne pas être dérangée.

— Demi? C'est Jake, murmura une voix tendre. J'ai quelque chose de très important à te demander... Tu ne m'as pas laissé placer un mot, l'autre fois. Je ne me plains pas de la façon dont tu m'as coupé la parole, bien sûr, mais... il reste que si tu répondais oui à ma question, tu ferais de moi le plus heureux des hommes. Tu as déjà deviné ce que je veux te proposer, n'est-ce pas? J'ai essayé de t'appeler jeudi, mais je ne suis pas certain que tu aies eu mon message. Bip, bip...

Une demande en mariage, carrément! Jon secoua la tête. Le pauvre Jake perdait son temps. Si elle laissait ses messages sans réponse, c'est qu'elle ne s'intéressait pas plus à lui qu'à sa première barboteuse. Une fille comme elle devait recevoir trois demandes en mariage par jour, en moyenne. Cinq, si on y ajoutait les chauffeurs de taxi et les conducteurs de bus.

Jon fit un bond dans son fauteuil en entendant la porte d'entrée s'ouvrir. Bon sang, comment avait-elle réussi à faire l'aller-retour aussi vite ? Il se pencha sur le répondeur, cherchant fébrilement le bouton d'arrêt. « Samedi, 14 h 2 ».

— Ici, Richard Sarraj. Demi, je...

Là ! Dans un sursaut de panique, Jon réussit à couper le maudit appareil et appuya sur la touche de rembobinage. Puis il recula en toute hâte et fit la grimace lorsque ses roues heurtèrent bruyamment le bureau. Il roulait en direction du labo lorsqu'une haute silhouette masculine se dessina dans l'encadrement de la porte.

Richard Sarraj. En chair et en os et plus vrai que nature, le nouveau venu fixait sur lui un regard résolument glacial. Pas très engageant, *a priori*, le beau brun ténébreux...

— Que voulez-vous ? demanda Jon d'un ton hautain, adoptant d'instinct une stratégie d'attaque.

Jugeant que son attitude était peut-être un peu sèche pour un modeste technicien de laboratoire, il tenta de rectifier le tir en reprenant d'un air plus affable :

— En quoi puis-je vous être utile, monsieur ?

Sarraj ne se donna pas la peine de répondre, et se contenta d'embrasser la pièce d'un regard circonspect. Qu'avait-il entendu en arrivant ? se demanda Jon, non sans inquiétude. Aurait-il reconnu sa propre voix sur le répondeur ?

— Peut-être puis-je vous renseigner sur...

— Où est Mlle Landero ? coupa sèchement Sarraj.

Cette fois, l'opinion de Jon était faite : résolument antipathique, le pseudo-Omar Sharif. Il ouvrait la bouche pour répondre lorsque des talons hauts claquèrent dans la pièce voisine. Sarraj pivota sur lui-même — souple, silencieux et rapide comme un tigre.

— Richard ! s'éleva la voix vibrante d'enthousiasme

de Demi en provenance de la réception. Quelle bonne surprise !

— Qui est-ce ? demanda Jon à voix basse en rejoignant Demi dans la kitchenette.

Elle sortit du réfrigérateur la bouteille de chablis qu'elle gardait pour ses invités de marque, et se versa à elle-même un Perrier.

— C'est Richard Sarraj, l'émissaire du prince.

Elle plaça les deux verres en cristal sur un plateau en argent.

— Si vous voulez manger chaud, mieux vaut ne pas m'attendre, Jon. Je vous rejoins dès que possible.

Dans l'intervalle, avec un peu de chance, son estomac torturé par la faim accepterait de se tenir coi. Lorsqu'elle referma la porte du bureau derrière elle, son visiteur lui jeta un regard interrogateur.

— L'homme en fauteuil roulant ? Qui est-ce ?

Aïe, aïe, aïe... La question redoutée. Elle sourit en lui tendant son verre.

— Jon est un nouveau technicien de laboratoire que je suis en train de former.

Sarraj fronça ses épais sourcils au-dessus de son nez d'aigle.

— Vous avez mentionné un certain Hector lorsque nous nous sommes vus mercredi. Comment se fait-il que... ?

Demi était dans ses petits souliers. Elle ne voulait surtout pas donner l'impression qu'Alluroma traversait une phase de désorganisation et d'instabilité.

— J'ai trouvé quelqu'un qui est disposé à travailler les week-ends, répondit-elle évasivement.

Si seulement Sarraj pouvait en conclure qu'elle avait embauché un extra pour prendre le relais lorsque Hector était en congé... Richard prit une gorgée de chablis, fit une mimique appréciative, mais ne lâcha pas le morceau pour autant.

— Et votre assistant habituel ? Il est toujours là, je suppose ?

Résignée à lui dire la vérité, Demi haussa les épaules d'un air qu'elle espérait désinvolte.

— Hector a dû rentrer d'urgence aux Philippines pour des raisons familiales. Mais il sera de retour bientôt.

C'était en tout cas ce que lui avait expliqué l'inconnu qui l'avait appelée le mercredi soir pour la prévenir. Elle gratifia Sarraj de son plus beau sourire.

— Quoi qu'il en soit, le travail est déjà bien avancé. Dès le début de la semaine prochaine, je serai en mesure de vous remettre les premiers échantillons. Vous vouliez me voir aujourd'hui pour une raison particulière ?

A son grand soulagement, Sarraj accepta le changement de sujet et laissa le sort mystérieux d'Hector de côté.

— Je vous ai appelée tout à l'heure, mais je suppose que vous n'avez pas relevé vos messages ? dit-il, le regard rivé sur son répondeur. Comme je passais dans le secteur, je me suis permis de faire un saut jusqu'ici. J'ai fait le tour des différentes agences de publicité, et je voulais vous consulter à ce sujet.

Demi hocha la tête. Tant mieux, s'il jugeait utile de lui demander son avis. Pour un produit de luxe comme le parfum, le marketing et le conditionnement étaient d'une importance déterminante. Autant dire que le choix de l'agence de publicité pouvait être décisif.

A moins que tout cela ne fût qu'une excuse ? « Et s'il était venu me proposer de sortir avec lui ce soir ? » Demi porta son verre à ses lèvres et observa discrètement son visiteur. Richard Sarraj était incontestablement très séduisant. Pas tout à fait aussi brillant que Brian Reeves, bien sûr... Mais il avait, lui aussi, ce petit quelque chose de tranchant, cette dureté de métal, cette assurance qui l'attiraient chez un homme. S'il était venu lui proposer un rendez-vous, elle accepterait, même si elle avait pour principe de refuser les invitations de dernière minute.

Quant à sa résolution de ne plus jamais mélanger plaisir et affaires, c'était une question sur laquelle elle méditerait plus longuement le lendemain matin !

Lorsque Sarraj repartit, en promettant de passer la prendre à 21 heures chez elle, Demi se souvint qu'il avait laissé un message sur son répondeur. Une fois de plus, elle avait oublié de les relever depuis la veille ! Elle haussa les épaules lorsque la bande commença à défiler. Un certain Eric, avec qui elle avait échangé quelques banalités et qu'elle avait trouvé particulièrement vulgaire et désagréable. Un dénommé Howard dont elle avait oublié jusqu'au visage. Puis Kyle Andrews, directrice de la création chez Madison, Hastings et Gurney, l'agence de publicité qu'elle avait recommandée à Sarraj. Demi décrocha son téléphone et tomba sur la boîte vocale de Kyle.

— Depuis quand as-tu besoin de mon intervention secourable pour rencontrer des hommes, Kyle ? Pour autant que je peux en juger, le cœur de notre Dr Jivago est à prendre. Que la meilleure gagne !

Elle sourit pensivement en reposant le combiné. Serait-elle jalouse si Sarraj s'intéressait à Kyle plutôt qu'à elle ? Dans quelque temps, peut-être, mais pour l'instant, elle ne ressentait aucun élan possessif à son endroit. A première vue, il paraissait idéal, pourtant : beau, riche, intelligent, avec une vie professionnelle fascinante. Mais il n'éveillait pas encore en elle d'émotion particulière. « Qu'as-tu fait de moi, Brian Reeves ? songea-t-elle. Un cœur de pierre ? »

Elle enclencha de nouveau le répondeur, pesta contre le vil escroc qui tentait de lui imposer de l'huile essentielle d'iris marocaine à la place de la florentine, puis écouta Pete Ruggles vanter les mérites de Jon Sutter. Demi hésita à rappeler ce dernier correspondant. Elle savait désormais que Jon était honnête et à peu près compétent ; restait à déterminer s'il y avait moyen de s'entendre avec lui.

Et ça, ce n'était pas gagné d'avance! Quel drôle de personnage, tout de même... A première vue, il donnait l'impression d'être respectueux, naïf et désireux de plaire. Et pourtant, il n'était pas du tout aussi malléable qu'on aurait pu le penser. Il y avait en lui comme une inflexibilité, par moments — quelque chose qui ressemblait à une forte autorité naturelle et qui déconcertait chez un homme aux ambitions aussi limitées.

« En tout cas, il mourait d'envie de m'embrasser lorsque je lui ai montré comment prononcer mon prénom! » Demi avait reconnu les symptômes : le regard vacant, l'expression tourmentée, la tension née d'un élan réprimé.

Que Jon la trouvât désirable, Demi n'y était en rien opposée. A condition qu'il accepte de rester à sa place. Il était hors de question qu'il se passe quoi ce soit entre elle et son préparateur. Flirter avec un homme lorsqu'on pouvait interrompre la relation à tout moment, d'accord. Mais surtout, ne pas avoir à endurer, au quotidien, les soupirs, les airs de reproche et les têtes de parfait martyr propres aux hommes abandonnés...

Demi enclencha de nouveau le répondeur et secoua la tête.

— Oh, Jake, mon pauvre Jake... Que vais-je faire de toi ?

La première fois qu'ils étaient sortis ensemble, il lui avait pourtant clairement annoncé la couleur : fraîchement divorcé, il ne voulait surtout pas s'engager. Elle était donc prévenue : si elle rêvait mariage, enfants et vie de famille, elle se trompait de candidat. Lui voulait s'amuser, point final.

Et voilà qu'à peine un mois plus tard...

— Regarde la réalité en face, Jake... Tu n'es pas encore remis de ton divorce et tu te raccroches à la première femme venue. Tu crois que c'est de l'amour, mais tu te trompes.

Etait-ce sa faute à elle si cet adorable idiot n'avait pas

la tête sur les épaules ? Le cœur lourd, Demi alla appuyer son front au carreau et contempla Central Park, au loin — une minuscule parcelle vert tendre visible au-delà des gratte-ciel. Il y avait eu beaucoup d'hommes dans sa vie, cette année. Trop d'hommes, sans doute. Etait-ce pour oublier Brian qu'elle s'était dispersée ainsi ? Pour se prouver qu'elle était encore capable de plaire ?

En vérité, elle avait toujours vécu ainsi, d'histoire brève en histoire brève. Mais depuis Brian, quelque chose avait changé : elle ne vivait plus ses relations avec la joyeuse insouciance de naguère.

Peut-être n'avait-elle pas pris les hommes suffisamment au sérieux, auparavant ? Pendant des années, elle avait papillonné d'aventure en aventure sans jamais poser un regard en arrière. Les hommes, elle les avait aimés dans leur diversité — les jeunes et les moins jeunes, les intellectuels et les sportifs, les timides et les effrontés. Comment s'attacher exclusivement à l'un d'entre eux alors qu'il y avait tant à voir, tant à explorer ? Mais ayant fait elle-même l'expérience du rejet, elle était devenue beaucoup plus sensible à ce que les autres pouvaient ressentir.

Il était sans doute temps de tourner une page, de sortir de la phase des tâtonnements et des amours à l'essai pour construire quelque chose de durable. Mais avec qui ?

Le dernier message sur le répondeur était de Sarraj.

— ... donc si vous êtes libre ce soir, Demi ?

Pour être libre, elle était libre, oui. Libre et sans attaches... pour le reste de ses jours.

Son estomac gronda énergiquement. Pourquoi se préoccuper d'avenir alors qu'un bon sandwich au crabe l'attendait dans la cuisine ? Avec un léger sourire, Demi songea à l'après-midi de travail qui l'attendait. N'était-ce pas un privilège extraordinaire d'avoir un métier comme le sien et de l'exercer avec passion ? Et si c'était là tout ce que la vie avait à lui offrir, elle saurait s'en contenter...

**

Demi, qui avait horreur de manger seule, récupéra son sandwich dans la cuisine et rejoignit Jon au labo. Elle le trouva très occupé à monter son futur tabouret. Comme elle s'installait face au plan de travail, il se redressa et remonta ses lunettes sur son nez. Fixés sur son sandwich, ses yeux bleus se firent sévères.

— Ah non, pas question. Pas dans mon labo.

Son labo ?

— Je vous demande pardon ?

Avec ses cheveux plus que jamais hirsutes, il avait l'air d'une cigogne défendant son nid.

— C'est contraire à toutes les règles de sécurité de consommer de la nourriture dans un laboratoire. Nous sommes entourés de substances toxiques. Non seulement vous risquez d'ingérer une cochonnerie mais vous pourriez également contaminer mes mélanges. Allez, ouste ! Filez d'ici !

Demi faillit s'étrangler sur une bouchée de crabe. Non, sérieusement, ce type était impossible ! Tantôt soumis, obséquieux, presque niais, et soudain impérieux, arrogant et autoritaire comme s'il se trouvait en pays conquis ! On ne savait jamais sur quel pied danser avec lui. Elle ouvrit la bouche pour l'envoyer au diable lorsque le téléphone sonna dans son bureau.

— Si vous voulez bien. m'excuser, dit-elle d'un air hautain en battant en retraite, son sandwich à la main.

Une fois qu'elle eut passé ses nerfs sur le vendeur de cuisines intégrées qui avait eu la mauvaise idée de la solliciter, elle engloutit son déjeuner sur place en quelques bouchées rageuses. Si elle entrait en conflit ouvert avec Jon maintenant, cela reculerait d'autant le moment où ils se mettraient enfin au travail. Autant ravaler sa contrariété et accepter stoïquement les excentricités de son intérimaire. Dès lundi, avec un peu de chance, elle trouverait quelqu'un de plus adapté.

Lorsque Demi se risqua de nouveau au labo, elle

découvrit que le tabouret était prêt et que Jon avait trouvé le moyen de se percher dessus tout seul. De quelle façon, elle n'osait même pas y penser.

— C'est bientôt fini, lui annonça-t-il avec un sourire d'excuse.

Consternée, Demi le vit brandir une perceuse et s'attaquer à l'encadrement d'une porte de placard. Elle ferma les yeux, se boucha les oreilles et se retint de hurler.

— Mais qu'est-ce que vous faites encore? s'écria-t-elle lorsque le vacarme eut cessé.

Pour qui se prenait-il, à la fin? Pour un castor? N'aurait-il de cesse que lorsqu'il aurait ravagé toutes ses boiseries? Décidément, sa première impression avait été la bonne : ce pauvre garçon était fou à lier.

— J'installe une barre fixe dont je pourrai me servir pour passer du tabouret au fauteuil et vice versa, expliqua-t-il.

Demi prit une profonde inspiration et s'abstint de tout commentaire. Cette histoire de fou ne durerait qu'une semaine. Ensuite, elle lui signifierait bien proprement son congé. En attendant, il ne lui restait plus qu'une chose à faire : préparer ses mélanges elle-même.

Elle trouva deux flacons de cinq centilitres et sortit des pipettes d'un tiroir. Puis elle prit une première bouteille, ferma les yeux, et laissa monter les images... Des champs de lavande sous le soleil de midi. La Provence. Elle avait cinq ans, et chevauchait les épaules de son grand-père. Une odeur de tabac blond montait de sa pipe, mêlée à celle de leurs peaux chauffées au soleil. Une sensation de sécurité, de satiété, de bonheur...

Tout au plaisir de ce souvenir d'enfance, elle ouvrit les yeux, sourit et remarqua que le regard de Jon était rivé sur elle.

— Celui-là était plutôt agréable, commenta-t-il doucement.

Se pouvait-il qu'il comprenne? Savait-il, lui aussi, que les odeurs sont des expériences, des images et des souvenirs? Sur une impulsion, elle s'avança vers lui, bouteille en main, en cachant l'étiquette.

— Trouvez-moi le nom de cette huile essentielle.

S'il avait un sens olfactif un tant soit peu correct, elle pourrait presque lui pardonner les bizarreries de son caractère...

Jon fronça les sourcils, secoua la tête et lui prit le poignet pour amener le flacon plus près de ses narines.

— Non, dit-elle en résistant. Règle numéro un en parfumerie : ne jamais fourrer le nez dans une substance inconnue. J'ai des composants ici qui sont très concentrés. Si vous les inhalez de trop près, vous risquez d'abîmer vos membranes nasales, et même vos poumons. D'autres produits sont carrément toxiques, comme vous l'avez signalé vous-même tout à l'heure. Donc, pour commencer, on hume toujours à une certaine distance.

— C'est logique, en effet. Je tâcherai d'intégrer la consigne.

Elle sentit le pouce de Jon glisser sur son pouls. Il pencha sa tête hirsute, renifla, ferma les yeux. Une expression pensive se peignit sur ses traits.

— Quelles images avez-vous à l'esprit? demanda-t-elle.

Il rit et secoua la tête.

— C'est idiot. Je vois la commode de ma mère. Un vieux meuble en ronce de noyer... Les deux tiroirs du haut sont ouverts.

Demi pencha la tête sur le côté, consciente de la chaleur de ses doigts sur sa peau — une sensation douce, plaisante, qui remontait lentement jusqu'à son coude. Il avait une force surprenante dans les mains. Avec quelle aisance il pourrait la soulever, la percher au sommet d'un mur ou l'aider à grimper une falaise! Curieusement, elle l'imaginait plus facilement en pleine nature, travaillant au soleil et au vent que dans une pharmacie, à tripoter des cachets et des flacons.

— Votre mère rangeait sa lingerie dans les tiroirs du haut?

72

Il hocha la tête sans lâcher son poignet. Dans son œil gauche, une minuscule tache dorée formait une paillette isolée. Poussière d'or dans un ciel d'été...

Elle le mit sur la piste :

— Elle utilisait des pots-pourris ? Des sachets ?

— Mais naturellement, j'y suis ! s'exclama-t-il. De la lavande !

Demi lui montra l'étiquette et ils échangèrent un sourire. Ils étaient soudain heureux et excités, comme deux enfants qui viennent d'inventer un nouveau jeu.

— C'est ainsi que l'on identifie une fragrance, Jon ! Il faut d'abord laisser venir passivement les images, les émotions. Puis l'association s'établit. Chaque fois que j'utilise une certaine marque de mouchoirs en papier, par exemple, je pense à des hamsters.

— Des hamsters ! Là, je donne ma langue au chat. Où est le lien ?

— Comme vous le savez, le papier est fait à partir du bois. Et ces fabricants-là, apparemment, utilisent des copeaux de cèdre. Lorsque j'étais petite, j'ai eu pendant quelques semaines un hamster qui s'appelait Ferdinand. Il y avait des copeaux de cèdre au fond de sa cage.

Jon l'imagina petite fille, avec ses grands yeux noirs qui lui mangeaient le visage.

— Et qu'est-il arrivé à Ferdinand ?

L'expression de Demi s'assombrit.

— Oh, maman m'a obligée à le donner. Elle trouvait que notre appartement sentait mauvais.

Détournant la tête, il reprit sa perceuse, furieux qu'une mère pût se montrer aussi insensible. S'il avait un enfant, un jour, jamais il ne... Et zut ! Il avait enfoncé la pointe trop profond. La vis ne mordrait pas.

— Demi, apportez-moi un crayon, voulez-vous ?

Elle apparut à son côté un instant plus tard, lui tendit ce qu'il lui demandait ainsi qu'un nouveau flacon. Il cala le crayon dans le trou, le brisa et perça de nouveau à la profondeur voulue.

— Et ça ? Qu'est-ce que c'est ? demanda-t-il en examinant le flacon. Il faut que je devine ?

— Non. Que vous sentiez, seulement. Ce n'est pas une huile essentielle, mais un parfum. Une de mes compositions.

La voix de Demi vibrait de fierté. Comme elle approchait la bouteille, il s'interdit fermement de lui reprendre le poignet. Le contact physique était trop dangereux, trop tentant. Il y avait si longtemps qu'il n'avait pas senti la douceur d'une peau de femme sous ses doigts... Mais s'il devait y avoir de nouveau quelqu'un dans sa vie, ce ne serait pas une femme comme Demi. La prochaine fois — s'il y avait une prochaine fois — il jetterait son dévolu sur une fille tout au plus raisonnablement jolie. Les beautés fatales étaient des poisons violents pour le cœur...

Docilement, il ferma les yeux, renifla, et aussitôt, les images affluèrent. Lumière des flammes dansant sur une peau nue... Des feuilles rouge et or aux arbres... L'éclat du soleil de midi à travers l'écran des paupières... La plage, le sable chaud, enveloppant comme une caresse... La cannelle... L'odeur de l'amour sur la moiteur d'une épaule...

Avec un rire presque intimidé, il souleva les paupières.

— C'est chaud... solaire... et redoutablement sensuel.

— Oh, Jon ! Vous avez bel et bien un sens olfactif développé !

Demi exultait.

— Celui-ci, je l'avais appelé « Frisson de Flamme ». Il fait partie de la famille des ambrés floraux.

Elle s'éloigna d'un pas dansant pour replacer le flacon sur une étagère puis retourna à ses dosages. Jon la regarda procéder.

— Je n'ai jamais entendu parler de « Frisson de Flamme ». Il faut dire que je ne suis pas l'actualité de très près, dans ce domaine.

— Il est sorti un mois avant Noël. Et il se vend comme des petits pains. Mais il n'a pas été commercialisé sous le nom que je lui ai donné. Le designer qui me l'a acheté l'a rebaptisé.

— Vous touchez un bon pourcentage sur les ventes, j'espère ?

Elle secoua la tête.

— Pas sur celui-là, non. Je l'avais créé entre deux commandes et je l'ai cédé pour pas grand-chose. J'avais besoin d'argent, il y a six mois, et mon acheteur le savait.

Le rustre, songea Jon. Il plaça sa barre fixe puis fronça les sourcils. Les problèmes de trésorerie de Demi étaient-ils de nature temporaire ou structurelle ? Se trouvait-elle sur la corde raide, au moment où Sarraj était venu lui brandir un chèque d'un demi-million de dollars sous le nez ?

Il avait de la peine à imaginer qu'une femme comme elle pût prêter son concours à une organisation terroriste. Mais si Alluroma se trouvait menacée de faillite, jusqu'où Demi serait-elle prête à aller ?

Son instinct lui criait qu'elle était innocente, mais que valait son opinion en la matière ? Demi était un tel poème pour les yeux : impossible de distinguer autre chose que cette beauté radieuse qui formait autour d'elle comme un voile impénétrable. Seuls ses actes lui donneraient une indication sur sa personnalité réelle. Autrement dit, il s'agissait de prendre patience, d'attendre et d'observer.

— Jon... Si par hasard, vous avez fini de rêvasser, vous pourriez peut-être vous décider à vous mettre au travail ?

— Oui, chef. J'arrive.

Comme il s'accrochait à une étagère pour se tirer jusqu'à elle, Demi se leva avec impatience et vint le tirer par la main.

Les mâchoires crispées, Jon se laissa manœuvrer sans piper mot. Elle ne le lâcha que lorsqu'ils arrivèrent à la hauteur de sa table de mélange.

— Comme vous pouvez le constater, je dose deux flacons à la fois, puisque — à quelques ingrédients près —

les deux variantes sont identiques. Il est plus simple de peser une première quantité, de remettre la balance à zéro, puis de renouveler la manœuvre pour le second flacon. Cela économise des pipettes. Car écoutez-moi bien, Jon : il faut absolument, si vous tenez à garder la vie sauve, jeter la pipette après chaque usage. Une pipette réutilisée contaminerait irrémédiablement le contenu de la seconde bouteille.

— Mmm... J'imagine le désastre, en effet.

S'il commettait une seule erreur de ce type, elle le traînerait sans pitié jusqu'à l'ascenseur et le pousserait en bas sans attendre l'arrivée de la cabine. C'était le moment ou jamais de sortir son carnet, d'ailleurs. Le premier réflexe d'un Jon Sutter ne serait-il pas de noter scrupuleusement les paroles du Maître ?

Il porta la main à sa poche de poitrine et sentit que le sang, d'un coup, se retirait de son visage. Le bloc-notes...

Il ne s'en était pas resservi depuis le moment où il l'avait posé sur le bureau de Demi, à côté du répondeur...

6.

Comme un triple imbécile qu'il était, il avait pris la fuite à l'arrivée de Sarraj, en abandonnant son carnet à côté du téléphone. Mais quel idiot, bon sang ! Cette fois, c'en était fini, et bien fini, de sa carrière d'espion. Et compte tenu de la personnalité explosive de sa « patronne », il était bon pour se faire étriper, de surcroît...

— Vous avez compris ce que je viens de vous dire, Jon ?

Apparemment, Demi ne s'était encore rendu compte de rien. Sans quoi, elle ne l'aurait pas regardé avec ce mélange presque affectueux d'exaspération et d'indulgence.

— Euh... oui, répondit-il, bien qu'il n'eût pas capté un seul mot de ce qu'elle lui avait expliqué.

— Parfait. Alors finissez ces mélanges, en cochant les composants un à un à mesure que vous les aurez intégrés dans la composition. Puis vous m'appellerez.

Elle s'éloigna de sa jolie démarche dansante. Direction : son bureau. Pétrifié sur son tabouret, Jon se prépara à l'explosion imminente, aux hurlements de fureur indignée, au retour en tornade de la belle outragée. Cinq minutes s'écoulèrent cependant sans que rien ne se passât. Jon s'exhorta au calme. Avec un peu de chance, elle ne s'approcherait pas du téléphone tout de suite. Et peut-être qu'en allant lui porter ses concentrés, il parviendrait à récupérer discrètement le bloc-notes ?

L'estomac comme du béton, Jon pesa du jasmin, remit la

balance à zéro, mesura de nouveau puis jeta la pipette. Plus que quatre composants. A moins que...? Et s'il tentait une petite expérience? Il risquait de déclencher les foudres de Demi, bien sûr, mais au point où il en était, ce ne serait qu'un moindre mal. Et si tout se passait comme il le prévoyait, il aurait une chance de récupérer le carnet sans qu'elle s'en rendît compte.

Dix minutes plus tard, il avait fini ses pesées et le calme le plus total régnait toujours dans les locaux d'Alluroma. S'aidant de la barre fixe, Jon passa dans son fauteuil, puis se hâta de récupérer ses deux flacons sur le plan de travail.

Parvenu à l'entrée du bureau, il s'immobilisa. Absorbée dans un énorme ouvrage à l'aspect technique, Demi lisait en se massant les tempes. L'image même de l'artiste plongée dans son œuvre.

Elle tressaillit lorsqu'il frappa un coup léger à sa porte.

— Jon! Mais je vous avais dit de m'appeler!

— Qui est le coursier, ici? rétorqua-t-il en posant les deux flacons sur son bureau.

— Bon, admettons... Mais la prochaine fois, inutile d'apporter tout le mélange. Ce sont des mouillettes qu'il nous faut.

Elle fouilla dans un tiroir et en sortit des petites bandes de papier blanc.

— Ce sont des petits morceaux de buvard appelés «touches» ou «mouillettes» que l'on trempe dans le concentré. Mais attention, il faut toujours les étiqueter et leur donner un nom. Vous voyez? Sheik 1 et Sheik 2.

Elle trempa une mouillette dans le premier mélange, la porta à ses narines. Dès l'instant où les paupières de Demi se fermèrent, Jon tourna la tête en direction du téléphone. Mais de l'endroit où il se trouvait, le carnet n'était pas visible.

— Mmm..., murmura Demi, les yeux de nouveau grands ouverts en posant sa première touche de côté.

— Alors? demanda-t-il lorsqu'elle s'empara du second flacon.

Elle sourit sans relever la tête.

— Vous croyez que c'est aussi simple ? Que l'on tombe juste du premier coup ? Ce même geste, vous me le verrez répéter mille et mille fois avant que je ne tombe sur la formule idéale. J'ai mis dix mois à composer « Frisson de Flamme ». Et c'est un parfum que j'ai mis au point dans des délais exceptionnellement rapides.

Jon retint son souffle lorsqu'elle porta la seconde mouillette à ses narines. Demi prit une inspiration, fronça les sourcils, et renifla une deuxième fois.

— Il manque une matière première odorante.

— Impossible, prétendit-il avec aplomb. J'ai fait très attention.

— Pas suffisamment !

Elle porta le buvard à ses narines puis le jeta d'un air de dédain.

— Pfft ! C'est bien ce que je disais. Vous avez oublié l'ilang-ilang.

Incroyable. Stupéfiant. Jon en était épaté. Mais ce n'était pas gagné pour autant : il s'agissait, à présent de la mettre dans une colère noire. Secouant la tête, il s'obstina héroïquement dans son déni.

— Je vous assure pourtant que...

Outrée, elle se leva d'un bond.

— Et vous osez mettre ma parole en doute, en plus ? Ah, j'aurais mieux fait d'embaucher l'assassin !

— Euh... Pardon ?

Mais elle se ruait déjà vers le labo, en laissant comme un vent de tempête dans son sillage. Après un pareil forfait, elle le jetterait à la porte séance tenante — avec ou sans carnet. Soucieux de récupérer son bien, Jon roula jusqu'au téléphone et écarquilla les yeux. Rien. Il se pencha pour regarder par terre, sous le bureau. Son bloc-notes avait disparu sans laisser de traces. Demi l'aurait-elle trouvé ? Impossible. Telle qu'il la connaissait, elle lui aurait fait une scène de tous les diables. Alors, où ce maudit carnet avait-il bien pu passer ? La réponse s'imposa à lui au moment précis où

Demi entrait au pas de charge en brandissant sa formule imprimée.

— Vous voyez? vociféra-t-elle en lui fourrant la feuille sous le nez. Vous n'avez pas coché l'ilang-ilang dans le deuxième mélange. Bon sang, mais ce n'est pas possible! Etes-vous toujours aussi distrait?

— Non, murmura-t-il en contemplant la formule d'un regard absent.

Sarraj avait pris le carnet, c'était clair. Mais pourquoi ne l'avait-il pas montré à...?

— Jon Sutter! Vous m'écoutez, au moins? tempêta Demi en lui attrapant le menton pour l'obliger à la regarder. Hou, hou! Vous voulez bien redescendre sur terre deux secondes?

Il lui saisit le poignet et se dégagea fermement.

— Je vous écoute. Et je suis désolé. Je ne commets pas ce genre d'erreur d'habitude.

« Mais si tu crois que tu peux me traiter comme un enfant ou comme un petit chien, ma belle, tu te trompes », ajouta-t-il en son for intérieur.

— Jon...

Elle s'accroupit pour amener son visage à hauteur du sien.

— Je ne peux pas faire mon travail si vous ne faites pas le vôtre, d'accord? Imaginez que je rejette une formule que j'aurais acceptée autrement? Ou pire, encore, que j'en retienne une que nous ne pourrons jamais reproduire?

— Je comprends. Et je regrette.

— Je l'espère bien! Une boulette comme celle-ci pourrait nous coûter des semaines! Or je n'ai pas une minute à perdre. J'attends de vous deux qualités essentielles : l'exactitude et la précision. Pensez-vous être capable de faire ce travail correctement, oui ou non?

Il prit une profonde inspiration et soutint son regard.

— Oui.

Ni excuses, ni justifications embarrassées. Demi scruta ses traits. Il avait un visage plaisant, avec une mâchoire carrée et ferme, des yeux légèrement enfoncés dans leurs orbites, mais un regard direct et franc. Deux plis profonds encadraient sa bouche, comme si la souffrance avait laissé là son inscription indélébile.

Et si sa jambe lui faisait subir un véritable martyre, en ce moment? Il avait déployé pas mal d'activité, aujourd'hui, en procédant à ses aménagements. Son erreur était peut-être due tout simplement à l'épuisement? Demi rejeta ses cheveux en arrière et lui adressa un rapide sourire d'excuse. Puis elle se releva.

— Il est déjà 18 heures, j'ai une sortie prévue pour ce soir et je tombe de fatigue, annonça-t-elle avec désinvolture. On pourrait peut-être s'arrêter là pour aujourd'hui?

— O.K. Je vais fermer le labo. Voulez-vous que je revienne demain?

— Si vous pouvez vous libérer sans problème, oui, volontiers.

N'avait-il donc aucune vie privée, pour être disponible ainsi, même par un dimanche de printemps? Bah... S'il ne connaissait personne à New York, le travail pouvait le distraire de sa solitude.

Elle s'apprêtait à refermer son *Grand guide des fragrances* lorsque son regard tomba sur un article consacré à la myrrhe. Jusqu'à présent, elle n'en avait encore jamais inclu dans ses compositions. Mais les Rois mages en avaient apporté à Bethléem. Et d'après les Grecs de l'Antiquité, un parfum fixé avec de la myrrhe durait dix ans. Elle marqua la page et se promit de faire une tentative le lendemain.

En rejoignant Jon dans l'entrée, Demi songea que si elle était assez folle pour le garder au-delà d'une semaine, il faudrait qu'elle s'arrange pour le traîner chez un coiffeur.

Il lui jeta un regard hésitant et s'éclaircit la voix.

— Je suppose que c'est avec ce type... Sarraj, que vous sortez ce soir?

Elle faillit le rembarrer en l'enjoignant de se mêler de ses affaires. Mais si d'aventure il avait des desseins sur elle, autant profiter de l'occasion pour écraser ses espoirs dans l'œuf.

— En effet, oui. Il m'a invitée au restaurant. Je vous souhaite une excellente soirée, à vous aussi.

Sous-entendu : elle-même s'apprêtait à vivre des moments inoubliables. Curieusement, pourtant, elle n'éprouvait aucune excitation particulière. Juste un vague sentiment de manque qui se dessina... lorsque Jon passa la porte, la laissant seule dans les locaux déserts.

Installé dans le minibus aménagé, Jon attendait que le chauffeur regagne sa place lorsqu'une voix chuchota soudain dans son dos.

— Alors ? Comment se passe-t-elle, cette mission d'espionnage ?

Jon fit un bond dans son fauteuil. Tournant la tête, il reconnut le pseudo-agent d'entretien — puis pseudo-postulant — qui l'avait renseigné la veille sur la localisation réelle d'Alluroma.

— Vous pouvez m'appelez Greenley, au fait. Vous vous en sortez ? demanda l'agent du FBI en venant s'asseoir à côté de lui.

L'homme aux multiples visages avait troqué son costume et sa pochette contre une tenue de jogging.

Jon haussa les épaules :

— Ça peut aller.

A part que ses jours, en tant que technicien de laboratoire, étaient désormais comptés. Une fois que Sarraj aurait montré son carnet à Demi, elle se débarrasserait de lui sans hésiter. Sa carrière dans la parfumerie aurait duré en tout et pour tout moins de six heures. Triste record !

S'il avait eu affaire à Trace, Jon aurait tout avoué. Mais se ridiculiser devant ce Greenley qu'il ne connaissait ni d'Eve ni d'Adam ? Non, il attendrait que Demi le mette à la porte, puis il appellerait Trace pour l'informer de son échec.

En quelques mots, il relata la visite de Sarraj et précisa que Demi avait rendez-vous avec ce dernier le soir même.

— C'est tout? demanda Greenley.

Tout ce qu'il était disposé à révéler, en tout cas! Jon hocha la tête.

— C'est tout, oui.

— O.K. On garde le contact.

Greenley se pencha pour poser la main sur l'épaule du chauffeur.

— Arrêtez-vous au prochain carrefour.

Sur le point de descendre, l'agent lança à mi-voix:

— Ah oui, j'oubliais: Trace m'a chargé de vous dire que Beauté Fatale fréquentait les mosquées, lorsqu'elle était adolescente.

Et alors? Qu'est-ce que cela prouvait? s'insurgea Jon en suivant des yeux l'agent qui se fondit dans la foule. Certaines des personnes les plus dignes de respect qu'il connaissait s'agenouillaient cinq fois par jour face à La Mecque. Ne seraient-ils pas un peu paranoïaques sur les bords, tous ces types du FBI?

Enfin... Il ne reverrait vraisemblablement jamais le dénommé Greenley. En piètre espion qu'il était, il avait tout fichu en l'air dès son premier jour d'entrée en fonction.

Et le pire, c'est qu'il avait déjà la nostalgie de Demi, d'Alluroma et de « son » laboratoire...

— Vous m'excusez un moment?

— Bien sûr.

Demi poussa un soupir de soulagement lorsque Richard Sarraj s'éloigna vers le fond du restaurant. Pas facile, de nouer la conversation avec cet homme-là! Alors qu'elle avait tendance à l'interroger spontanément sur sa vie privée, Richard, lui, semblait vouloir se cantonner à une discussion d'affaires. Avait-elle eu tort de penser qu'il s'intéressait à elle sur un plan autre que professionnel?

A plusieurs reprises, pourtant, elle l'avait surpris à la couver presque voracement des yeux. Mais cela ne le rendait pas accessible pour autant. La plupart des questions qu'elle lui posait semblaient l'irriter ou l'indisposer. Autant dire que cela ne facilitait pas les échanges. Pour le mettre à l'aise, elle avait pourtant commencé par se raconter elle-même, afin de l'inciter à se confier à son tour. Mais elle n'avait pu lui arracher que quelques informations succinctes : il avait été élevé dans un ranch de l'Idaho par son père adoptif, suite au décès de sa mère. Comment et pourquoi ce décès était survenu, Demi n'avait pas réussi à le savoir. Richard s'était fermé dès qu'elle avait abordé le sujet.

En désespoir de cause, elle avait tenté d'alléger l'atmosphère en revenant à des considérations purement pratiques :

— Vous aviez pensé à un nom particulier pour le parfum, Richard ?

— Le prince a fait son choix, oui. Il a un faible marqué pour « Septième Voile ».

Septième Voile... Ce nom évoquait toute une symbolique : l'Orient, la nudité suggérée, la fameuse danse de Salomé. Demi appréciait l'image des sept voiles tombant un à un — de la même manière qu'un parfum prend corps sur une peau de femme, donnant d'abord ses notes de tête, de cœur, puis ses accents les plus profonds.

Mais le personnage biblique de Salomé appelait des associations tellement négatives ! Demi avait donc fait une contre-proposition : que pensait-il de « Sheik » ? Le nom était sobre, simple et élégant. Et il évoquait des images visuelles faciles à utiliser dans le cadre de la future campagne publicitaire.

Mais Richard avait repoussé cette suggestion avec dédain en déclarant que, de toute manière, son prince avait déjà tranché.

« Tranché ? Comme la tête de saint Jean-Baptiste sur son plateau ? » avait-elle failli rétorquer. Mais Sarraj n'aurait sans doute pas apprécié cette forme d'humour !

Elle l'avait donc questionné sur l'origine de son nom de famille, et il avait répondu du bout des lèvres que son père avait commencé sa carrière comme pilote de l'armée de l'air syrienne. Aux Etats-Unis où il était venu suivre un entraînement, il avait rencontré sa mère, alors étudiante aux Beaux-Arts à San Diego.

... Et il était reparti dans son pays en laissant la jeune femme enceinte, avait complété mentalement Demi. Elle s'apprêtait à observer que les mariages interculturels étaient rarement simples à vivre, lorsque Richard avait quitté brusquement la table pour disparaître dans les toilettes.

Pianotant du bout des doigts sur la table, elle tressaillit lorsqu'il revint s'asseoir.

— A propos, Demi, qu'est-ce qui vous a amenée à embaucher ce... comment m'avez-vous dit qu'il s'appelait, déjà ?

Ainsi il ramenait la conversation sur le plan professionnel, une fois de plus ? Demi fit tourner lentement son verre entre ses doigts.

— Jon Sutter. Et j'ai retenu sa candidature parce que c'était le plus qualifié de tous.

Inutile de préciser que les deux autres étaient carrément lamentables... Richard Sarraj, cependant, ne se contenta pas de cette explication. Il voulut savoir d'où venait Jon, quelles étaient les qualifications en question, et pour quelle raison il s'était présenté chez Alluroma. Avait-elle soigneusement contrôlé ses références ? Et pourquoi avait-elle accepté de prendre un assistant avec un pareil handicap physique ?

A mesure que Sarraj progressait dans son interrogatoire, les réponses de Demi se faisaient de plus en plus évasives. Il avait acheté son talent pour les deux mois à venir, et elle était prête à lui accorder tout son temps et son attention. Mais ce n'était certainement pas à Sarraj de décider de la façon dont elle gérait sa société. Au nom de quoi était-elle tenue de lui donner le nom de la pharmacie où Jon avait travaillé avant de venir s'installer à New York ?

Richard et elle finirent par se regarder en chiens de faïence, comme deux combattants prêts à tirer l'épée. Jusqu'au moment où Demi comprit soudain la vraie cause de son hostilité : Sarraj était tout bêtement jaloux ! Et jaloux de Jon, qui plus est !

Ça, c'était vraiment la meilleure ! Ce bon vieux Jon, avec ses épis sur la tête et son regard de bon chien fidèle ! Sarraj croyait-il vraiment qu'elle pourrait s'éprendre d'un homme dépourvu d'ambition, elle dont le grand-père s'était élevé à la force du poignet ? Elle dont le seul grand amour avait été Brian Reeves, qui avait remporté le tournoi de Wimbledon à vingt et un ans, et gagné son premier million à vingt-cinq ? Certes, elle éprouvait déjà une certaine affection pour son nouvel assistant. Mais Richard avait vraiment tort de redouter une rivalité éventuelle !

— Je compte sur vous pour patienter vingt minutes, alors ? demanda Jon au chauffeur du minibus. Il se peut que je reparte d'ici assez vite.

— Pas de problème. Je serai là.

La veille, Jon avait veillé jusqu'à minuit passé dans l'attente d'un appel furieux de Demi. Mais le téléphone était resté muet toute la soirée. Sans doute préférait-elle l'avoir directement sous la main pour lui dire ce qu'elle pensait de ses méthodes ? Avec un léger soupir, il sortit son téléphone et composa le numéro d'Alluroma. Au bout de deux sonneries, une jolie main hâlée plongea par-dessus son épaule et s'empara du portable.

— Ici, Alluroma, je vous écoute, susurra Demi d'une voix chantante avant de lui rendre l'appareil.

Une lueur joyeuse dansait dans ses yeux noirs. Elle lui tendit un sac en papier rempli de viennoiseries.

— Et ça, c'est pour vous récompenser d'être arrivé à l'heure.

Le dernier repas du condamné ? se demanda Jon en humant avec délice les odeurs de cannelle, de pâtisserie et de café. L'appétit coupé par la perspective de son renvoi, il n'avait rien pu avaler avant de partir.

— Je suis plutôt ponctuel, d'habitude, protesta-t-il tandis qu'elle le poussait d'autorité vers l'ascenseur.

— Ah oui ? Alors la première fois, ça a été juste pour le plaisir de vous faire remarquer, je suppose ?

Elle portait un petit tailleur rouge qui lui allait comme un gant. Et son humeur semblait tout aussi lumineuse que sa tenue printanière. Lui qui s'attendait à la voir cracher du feu! Sarraj ne lui avait rien dit, finit-il par conclure, tandis qu'ils petit-déjeunaient en toute amitié dans son bureau.

— Mmm... des palmiers! murmura Demi. Ils me font toujours penser à la petite boulangerie de Grasse où j'allais tous les matins avec ma grand-mère. Je soupçonne le boulanger d'avoir été amoureux d'elle; mais qui ne l'était pas, à l'époque?

Si Demi tenait de son aïeule, Jon voulait bien le croire!

— Je croyais que vous étiez une new-yorkaise pur teint?

— J'ai passé l'essentiel de ma vie ici, oui. Mais mon père était d'origine française. Maman m'envoyait souvent chez mes grands-parents paternels lorsqu'elle partait en tournée. Grasse est le berceau de l'industrie du parfum.

— Les Landero sont des parfumeurs?

Jon avait lu quelque part que le talent olfactif se transmettait de génération en génération, dans certaines familles.

— Pas des parfumeurs, non. Mais l'activité commerciale de mon grand-père est en lien direct avec la parfumerie. Après l'armée, il s'est spécialisé dans l'import-export de matières premières odorantes. C'est un polyglotte qui adore voyager. Il parle l'hindou, le swahili, l'arabe, et d'autres langues encore. Ce qui lui permet de négocier ferme lorsqu'il part à la recherche des meilleures huiles essentielles de rose en Bulgarie, du santal en Inde, de la myrrhe en Somalie. Je peux vous dire qu'il a un odorat incomparable. Et il m'a initiée dès le berceau.

Et accessoirement, ce monsieur parlait l'arabe. Jon voyait d'ici les conclusions que Trace pourrait en tirer...

— Et votre grand-mère?

Demi sourit et ses grands yeux d'ébène se firent rêveurs.

— Elle est égyptienne. Mes grands-parents n'en parlent jamais, mais j'ai cru comprendre qu'elle avait grandi plus ou moins dans la rue. Mon grand-père l'a rencontrée alors qu'il séjournait au Caire, en 42. Apparemment, il l'aurait sauvée. De qui, de quoi, je n'en sais rien. Mais elle devait se trouver dans une situation assez critique.

— C'est une histoire romantique.

— Très romantique. Et le plus beau, c'est que pendant les cinquante années qui ont suivi, elle l'a sauvé à son tour... mais de lui-même. Sans elle, mon grand-père aurait été un homme dur — très dur.

Et l'amour de cette femme l'avait rendu humain, conclut Jon. Mais Demi, de qui tenait-elle ? De la douce créature sauvée du ruisseau ? Ou du grand-père légionnaire qui avait le sens du commerce ?

Aurait-il transmis à sa petite-fille le sens de la dissimulation et du secret ? Si Demi maîtrisait l'art du double jeu, elle lui tendait peut-être un piège à l'instant même. Pouvait-on envisager que Sarraj lui eût remis le carnet, et qu'elle eût décidé de se taire pour tester ses réactions ? Jon avait de la peine à croire à cette hypothèse. Demi était trop volcanique, trop explosive, trop prompte à s'enflammer. Pas du style « feu couvant sous la cendre ».

Restait à comprendre pourquoi Sarraj avait gardé sa trouvaille pour lui. Attendait-il le moment propice pour dégainer son arme ? Et si oui, où, quand et comment déciderait-il de frapper ?

7.

— Ah, non! se récria Demi une demi-heure plus tard.
Pas de ça dans mon laboratoire!

Jon tendit sa dernière extrémité de corde et l'attacha
solidement au crochet qu'il avait fixé dans le mur opposé.

— Je n'ai pas le choix si je veux pouvoir me déplacer
rapidement.

Sous le regard résolument sceptique de Demi, il fit une
démonstration et se propulsa d'un bout à l'autre de la
pièce en se tirant le long du filin.

— Vous voyez? C'est pratique, non? Et je peux
même varier mes itinéraires.

— Non, sérieusement, Jon! Ce n'est plus un laboratoire, c'est une toile d'araignée! Je vais me prendre dans
ce réseau de fils chaque fois que je ferai un pas!

— Ne vous inquiétez pas. Je placerai des petits dra-
peaux rouges pour vous mettre en garde.

Plongeant sous l'un des cordages, elle se dirigea vers la
table de mélange et farfouilla sur une étagère où s'ali-
gnaient les matières premières odorantes.

— C'est bien gentil de réorganiser tout le labo, Jon.
Mais auriez-vous oublié, par hasard, que vous êtes ici à
l'essai?

— Justement. Si je veux mettre toutes les chances de
mon côté, il faut que je sois efficace. Et comme vous me

répétez sans cesse que nous n'avons pas une minute à perdre...

— C'est exact, Jon. Pas une seconde à perdre, même. Et je note, que comme par hasard, vous n'avez encore rien fait !

— Vous tombez bien : j'étais justement sur le point de commencer.

Manœuvrant ses cordes, Jon la rejoignit en un temps record. Haussant dédaigneusement les sourcils, Demi refusa de se laisser impressionner par sa performance.

— Rajoutez d'abord l'ilang-ilang que vous avez oublié hier dans « Sheik 2 ». Puis vous poursuivrez avec les six formules suivantes, déclara-t-elle en posant les feuillets imprimés sur le plan de travail.

Elle avait déjà composé tout ça avant son arrivée ? Jon siffla entre ses dents. Comme il pesait l'ilang-ilang, elle vint s'accouder au plan de travail et le regarda procéder.

— Puisque je suis à l'essai, je suppose que vous continuez à chercher activement un autre assistant ? s'enquit-il d'un ton détaché en plongeant une pipette neuve dans un flacon.

Elle soutint son regard sans ciller.

— Bien sûr, que je continue à chercher. Et si d'aventure, je tombe sur quelqu'un qui fréquente les coiffeurs plutôt que les tailleurs de haie, je risque de me laisser tenter.

— Qu'a-t-elle donc de si terrible, ma coupe de cheveux ? s'enquit-il ingénument.

— Ce n'est pas une coupe, c'est un pugilat. Vous êtes sûr qu'il ne s'agit pas d'une vengeance, au moins ? On dirait presque qu'on vous a massacré ainsi à dessein.

— Je les ferai couper si vous m'embauchez.

— Et comment, que vous les ferez couper ! Ce sera même une condition suspensive du contrat. Je tiens à garder ma clientèle, figurez-vous. Imaginez qu'un designer entre ici et vous voie avec cette tête ! Il repartirait aussi sec passer sa commande ailleurs. Nous sommes censés être des artistes, des gens épris de beauté. Si vous vous promenez dans les locaux avec cet air de pissenlit...

Se drapant dans un silence offensé, Jon boucha « Sheik 2 », secoua le flacon et le lui tendit. Elle fouilla dans un des tiroirs pour en sortir une poignée de mouillettes. Jon s'attaqua aussitôt au mélange suivant, mais ne put résister à la tentation de dévorer Demi des yeux pendant qu'elle testait sa seconde composition rectifiée. Si le métier d'espion se résumait à ça, à la regarder marcher, sourire, inhaler, il voulait bien signer un contrat à vie.

— Alors ? demanda-t-il en se concentrant de nouveau sur ses dosages.

— Mmm... Jolie note de tête. Je vais jouer un peu avec ça. Mais pour le reste...

Prenant la feuille où elle avait noté la formule de « Sheik 2 », elle modifia le dosage de deux ingrédients.

— Préparez-moi cette nouvelle variante, voulez-vous ? Nous l'appellerons « Sheik 2a ».

C'était donc ainsi qu'ils procéderaient, par tâtonnements successifs, jouant inlassablement sur la moindre petite nuance ? Il commençait à comprendre pourquoi il fallait des années pour élaborer une fragrance !

— C'est quoi, la note de tête ?

Il connaissait déjà la réponse, mais c'était un tel plaisir d'entendre le son de sa voix...

— La note de tête, ou « départ », correspond à la première impression olfactive. Elle est due au caractère volatil de certaines matières premières. Ce sont celles qui viennent à votre rencontre lorsque vous débouchez un parfum... Et comme toute première impression, elle a intérêt à être bonne !

Jon fit la grimace et se détourna pour peser le gardénia.

— Une fois que le parfum est appliqué sur la peau, il faudra attendre un quart d'heure à vingt minutes avant que se développe la phase suivante, appelée note de cœur. C'est elle qui détermine le thème du parfum. Il peut être chypré, ambré, boisé, hespéridé, que sais-je encore... Normalement, cette note de cœur est perceptible pendant environ quatre heures. Puis, enfin, comme une dernière rangée de pétales qui s'ouvre, survient la note de fond. Elle donne au parfum sa profondeur et sa durée. En principe, si le parfum est bon, la note de fond devrait se maintenir jusqu'au lendemain. C'est pourquoi je garde mes mouillettes sous la main et j'y reviens fréquemment. Chaque fois, je discerne des nuances différentes, à mesure que les fragrances se déploient.

Jon hocha la tête. Puisqu'elle semblait d'humeur loquace, il pouvait peut-être tirer d'elle quelques renseignements intéressant le FBI ? Il était là en mission commandée, après tout...

— Vous m'avez dit à plusieurs reprises que nous avions peu de temps. Mais quelle est au juste votre date limite de remise ?

— Le parfum doit être prêt dans deux mois.

Il faillit en lâcher son flacon.

— Deux mois ! Mais je croyais qu'il fallait des années ! Vous pensez pouvoir remplir le contrat ?

Demi soupira.

— S'il y a quelqu'un au monde qui peut le faire, c'est moi.

Elle se leva pour prendre, sur les étagères, les huiles essentielles dont il aurait besoin pour ses prochains dosages.

— Mais pourquoi un délai aussi ridiculement court ?

S'il fallait entre un an et trois ans à un parfumeur-créateur pour composer un parfum de grande classe, il semblait illogique de ne pas lui accorder le temps nécessaire.

Sauf, évidemment, si cette histoire de parfum n'était qu'un prétexte...

— Le délai est court parce que le prince en a décidé ainsi, répondit sèchement Demi en posant deux flacons à côté de la balance. On ne m'a pas donné de raison, et je n'ai rien demandé. Je suppose que, quand on a du sang royal dans les veines, on peut s'offrir le luxe de quelques caprices...

Si ce n'était pas un parfum haut de gamme qu'ils attendaient de Demi, quel dessein poursuivaient-ils ? Telle était, résumée en quelques mots, la question que se posait le FBI.

Mais la préoccupation principale de Jon, en l'occurrence était la suivante : Demi faisait-elle partie du complot, quel qu'il fût, ou se servait-on d'elle à son insu ? Et si oui, dans quel but ?

Le reste du dimanche, ainsi que le lundi et le mardi, ils travaillèrent d'arrache-pied dans une ambiance amicale. Jon fut prompt à acquérir les ficelles du métier et, dès le lundi matin, il mélangeait ses formules en un temps record. Peu à peu, une compétition finit par s'établir entre Demi et lui. Jon prenait de l'avance pendant que Demi réfléchissait, le regard perdu dans le vide, ou lorsqu'elle fermait les yeux, le menton levé, humant une fragrance imaginaire dont les effluves venaient lui chatouiller la mémoire. Mais juste au moment où il mixait les composants de sa dernière liste, elle sortait brusquement de sa transe et se mettait à son clavier, composant fébrilement jusqu'à dix ou vingt variations sur un thème, si bien que Jon, de nouveau, se trouvait distancé.

Pris dans la fièvre créatrice de Demi, il en arrivait à oublier la véritable raison de sa présence. Et même lorsqu'il se souvenait qu'il était là pour l'espionner, il ne se trouvait que rarement seul dans les locaux d'Alluroma. Deux fois, il disposa d'une demi-heure qu'il mit à profit pour examiner les comptes. Ce qu'il soupçonnait déjà se confirma rapidement : depuis six mois, Alluroma oscillait au bord de la faillite. De là à en conclure que Demi avait pu accepter n'importe quelle proposition pour se sortir du marasme, il n'y avait qu'un pas. Un pas que Jon, cependant, n'était pas encore disposé à franchir.

Le mardi, alors qu'il fouillait dans les tiroirs de Demi, la sonnerie du téléphone le fit tressaillir. Son premier réflexe fut de s'éloigner en catimini. Mais il se souvint juste à temps qu'il était censé prendre les appels en son absence. Il avait fini par comprendre que la « secrétaire » de la réception était une simple fiction, que Demi entretenait avec un soin maniaque en drapant tous les jours une veste différente sur le dossier de la chaise de bureau.

— Alluroma International, lança-t-il en décrochant.

— Passez-moi Demi, s'il vous plaît.

La voix était très belle, féminine, un rien hautaine. Une designer, sans doute ?

— Mlle Landero n'est pas disponible en ce moment. Puis-je prendre un message ?

— Si Demi est dans son bureau, appelez-la. Et faites vite, de préférence. Je suis en pleine répétition et...

— Une petite seconde, madame. Je crois qu'elle arrive, justement. Oui, la voilà.

Jon posa la main sur l'écouteur et leva les yeux vers Demi qui entrait avec leur provision de sandwichs du jour.

— Qui est-ce ? demanda-t-elle à mi-voix.

— La reine Elisabeth, je crois, murmura-t-il en lui tendant le combiné.

Tout en roulant vers la kitchenette, il entendit Demi pousser une exclamation de surprise.

— Maman ! Mais où es-tu ? Ah bon ! Mais c'est un coup de chance pour toi. Je ne savais pas que... Ah vraiment ? Et depuis quand as-tu... ?

Pendant que Jon préparait du café dans la pièce voisine, il ne put s'empêcher de sourire. De temps en temps, Demi tentait de glisser quelques phrases cohérentes dans la conversation. Mais sa mère, apparemment, ne lui en laissait pas placer une !

— Oui, bien sûr, je me débrouille pour venir, maman, finit par trancher Demi d'un ton exaspéré. Et je trouverai quelqu'un pour m'accompagner... Non, surtout pas, merci... Oui, on se retrouve après... Bien sûr, oui. Je t'aime aussi.

Elle raccrocha bruyamment et vint rejoindre Jon dans la cuisine.

— Ah, les mères ! observa-t-il avec un léger sourire.

— Parlons-en, des mères ! La mienne chante ce soir au Metropolitan car elle remplace une des sopranos. L'idée ne lui a même pas traversé l'esprit que je pouvais ne pas être au courant. Comme si tout New York ne parlait plus que de sa venue !

Demi jeta le sac de sandwichs sur la table et s'effondra sur une chaise.

— Encore une sortie à organiser à la dernière minute. Comme si je n'avais pas assez de soucis comme ça !

— Ainsi votre mère chante à l'opéra ?

— Ma mère est Liza Hansen, déclara Demi, comme si ce nom expliquait tout.

— C'est une diva ?

— Plus ou moins... Elle en a le caractère, en tout cas.

Demi regarda sa montre et fit la grimace.

— Ça veut dire qu'il faut que je parte d'ici à 17 heures pour être prête. Et pour arranger le tout, Sarraj débarque ici à 15 heures.

Sarraj ? Heureuse nouvelle ! songea Jon. Qui sait si le beau brun ténébreux ne venait pas avec l'intention de montrer le carnet à Demi ? A moins qu'il n'eût décidé de différer l'échéance, et de faire durer sadiquement le plaisir ? En attendant, Jon restait en sursis, avec cette épée de Damoclès suspendue au-dessus de la tête. Rarement technicien de laboratoire s'était trouvé dans une situation aussi inconfortable !

Un quart d'heure avant l'arrivée prévue de Sarraj, Demi déboula dans le labo.

— Vous avez terminé « Sheik 32 » ? demanda-t-elle en inventoriant les flacons qu'il avait alignés sur le comptoir.

— Presque.

— Faites vite ! Je suis impatiente de voir ce qu'il va donner.

Elle ouvrit « Sheik 7 » et en vaporisa quelques gouttes sur son poignet.

— Vous avez l'intention de présenter cette version à Sarraj ? demanda Jon en la regardant procéder.

Demi hocha la tête. Apparemment, elle ne comptait pas le lui faire sentir sur une mouillette. Jon eut une vision de Sarraj posant son nez d'aigle sur la peau veloutée de Demi, et son sang ne fit qu'un tour. Choqué par cet élan de jalousie aussi violent qu'injustifié, il fit pivoter son tabouret d'un mouvement brusque et renversa le flacon sur la balance.

— Zut !

Le contenu de la bouteille se répandit sur le plan de travail. Songeant au coût des matières premières gaspillées, Jon fit la grimace.

— Je suis désolé...

D'un geste désinvolte, Demi lui tendit un rouleau d'essuie-tout.

— Vous pouvez être désolé, en effet.

— Prélevez le montant sur ma paye.

— Pfft...

Haussant les épaules, Demi se parfuma l'autre poignet avec du « Sheik 14b ». Eh bien... Sarraj allait s'en donner à cœur joie !

— Vous avez l'intention de lui en faire sentir combien ? s'écria-t-il malgré lui en la voyant appliquer du 22 d au creux de son coude.

— Quatre. Mais encore faudrait-il que vous vous dépêchiez de terminer le 32 !

Comme on sonnait à la porte, Demi leva la tête.

— Versez le concentré dans un vaporisateur et apportez-le dans mon bureau dès qu'il sera prêt, lui intimat-elle en quittant la pièce.

Jon pesa ses composants en un temps record. Puis il

passa dans son fauteuil et roula sans bruit jusqu'à la cuisine.

— Vous accompagner à l'opéra ? Mais avec le plus grand plaisir ! disait la voix de Sarraj en provenance de la pièce voisine. La tenue de soirée est obligatoire, j'imagine ? Pas de problème. Dites-moi quand vous voulez que je passe vous prendre.

— A 7 heures, ce serait parfait. Maman nous...

Demi s'interrompit lorsque Jon immobilisa son fauteuil à l'entrée du bureau.

— Richard, je crois que je ne vous ai pas encore présenté mon assistant, Jon Sutter ?

Autant se rendre à l'évidence : Jon Sutter et Richard Sarraj ne seraient jamais amis, conclut Demi avec un léger soupir lorsqu'elle eut raccompagné son client jusqu'à la porte. En présence de Richard, Jon n'avait pas été fichu de formuler une seule idée intelligente ; il s'était contenté de sourire niaisement et d'opiner du bonnet pendant toute la durée de la conversation.

Quant à Sarraj, il avait été plutôt sec et distant. Se pouvait-il qu'il fût jaloux de Jon ? Dieu sait pourtant que ce dernier ne s'était pas montré à son avantage ! Jon l'avait déçue, d'ailleurs. Elle avait espéré de lui un peu plus d'aisance et de finesse. Alluroma étant une toute petite structure, elle avait besoin d'un assistant doté d'un minimum de prestance pour l'épauler. De ce point de vue, Hector avait été idéal. Dans les occasions officielles, il avait toujours su naviguer gracieusement entre les personnalités en présence. Il maîtrisait à la perfection l'art de complimenter les femmes, même si ses préférences sexuelles allaient aux jeunes designers avec lesquels il flirtait secrètement.

Avec Jon, elle s'entendait parfaitement dans le cadre fermé du laboratoire, mais s'il se révélait trop gauche et timide pour échanger trois mots avec ses clients... Si seu-

lement, elle avait eu d'autres candidats pour le poste !
Mais personne n'avait appelé pour répondre à son
annonce. Ce qui, à la réflexion, était plutôt surprenant.
Sourcils froncés, Demi prit le *New York Times* du jour
qui traînait sur son bureau et l'ouvrit à la page
« Emplois »

Une demi-heure plus tard, elle entrait au pas de charge
dans le laboratoire. A deux reprises, elle dut se baisser
pour passer sous les cordes tendues d'un bout à l'autre de
la pièce. Ce qui ne contribua pas à améliorer son humeur.
Levant les yeux à son approche, Jon repoussa les grosses
lunettes qui lui tombaient sur le bout du nez.

— Qui a annulé ma petite annonce ?

— Quoi ?

— Vous m'avez parfaitement bien entendue. Je viens
de passer une demi-heure au téléphone avec une idiote
qui soutient mordicus que j'ai appelé vendredi après-midi
pour demander de la retirer.

— Et ce n'est pas le cas ?

— Certainement pas, non. Mais vous pouvez peut-être
me dire ce qui s'est passé exactement ?

— Non.

Non, vraiment ? Alors pourquoi rougissait-il jusqu'à la
racine des cheveux ?

— Ce n'est pas vous qui avez demandé de retirer
l'annonce, Jon ?

Elle avait de la peine à croire qu'il pût faire une chose
pareille. Mais son teint écarlate en disait long.

— Non, ce n'est pas moi.

Il avait des accents de sincérité dans la voix... Elle nota
qu'un muscle tressaillait à l'angle de sa mâchoire. Pour
appeler le *New York Times* vendredi, il aurait fallu qu'il
s'assure le concours d'une femme, songea-t-elle, de plus
en plus perplexe.

« Savez-vous qui a fait ce coup pendable, Jon ? » Au
moment où la question allait lui tomber des lèvres, Demi
se ravisa, consciente qu'elle ne pouvait se résoudre à la

poser à voix haute. Car si elle découvrait qu'il était coupable, il ne lui resterait plus qu'une chose à faire : le mettre à la porte.

Et le problème, c'est qu'elle ne voulait pas qu'il s'en aille !

Décidément, quel imbroglio ! Elle aurait dû réfléchir d'abord, avant de porter des accusations sans preuve !

— C'est à ce point important pour vous, de garder cet emploi, Jon ? demanda-t-elle d'un voix lasse en se détournant.

— Je n'ai pas appelé le *Times* pour faire enlever votre annonce.

Il avait une voix remarquable, songea Demi. Ferme et énergique, elle offrait un contraste déconcertant avec sa coupe et ses lunettes. Si elle avait entendu parler Jon les yeux fermés, sans le connaître, elle aurait juré qu'il s'agissait d'un homme de caractère.

Peut-être était-ce la raison pour laquelle elle ne pouvait se résoudre à le laisser partir : Jon constituait une énigme. Un mystère à résoudre. Un puzzle dont les morceaux refusaient de se mettre en place.

Elle haussa alors les épaules.

— Eh bien, dans le doute... admettons, trancha-t-elle en quittant le labo sans se retourner.

Le téléphone sonnait lorsqu'elle entra dans son bureau. Peut-être était-ce le service des petites annonces du *Times* qui lui annonçait qu'il s'agissait d'une banale erreur informatique ?

Hélas... Lorsqu'elle raccrocha cinq minutes plus tard, le moral de Demi avait chuté d'un cran supplémentaire. C'était vraiment la journée de tous les désastres ! Elle tourna la tête en entendant Jon se racler la gorge.

Immobile dans l'encadrement de la porte, il la regardait fixement.

— Ecoutez, Demi, si vous doutez de mon intégrité, il serait plus simple que je m'en aille, non ?

Non. Pour une raison indéfinissable, elle ne concevait déjà plus Alluroma sans lui.

— Ce n'est pas ça. Richard me fait faux bond alors qu'il devait m'accompagner à l'opéra ce soir. Il doit se rendre de toute urgence à Los Angeles pour retrouver un de ses plus gros clients. Et je me retrouve le bec dans l'eau.

Décidément, elle jouait de malchance. Le beau Sarraj en smoking aurait constitué l'escorte idéale ! Même sa mère, qui trouvait toujours quelque chose à redire à ses choix masculins, aurait été bien en peine de trouver le moindre défaut à celui-ci.

Jon roula jusqu'à son bureau où il déposa quatre mouillettes.

— C'est une mauvaise nouvelle, en effet, marmonna-t-il sans la moindre conviction.

Inutile de compter sur Jon pour compatir à ses malheurs ! Hector, lui, aurait été aux petits soins avec elle. Il se serait hâté de lui préparer un bon thé brûlant en s'exclamant que les hommes étaient tous des brutes sans cœur, mais qu'il n'y avait pas moyen de se passer d'eux, malheureusement. Enfin... Tôt ou tard, il faudrait qu'elle se fasse à l'idée que Jon ne serait jamais Hector.

— Ce n'est pas une mauvaise nouvelle, c'est un désastre ! s'exclama-t-elle. Maman profitera lâchement du fait que j'arrive là-bas toute seule pour me fourguer un de ses vieux admirateurs. La dernière fois, je me suis retrouvée avec un quinquagénaire ventru qui a passé la soirée à me pincer les cuisses sous la table. Et lorsque je lui ai envoyé un coup de pied, ma mère m'a fait une scène de tous les diables pour que je lui présente des excuses !

Demi regarda sa montre. Peut-être qu'en cherchant bien, elle pourrait encore trouver un remplaçant de dernière minute pour Sarraj ? Jake... Non, pas question ! Elle lui avait fait comprendre, la veille, qu'il valait mieux qu'ils ne se revoient pas pendant un certain temps. Si seulement Hector avait été là !

Sur une brusque impulsion, Demi se tourna vers Jon.

— Dites... Vous avez quelque chose contre l'opéra ?

— Quel genre d'opéra ? Ceux où on voit de grosses dames blondes en cottes de maille avec des cornes de vache sur le crâne ? Beuglant à pleins poumons ?

Demi sourit.

— Non, promis, ce n'est pas du Wagner. Je suis sûre que vous adorerez *Cosi fan tutte*. Et cela ne vous coûtera rien, car j'ai une invitation pour deux.

Sa mère serait horrifiée, mais tant pis pour elle. C'était sa faute, après tout, si elle ne lui avait pas laissé le temps de trouver un compagnon plus adapté.

— Ce n'est pas une question d'argent, bougonna Jon.

On ne pouvait pas dire que sa proposition le remplissait d'enthousiasme. Faudrait-il qu'elle le supplie à genoux ?

— Allons, Jon... C'est la tenue de soirée qui vous inquiète ?

Il ne possédait probablement pas de smoking. Et même s'il en avait un, il ne pourrait pas l'enfiler, à cause de son plâtre.

— Vu les circonstances, ils ne vont pas exiger de vous que...

— Ils vont me dispenser de la tenue de soirée obligatoire, c'est ça ? Ils feront une exception pour un type hirsute en fauteuil roulant ?

Pauvre Jon. Il se plaignait si peu qu'elle en oubliait à quel point il devait parfois souffrir de son handicap. Mais cela lui ferait sans doute du bien pour lui de sortir un peu de chez lui, de voir du monde au lieu de rester coincé devant son téléviseur.

— S'il vous plaît, Jon... Sauvez-moi des pinceurs de cuisse !

Il passa la main dans ses épis.

— Bon... Si vous le présentez de cette manière. A quelle heure dois-je passer vous prendre ?

8.

La sauver des pinceurs de cuisse! songea Jon, exaspéré, tandis que le minibus aménagé roulait en direction de l'opéra. Elle le prenait pour qui, au juste? Pour un eunuque? «Si tu crois que tes cuisses sont en sécurité avec moi, ma belle...» Pendant quelques secondes, rien que pour la punir, il s'imagina passant la langue du creux de son genou jusqu'au tendon délicat à la jointure de ses jambes.

— Alors? demanda le chauffeur, l'arrachant brutalement à son fantasme. La bande adhésive a tenu?

Jon lui sourit dans le rétroviseur.

— Vous voulez parler du bricolage que j'ai dû faire subir à ce pauvre pantalon de smoking? Eh bien pour l'instant, ça a l'air de résister.

C'était le même chauffeur qui, quelques heures auparavant, était venu le récupérer après sa journée de travail à Alluroma. Un type sympathique qui avait accepté, sans se faire prier, de stationner en double file pendant qu'il louait sa tenue de soirée.

— Voilà. C'est ici, indiqua-t-il au chauffeur en repérant le café où Demi lui avait donné rendez-vous.

Beauté Fatale n'était pas restée longtemps seule à l'attendre, constata-t-il en la voyant installée à une table d'extérieur, en compagnie de deux individus mâles particulièrement empressés. Le minibus s'immobilisa juste sous son nez. Jon voulut protester, mais trop tard. Sous le regard préoccupé de Demi, il se trouva soulevé dans les airs sur sa plate-forme hydraulique, puis déposé lentement sur le trottoir. A la torture, Jon détourna les yeux en priant pour qu'elle ne se mît pas en tête de lui venir en aide... Miracle des miracles, elle s'abstint.

Lorsqu'il la rejoignit enfin à sa table, Demi lui adressa un sourire radieux et serra sa main entre les siennes.

— Jon !

L'espace d'une seconde, ce fut comme s'ils se retrouvaient à l'occasion d'un vrai rendez-vous galant. Ils demeurèrent quelques instants ainsi, les yeux dans les yeux. Puis Jon se tourna vers ses deux admirateurs envahissants, bien déterminé à leur faire comprendre qu'ils n'avaient plus rien à faire là !

Mais Demi ne lui laissa même pas le privilège d'affirmer ses droits. Déployant force sourires, elle prit les rênes et congédia elle-même les deux gêneurs.

— Le smoking vous va bien, Jon, fit-elle alors remarquer en l'examinant des pieds à la tête. Mais si ce n'est pas trop indiscret... Comment avez-vous réussi à faire passer le pantalon sur votre plâtre ?

Il sourit.

— Je me suis débrouillé avec une paire de ciseaux et une bande adhésive. Ça a l'air de tenir à peu près, mais attention de ne pas me faire rire trop fort !

En robe de velours incarnat et courte veste noire, Demi brillait, elle, de tout l'éclat de son orgueilleuse beauté. Plus que dix-sept jours, songea Jon, et il serait débarrassé de son plâtre. Plus que dix-sept jours et il saurait si son genou pouvait être sauvé ou non. Et puisqu'il n'avait rien de mieux à faire que de tuer le temps dans l'intervalle, pourquoi ne pas goûter tout simplement les petits plaisirs de l'existence ? La vie d'espion occasionnel n'avait pas que des désavantages : pour la première fois depuis son arrivée à New York, la nuit d'avril était d'une douceur presque suave. Et au lieu de se morfondre seul dans son appartement de Princeton, il passait la soirée en compagnie d'une femme vive, belle, intelligente, parfois même adorable. Que demander de plus ? Avec cela, il avait toujours été amateur d'opéra. Son père avait enseigné la musique avant de devenir proviseur, si bien que Trace, Emily et lui avaient été initiés dès leur plus jeune âge.

Demi tourna son poignet gracile de façon à le lui placer sous le nez.

— Alors ? Que pensez-vous de « Sheik 32 » ?

Il lui prit la main, sentit sa peau sous ses lèvres, prit une profonde inspiration. Le composé subtil de fragrances envahit ses narines et se répandit en lui comme une fièvre.

— Mmm..., murmura-t-il d'une voix étranglée. On pourrait peut-être parler d'autre chose que de travail, ce soir, non ?

— Ah bon ? Pourquoi ?

Elle dégagea son poignet prisonnier et porta son verre à ses lèvres. Jon, lui, redescendit brutalement sur terre. Pourquoi ne parleraient-ils pas travail, en effet ? Il n'était que son assistant en fauteuil roulant. Rien de plus.

— Qu'est-ce que vous dites de ce « Sheik 32 » ? reprit-elle. Il a du caractère, non ?

— Il n'est pas mal, en effet, répondit Jon distraitement, le regard fixé sur un chien errant qui s'était approché d'une des tables.

Chassé d'un coup de pied, l'animal s'éloigna tête basse et tenta sa chance un peu plus loin. Assis, le museau levé, ses grands yeux humides fixés sur les humains indifférents, il attendit poliment une petite attention qui ne vint pas.

Jon sortit un paquet de biscuits d'une poche latérale de son fauteuil.

— Hé, toi, appela-t-il doucement. Viens voir par ici.

Au son de la voix amicale, le chien tourna la tête et s'approcha prudemment. Il saisit le biscuit avec délicatesse, l'engloutit en une seule bouchée et réclama aussitôt une seconde fournée.

Demi se mit à rire.

— Oh, Jon! Ce corniaud sent le chien à dix mètres! protesta-t-elle.

— Evidemment, qu'il sent le chien. Que voudriez-vous qu'il sente d'autre?

Au troisième biscuit, le chien se souvint qu'il avait une queue et il se mit à l'agiter avec satisfaction. C'était un triste mélange de retriever et de basset, bas sur pattes avec un museau allongé de saurien. Maigre, affamé et perdu, il traversait manifestement une mauvaise passe.

Une fois sa provision de biscuits épuisée, Jon caressa la tête du chien qui s'appuya contre lui en gémissant doucement.

— Pauvre vieux, va. Tu ne sais plus où tu habites, on dirait?

Du coin de l'œil, Jon vit arriver un serveur qui se pencha pour saisir l'animal par la peau du cou.

— Je suis désolé que vous ayez été incommodés. Ce corniaud traîne dans le coin depuis le début de la soirée. Je vais vous en débarrasser tout de suite.

— Non, laissez, dit Jon en détachant sa main. Il est avec moi, maintenant.

— Jon! Vous croyez vraiment que c'est le moment de vous encombrer de cette bestiole?

Demi poussa une exclamation dégoûtée lorsque l'animal se dressa pour poser ses pattes avant sur l'accoudoir du fauteuil. Jon pencha la tête et posa son front contre celui du chien. Leur nouvelle amitié fut cimentée comme il se doit: par un coup de langue vigoureux parfumé à l'haleine canine.

Angelina avait toujours eu horreur des animaux, elle aussi, se remémora-t-il en s'essuyant le visage.

— Désolée d'avoir à jouer les trouble-fête, mais c'est l'heure, décréta Demi en se levant. Et je crains que votre nouvel ami n'ait pas la sensibilité requise pour apprécier *Cosi fan tutte*.

Jon hocha la tête et régla leurs consommations.

— Vous croyez que votre mère serait d'accord pour le garder quelques heures dans sa loge ?

— Dans sa loge ? se récria Demi. Je vois que vous ne connaissez pas maman !

Ils s'éloignèrent de la terrasse de café et le chien leur emboîta le pas en se positionnant fièrement entre Demi et lui. Conscient que l'odorat extraordinairement développé de la jeune femme était mis à rude épreuve, Jon claqua des doigts et fit signe à l'animal de se placer de l'autre côté. Docile, ce dernier s'exécuta sur-le-champ.

— Vous avez vu comme il obéit bien ? Je crois qu'il est particulièrement intelligent, ce chien.

Demi fronça ses jolies narines délicates.

— En effet, oui. Un véritable Einstein. Et ce serait une bonne idée de le renvoyer à ses équations. Le temps presse, Jon !

— Cet animal a faim.

— C'est bien possible. Mais il nous reste dix minutes pour trouver nos places, et mon invitation ne vaut que pour deux personnes. Alors faites votre choix. C'est lui ou moi !

Jon soupira. Même si Demi s'était rabattue sur lui faute de mieux, il s'était réjoui à l'idée de passer une soirée à l'opéra en sa compagnie. D'autre part, il s'était engagé à l'accompagner, et il avait pour principe de tenir ses promesses. Mais Demi avait-elle réellement besoin de lui ? La place inoccupée à côté d'elle ne resterait pas vide longtemps. Tandis que le pauvre corniaud disgracieux, lui, n'avait personne d'autre au monde. Pour l'une, il n'était qu'un pis-aller ; pour l'autre, il représentait la survie : autrement dit, le choix était fait d'avance.

— O.K. Ce sera lui.

— Comme il vous plaira, monsieur Sutter !

Tournant les talons, Demi s'éloigna, la tête haute. Jon se retourna pour la suivre des yeux. Il avait déjà remarqué que le balancement de ses hanches avait tendance à s'accentuer lorsqu'elle était en colère. Avec un profond soupir, il finit par concentrer son attention sur son nouveau compagnon.

— Et voilà, mon vieux ! On ne peut pas dire que tu aies choisi ton moment pour débarquer dans ma vie.

Quoique... Il désirait Demi, autant le reconnaître. Mais aux dernières nouvelles, il avait tracé un trait définitif sur les femmes égocentriques et capricieuses, non ? Alors, en un sens, cela valait peut-être mieux ainsi. Il sortit son téléphone portable de sa poche et se résigna à l'ouvrir. Avec un peu de chance, il tomberait sur un autre chauffeur que celui qui l'avait déposé devant le café, à peine une demi-heure plus tôt. Il n'était pas d'humeur à s'expliquer sur son changement de partenaire.

Il composait le numéro de la compagnie lorsqu'une très jolie paire d'escarpins apparut dans son champ de vision. Son regard remonta le long d'une paire de jambes gainées de noir, et finit par se fixer sur l'expression contrite de Demi.

— Je me suis comportée comme une enfant gâtée, n'est-ce pas ?

Jon lui pardonna d'un sourire, et retint le chien juste au moment où celui-ci se préparait à saluer son retour en posant ses deux pattes sales sur sa robe.

— Ecoutez, dit-il, ce n'est pas tous les soirs que votre mère chante à l'opéra. Et je crois que j'ai trouvé une solution qui devrait nous arranger l'un et l'autre.

Sur ces mots, il leva la main pour arrêter un taxi.

Quelques minutes plus tard, ils suivaient des yeux le véhicule jaune qui s'éloignait. Par la vitre ouverte se profilait un long museau canin pointé dans leur direction. Demi se mit à rire et secoua la tête.

— Cinquante dollars pour circuler dans Manhattan avec un chien à bord. Et qu'est-ce qui vous prouve qu'il ne va pas rouler tout droit jusqu'à la Hudson River pour jeter votre bestiole à l'eau ?

— Parce qu'il sait qu'il touchera son deuxième billet de cinquante lorsqu'il me livrera ce charmant toutou ici, à minuit pile.

— Vous savez que vous êtes fou, Jon Sutter ? Totalement, irrémédiablement, irréversiblement...

— Vous ne croyez pas que nous ferions mieux de nous dépêcher ?

— Pour ça, oui ! acquiesça Demi en se plaçant derrière son fauteuil roulant pour s'emparer des poignées. Autrement dit, vous acceptez de vous laisser pousser. Et sans discuter !

Demi jeta un regard en coin à son compagnon.

Les yeux rivés sur la soliste, Jon paraissait transporté. Pour quelqu'un qui n'était sans doute pas capable de distinguer une sonate d'une bourrée, il se montrait étonnamment sensible à la musique. A la fin de l'aria, alors que les applaudissements se déchaînaient dans la salle, elle le vit tressaillir et relever la tête en sursaut pour fixer un des lustres du plafond.

Chose incroyable, il en avait même les larmes aux yeux ! Demi éprouva soudain l'envie ridicule de lui prendre la main et de la porter à ses lèvres. S'il n'avait pas été son assistant, elle aurait sans doute obéi à son impulsion, tant son émotion touchait quelque chose de profond en elle. Consciente que son propre regard s'embuait, Demi fixa résolument son attention sur la scène — juste à temps pour voir sa mère faire une entrée en majesté.

— Là, c'est elle ! murmura-t-elle en lui donnant un coup de coude.

Aussitôt, Demi se concentra à fond sur la musique. Car elle connaissait sa mère. Liza Hansen lui ferait subir un interrogatoire serré après la représentation, et tout défaut d'attention de sa part serait sanctionné par des reproches à n'en plus finir.

— C'est lui ? se récria Liza Hansen en jetant un coup d'œil derrière le rideau. L'individu hirsute dans le fauteuil roulant ?

— Tu comprends pourquoi je ne pouvais pas l'emmener dans les coulisses ?

Demi consulta sa montre. Dans vingt minutes, Jon avait rendez-vous avec le chauffeur de taxi pour récupérer son chien. Finalement, elle avait mis plus de temps que prévu pour arracher sa mère à ses admirateurs.

— Mais enfin, ma chérie, si tu m'avais prévenue, j'aurais pu te trouver quelqu'un d'un peu plus reluisant pour te servir d'escorte !

— Jon est juste un ami, maman. Et c'est quelqu'un que j'apprécie beaucoup. Viens faire sa connaissance, tu verras.

Une fois les présentations faites, Demi fut agréablement surprise par l'attitude de Jon. Vu la façon renfrognée dont il s'était comporté avec Sarraj, elle avait craint le pire. Mais à l'occasion de cette soirée, il semblait avoir laissé sa timidité au placard. Lorsque Liza Hansen, toujours très grande dame, s'avança le bras tendu, il lui fit un baise-main dans les règles. Et quand sa mère lui demanda son opinion sur sa « modeste petite performance », il lui lança quelques compliments bien tournés qu'un critique musical n'eût pas désavoués.

Tout en écoutant Jon discourir, Demi se rendit compte qu'elle ne quittait pas sa bouche des yeux. Une bouche tout à fait fascinante, au demeurant. Energique et sensuelle, avec juste une pointe de sourire qui semblait osciller en permanence au coin de ses lèvres. Elle tressaillit lorsque sa mère lui passa le bras autour de la taille.

— Ainsi, cela ne vous ennuie vraiment pas, Jon, si je vous enlève ma fille pour quelques heures ? Il y a des mois que nous n'avons pas eu l'occasion de bavarder ensemble, elle et moi. Naturellement, nous aurions été ravies de vous avoir avec nous, mais vous êtes déjà engagé ailleurs, je crois ?

— En effet, acquiesça Jon avec un sourire affable. J'ai un rendez-vous impossible à déplacer dans moins de dix minutes.

Croisant son regard, Demi sentit poindre un fou rire qu'elle réprima in extremis.

— Vous trouverez quelqu'un pour vous reconduire chez vous après le dîner, Demi ? demanda Jon, sourcils froncés.

— Aucun problème, intervint sa mère. Le cas échéant, elle pourra toujours passer la nuit dans mon appartement.

Jon hocha la tête, manifestement rassuré. Demi ressentit un soudain élan d'affection à son endroit. Investi de son rôle d'escorte, il prenait ses responsabilités très au sérieux, même s'il n'était pas en mesure de la défendre contre qui que ce soit.

— Alors, à demain ? dit-il en s'écartant. Et merci encore à l'une comme à l'autre pour cette soirée magnifique.

Vaguement vexée, Demi le regarda rouler en direction de la sortie. A croire qu'il s'intéressait à son chien plus qu'à elle ! Qui sait même s'il n'était pas soulagé de se trouver libéré de sa compagnie ?

Sa mère lui adressa un sourire radieux.

— Bien. Voilà une bonne chose de faite, ma chérie. Et maintenant, viens vite que je te présente un ami merveilleux. C'est un mécène britannique. Un homme très raffiné. Je suis certaine qu'il te plaira.

Une fois de plus, Liza l'entraînait dans le milieu où elle avait évolué depuis l'enfance — un milieu fait de mélomanes distingués, d'amateurs d'art, de chefs d'orchestre et autres célébrités. Dans ce monde-là, son identité se résumait à une étiquette : elle était fille de Liza Hansen, même si cette dernière jurait ses grands dieux qu'on les prenait toujours pour deux sœurs...

Demi fronça les sourcils et secoua soudain la tête.

— Ecoute, maman, je suis désolée, mais ce soir, ça va être un peu compliqué pour moi. Je suis débordée de travail, tu comprends ? Je t'appelle demain, d'accord ?

— Mais qu'est-ce que tu racontes ? Il n'y a aucune raison pour que tu...

— Si, si, je t'expliquerai.

Lui expliquer quoi ? Demi n'en avait pas la moindre idée, mais elle était pressée de quitter les lieux. Avec une pointe d'anxiété, elle vit Jon disparaître dans le hall. Tentée de lui crier de l'attendre, elle se hâta d'embrasser sa mère sur les deux joues.

— Tu as été absolument magnifique, ce soir. Sois prudente, promis ? Et ne fais pas la fête toute la nuit !

Tout en remontant la travée centrale, Demi dut se faire violence pour ne pas se mettre à courir. Elle jubilait soudain, comme une enfant rendue à la liberté le dernier jour de l'école, prête à prendre l'été à bras-le-corps, en jetant au loin ses livres de classe et ses cahiers.

9.

— ... et du coup, au lieu de déguster un menu haut de gamme avec maman dans un de ses restaurants attitrés, je me suis retrouvée au milieu de Times Square avec Jon et son horrible corniaud, accompagnés du chauffeur pour handicapés, à manger des hot dogs sur un banc. Romantique, non ?

A l'autre bout du fil, son amie Kyle éclata de rire.

— Evidemment, ça ne vaut pas un dîner aux chandelles avec notre bel ami Richard Sarraj. Mais quand même... j'ai l'impression que tu as pris une bouffée d'oxygène, avec ton trio de farfelus.

Demi pouffa.

— C'est une façon de voir les choses ! Mais tu ne devineras jamais ce qui m'est arrivé lorsque je me suis penchée pour faire une bise à Jon avant de partir ? Eh bien, figure-toi que son immonde chien bâtard m'a devancée, et que j'ai écopé d'un baiser canin sur les lèvres. Parfumé à l'oignon cru ! Après ça, je me suis jetée sous la douche et je n'en ai plus bougé pendant une bonne demi-heure !

Elle leva les yeux vers la pendule. A propos de Jon, il était en retard...

⁂

Pendant que le minibus progressait au pas dans les embouteillages, Jon faisait son rapport à Greenley :

— Sarraj s'est envolé hier pour Los Angeles. Il s'agit d'une décision de dernière minute, apparemment. A 15 heures environ, il a accepté un rendez-vous pour le soir même avec Landero. Et il a rappelé à peine une heure plus tard pour annuler. Un de ses plus gros clients l'aurait sollicité de façon pressante.

— Elle t'a bien dit Los Angeles ? commenta Greenley en caressant le chien allongé près de Jon sur la banquette. Intéressant... Le coco se dore aux Canaries, en ce moment.

Jon fronça les sourcils.

— Tu es sûr ?

— D'autant plus sûr que je tiens l'info de la bouche même de ton frère. Trace se trouvait sur place lorsque l'*Aphrodite* est arrivée à Tenerife. Et il a vu Sarraj monter à bord hier soir.

L'humeur de Jon s'assombrit. Demi lui aurait-elle menti ?

— Et à part ça ? l'interrogea Greenley. Rien de nouveau ?

— Elle a un délai extrêmement serré pour composer sa fragrance. Celle-ci doit être prête dans deux mois, ce qui ne correspond pas aux temps de création habituels. Surtout dans le secteur de la parfumerie de luxe. Il n'est pas rare qu'un parfumeur-créateur planche plusieurs années sur un parfum.

Greenley pinça les lèvres.

— Et pourquoi tant de hâte ? Elle t'a fourni des explications ?

— Aucune. Il semble qu'on ne lui ait pas donné de raison particulière. C'était à prendre ou à laisser, apparemment.

Sarraj appartenait peut-être à une organisation terroriste, mais si c'était le cas, il se servait de Demi à l'insu de la jeune femme. Jon en avait la certitude intime.

114

Qu'elle pût être exigeante, capricieuse et colérique, soit. Mais intrigante et dissimulatrice ?

— Tu as réussi à faire l'inventaire de ses matières premières ?

— Pas encore, non. Pour un faux garçon de laboratoire, je suis passablement occupé ! Elle ne me laisse pas une minute pour souffler. A propos, j'ai failli me faire virer à cause de vous. Vous auriez pu me prévenir que vous aviez l'intention de téléphoner au *Times* pour annuler son annonce ! J'ai eu l'air fin, moi !

Greenley haussa les épaules.

— Il valait mieux que tu ne sois pas au courant. Ce sont les règles élémentaires du métier, Jon. Moins on en sait, plus on améliore ses chances de paraître innocent.

Jon lui jeta un regard noir.

— La prochaine fois, j'exige d'être informé. Et si jamais elle refait paraître une annonce, n'intervenez pas. J'estime avoir mes chances.

Et à supposer que Demi le renvoyât à la fin de sa semaine d'essai, tant pis, ou peut-être même tant mieux. Car s'il se trompait sur son compte et qu'elle était coupable, il ne voulait pas le savoir.

Et encore moins la prendre sur le fait.

— Jon ? Je te signale que tu as quarante minutes de retard ! lança Demi sèchement lorsque la porte d'entrée d'Alluroma s'ouvrit enfin.

Ils étaient peut-être à tu et à toi depuis leurs aventures canines de la veille, mais elle ne relâcherait pas ses exigences pour autant. Dans le cadre du travail, leurs rapports restaient strictement hiérarchiques.

La silhouette de Jon se découpa dans l'encadrement de la porte.

— L'excuse peut paraître éculée, mais je me suis retrouvé bloqué dans les embouteillages. Nous avons fini par descendre de voiture pour poursuivre à pied. Sinon, nous y serions encore.

— Nous ?

Jon s'avança jusqu'à sa table de travail et, juste derrière son fauteuil, agitant timidement la queue, apparut...

Demi bondit.

— Non, attends, je rêve ! Jon Sutter, serais-tu par hasard tombé sur la tête ? Tu ne penses tout de même pas sérieusement introduire cette espèce de crocodile monté sur pattes dans mon labo !

— Demi, je ne peux pas laisser ce chien enfermé dans mon appartement du matin au soir. Il a besoin de...

— Je me fiche éperdument des besoins de cet animal ! Un parfumeur ne peut travailler que dans un environnement olfactif neutre ! Sans aucune intrusion pestilentielle d'aucune sorte !

— Je te promets de lui faire prendre un bain ce soir.

— Et tu lui brosseras les dents trois fois par jour, peut-être ? Ce matin, il a consommé du thon pour son petit déjeuner. Je sens son haleine d'ici !

Son museau démesuré collé au tapis, le chien leva vers elle un doux regard perplexe.

— Tu ne veux vraiment pas me faire ce petit plaisir, Demi ? Pour l'amour de moi ?

C'était du chantage affectif, ou quoi ?

— Pour l'amour de toi ? Quel amour de toi ? Je n'ai pas l'intention de te faire plaisir, mais de te tuer à la tâche, oui ! Et ce chien ne servira qu'à te distraire.

— Absolument pas ! Burton a projeté de ronfler dans un coin toute la journée. Tu ne t'apercevras même pas de sa présence.

— Burton, tu dis ? Comment as-tu réussi à trouver l'ombre d'une ressemblance entre le beau Richard Burton et ce... Ah, beurk !

Demi repoussa le museau humide qui venait de lui effleurer la main. Avec un frisson de dégoût, elle se leva pour prendre de l'alcool et entreprit de se désinfecter les doigts.

— Ce n'est pas à l'acteur que je pensais, mais à Bur-

116

ton l'explorateur, celui qui a longtemps cherché les sources du Nil. C'était mon héros lorsque j'étais gamin. Et il avait un certain talent pour se perdre, lui aussi.

— Jon, je travaille dans l'industrie du luxe. Un lévrier afghan, à la rigueur, aurait pu passer dans le décor, mais ton corniaud pathétique...

D'un geste résigné, Jon fit signe à son chien de le suivre.

— Bon, d'accord, d'accord, j'y vais. Je le raccompagne à la maison tout de suite. Si la circulation n'est pas trop dense, je devrais être de retour vers midi.

Vers midi ? Alors qu'elle venait de révolutionner toute la structure de sa composition en prenant un tournant radical à partir de « Sheik 32 » ? Elle avait besoin de lui, et pas plus tard que maintenant !

— Bon, ça va, ça va..., déclara-t-elle. Je supporterai la présence de Burton pour aujourd'hui. Mais attention, il est hors de question que ce chien mette un pied — pardon, une patte — dans mon bureau !

L'espace d'une seconde, alors que Jon levait le pouce en signe de victoire, elle le vit tel qu'il avait dû être à douze ans. Un gamin déluré qui rêvait de devenir explorateur en Afrique. Comment ce garçon épris d'aventure avait-il pu se résigner à une triste destinée de préparateur en pharmacie ?

Aux yeux de Demi, un homme n'était un homme que s'il caressait de grands projets. Et lorsqu'il se battait pour les réaliser, bien sûr. Comme Brian Reeves. Comme son grand-père. Et sans doute aussi comme Richard Sarraj, même si ce dernier restait très secret sur ses ambitions.

Alors que Jon, lui... Pourquoi s'était-il satisfait de ce destin médiocre ? Pourquoi ce métier sans envergure, ce chien piteux ? Demi soupira, porta ses doigts à ses narines et fit la grimace en les trouvant encore imprégnés d'odeur canine. Qu'est-ce qui lui faisait penser que Jon aurait pu se réaliser autrement dans la vie ? Il n'était qu'un employé — tout le contraire d'un amoureux potentiel. Et s'il se contentait de peu dans l'existence, c'était son problème, pas le sien.

— Tiens, au fait, tu ne m'as pas dit ce que Sarraj pensait de tes quatre versions de Sheik? fit remarquer Jon alors que Demi sélectionnait pour lui les absolues et les huiles essentielles. Il les a trouvées à son goût?

Demi haussa les épaules.

— Apparemment, oui.

— Sans préférence particulière?

— « Sheik 32 », peut-être. Mais c'était mon choix plus que le sien.

Demi lui présenta son poignet.

— A propos, tu le sens encore?

Il lui prit le bras et huma attentivement. Pour le plaisir de presser les lèvres contre sa peau délicate, il voulait bien renifler du « Sheik 32 » pendant trois jours entiers s'il le fallait! Sous ses doigts, le pouls de Demi battait avec une régularité décourageante. Le trouble qu'il ressentait à son contact n'était manifestement pas partagé.

— Il me semble percevoir encore quelques traces. Mais très légères. A moins que ce ne soit ton odeur personnelle?

Demi secoua la tête.

— Non. C'est bien la note de fond de « Sheik 32 » que tu as sentie. Je pourrais améliorer sa persistance avec des fixatifs, mais il faut d'abord que je trouve la structure olfactive définitive. Je veux que ce parfum se mêle à l'odeur de la peau et non pas qu'il s'y superpose. J'aime que les fragrances qu'une femme laisse dans son sillage donnent l'impression de faire partie d'elle.

Jon hocha la tête et travailla quelques minutes en silence avant de revenir à ses moutons.

— Cela ne t'étonne pas que Sarraj n'ait pas vraiment d'avis sur ce parfum? Il doit pourtant le payer assez cher, non?

Demi haussa les épaules.

— Certains clients sont très directifs et suivent de près chaque étape du processus. Ceux-là sont en général des connaisseurs et savent très précisément ce qu'ils veulent. D'autres clients — ceux que je préfère — me laissent plus ou moins carte blanche.

Sarraj, apparemment, faisait partie de cette dernière catégorie. Ou alors — autre hypothèse — il se moquait éperdument du résultat. Si le FBI avait vu juste, le parfum n'était qu'un prétexte — une couverture. Mais pourquoi, dans ce cas, Sarraj et ses acolytes avaient-ils besoin d'une telle mise en scène ? En quoi un parfum pouvait-il servir de paravent ?

Jon termina son premier mélange de la journée et prit une mouillette et un stylo.

— Je le baptise comment, ce petit dernier ? « Sheik 33 » ou « Sheik 32a » ?

— Celui-ci sera « Voile 1 ». J'ai bifurqué sur une nouvelle voie depuis ce matin. Je laisse tomber les notes ambrées et je me tourne vers quelque chose qui serait plus fleuri et boisé.

Allons bon... Apparemment, il n'avait pas fini de préparer des mélanges !

— Et pourquoi ce « Voile », tout à coup ?

— Il s'agit d'un souhait princier, mon cher. Sa majesté a retenu le nom de « Septième Voile ». Alors autant commencer à m'y habituer.

— « Septième Voile » ? C'est une allusion directe à la redoutable Salomé, je suppose...

Demi porta la touche à ses narines et renversa la tête en arrière. Fasciné, Jon la regarda faire. Salomé... La séductrice biblique, usant de ses charmes pour prendre le roi Hérode dans ses griffes, retirant voile après voile, jusqu'à ce qu'il lui accorde...

Avec un léger frisson de malaise, Jon gardait son attention fixée sur Demi qui respirait profondément, les lèvres légèrement entrouvertes, comme au bord de l'orgasme. Il l'imagina venant à lui ainsi pour se placer sur ses genoux...

Certaine partie de son anatomie réagit si vigoureusement à ce fantasme qu'il se détourna par souci de décence.

— Mmm... Voilà une orientation prometteuse, murmura Demi derrière lui.

Il l'entendit prendre une feuille, puis il y eut le bruit d'un stylo courant rapidement sur le papier. Traduction : trois nouvelles dizaines de mélanges à composer !

— Ohé, Jon ? On peut savoir ce que tu fabriques, à bâiller aux corneilles dans ton coin ?

Bonne question. Son regard tomba sur un flacon placé juste à côté de « Fleur de Feu ».

— C'est quoi, ce truc-là, « Envy » ?

— Ah, ça ! C'est une eau de toilette pour homme que j'ai créée l'année dernière. Elle est à base de phéromones — une sécrétion naturelle, invisible et inodore qui devrait pousser les femmes à succomber au charme des hommes qui s'en aspergent.

— Ah, j'ai entendu parler de ce produit-miracle, en effet. Et d'après toi, ça marche ?

— L'ami qui m'a commandé cette eau de toilette affirme que oui. Mais l'action du parfum est très subtile. L'homme qui le porte peut améliorer ses chances, certes, mais il n'y a aucune garantie pour que ça fonctionne à tous les coups. Il existe une demande, mais les ventes ne grimpent pas de façon aussi spectaculaire que prévu. Or je touche un pourcentage sur « Envy », mais seulement pendant cinq ans. Brian finira peut-être par s'enrichir à long terme avec son eau de toilette, mais moi non.

Brian... D'habitude, elle ne pouvait prononcer son nom sans ressentir un mélange douloureux de nostalgie et d'humiliation. Mais aujourd'hui... Rien ! Pas même l'ombre d'une pointe de souffrance ou de regret !

Ainsi elle était enfin guérie de son vieux chagrin d'amour ? C'était au beau Richard Sarraj, sans doute, qu'elle devait ce petit miracle. Repoussant les cheveux qui lui tombaient sur le front, Demi sourit joyeusement à Jon. Elle était libre, délivrée !

— Tu n'as vraiment pas eu de chance avec tes clients, jusqu'ici, commenta Jon en débouchant « Envy » pour le porter à ses narines. Mmm... Pas mal ! C'est très masculin, très tonique. Ça me rappelle une expédition en jeep, un jour, dans les montagnes arides de...

Il s'interrompit brusquement et reboucha le flacon.

— Oui, enfin, l'odeur est plaisante, mais je ne ressens rien de spécial.

— Evidemment, gros bêta ! C'est censé affecter les femmes, pas les hommes. Et maintenant, pourrais-tu avoir l'amabilité de venir par ici ? J'ai modifié la seconde variation, tu vois ? Un peu plus d'iris et un soupçon de civette en moins...

Ils travaillèrent sans répit toute la journée et ne s'interrompirent qu'une demi-heure à midi. Jon mit cette pause à profit pour promener Burton qui eut droit, en prime, à deux sandwichs jambon-fromage. Le ciel au-dessus de New York avait viré au bleu fixe, constata Demi. Dire que le printemps, sa saison préférée, se déployait dehors sous ses fenêtres ! Les yeux clos, elle imagina l'odeur des jonquilles et de la terre réchauffée, le léger parfum d'algues et d'ozone qui devait flotter sur la ville, porté par le vent du sud.

En milieu d'après-midi, Demi n'y tint plus. Elle passa au labo et brandit une mouillette imprégnée de « Voile 12 » sous le nez de Jon.

— Nous repartons sur une nouvelle direction. Je supprime carrément le gardénia qui reste beaucoup trop capiteux, même si je l'allège avec des aldéhydes. Et comme j'ai l'intention de poursuivre avec de la jonquille, je propose que nous allions en renifler quelques-unes pour nous mettre dans le bain.

— Hein ?

Etait-elle donc une si effroyable esclavagiste pour qu'il la regardât de cet air incrédule, tel un prisonnier qui n'envisage même plus d'être délivré de ses chaînes ?

— Je ferme boutique pour aujourd'hui, Jon. Il faut que je sorte respirer le printemps. Et si ça te dit de venir prendre l'air avec moi...

— Excellente initiative, boss ! Allons humer les petites fleurs dans leur contexte naturel, ça me changera de tous ces flacons !

Pendant qu'il finissait de ranger le labo, Demi alla enfiler une paire de chaussures de marche. Une autre idée brillante lui vint alors à l'esprit, et elle passa un rapide coup de fil avant de rejoindre Jon dans l'entrée.

Quelques minutes plus tard, ils déambulaient de front sur le trottoir, formant un trio particulièrement surprenant dans une ville qui en avait pourtant vu d'autres : une jeune femme en robe haute couture et baskets, une meule de foin à roulettes et un crocodile velu ! Et de surcroît hilares, tous trois, comme des adolescents fugueurs.

— On passe par le parc ? proposa Jon lorsqu'ils atteignirent Columbus Circle.

— Et comment !

Comme ils changeaient de direction, le vent apporta une odeur inattendue aux narines de Demi.

— Mais dis donc...

Elle se pencha pour renifler Jon dans le cou. Il tressaillit, tourna la tête et elle sentit sa joue légèrement râpeuse frotter contre la sienne. L'espace d'une seconde, ils restèrent les yeux dans les yeux, comme frappés par quelque sortilège bizarre. Puis elle se redressa d'un mouvement brusque.

— Tu t'es aspergé d'« Envy », Jon Sutter, espèce de cachottier !

Il rougit jusqu'à la racine des cheveux.

— Simple curiosité. Je pensais tester ses effets.

— Sur qui ?

Une sensation étrange assaillit Demi, comme si le vent du sud était soudain devenu brûlant.

— Réponds-moi, Jon Sutter. Sur quelle innocente victime as-tu l'intention d'exercer cette arme redoutable ?

— Eh bien, ça ne te regarde pas vraiment, mais il y a une vendeuse absolument adorable dans le petit supermarché où je fais mes courses.

Demi fit la moue. Cette fille n'était sans doute pas assez bien pour Jon. Elle le sentait d'ici.

— Mmm... Et il est où, ce supermarché ?

— Pourquoi ?

— Oh, juste pour savoir. C'est peut-être le même que celui que je fréquente.

Il haussa les épaules.

— Le magasin coréen, sur Broadway.

Parfait. Ils iraient y faire un saut plus tard, afin qu'elle pût jeter un œil sur cette vendeuse. Mais en attendant, Jon avait rendez-vous à 16 h 15. Il leur restait encore un peu de temps libre, cependant. Du temps pour regarder Burton l'alligator batifoler avec un élégant caniche enrubanné, sous le regard indigné de sa maîtresse. Du temps pour renifler un brin d'herbe que Demi broya entre ses doigts avant de le faire sentir à Jon. Le temps de se pencher sur les minuscules violettes aux fragrances fugaces. Le temps de rire en regardant deux pigeons se faire la cour.

Jon lui tendit ensuite son poing fermé en lui demandant de deviner ce qu'il avait dans la main. Elle le surprit en identifiant du premier coup des aiguilles de pin, plus des feuilles de troène. Ce qu'elle perçut également, mais sans le lui dire, ce fut l'odeur de sa peau. Un ensemble composite où se mêlaient les huiles essentielles utilisées dans la journée, le savon du laboratoire ainsi qu'un soupçon de senteur canine. Et, en filigrane, une pointe de musc, une trace de cuir, des fragrances très subtiles et très personnelles qui évoquaient pour elle des pierres chauffées au soleil, la fraîcheur d'un torrent de montagne. Une odeur étiquetée « Jon » et qui avait sa place désormais dans son nuancier olfactif intérieur...

Ils sortirent du parc par la Soixante-sixième Avenue, et arrivèrent devant son salon de coiffure attitré, juste à l'heure du rendez-vous.

— C'est ici, déclara-t-elle.

Jon fronça les sourcils.

— Tu veux te faire couper les cheveux ? Je les trouve bien comme ils sont.

— Mais non pas moi, idiot ! C'est toi qui as besoin d'un petit changement de look.

Il secoua fermement la tête.

— Pas question, j'ai mon propre coiffeur.

— Le tailleur de haie, tu veux dire ? Si tu retournes voir cet individu, tu es licencié, Jon.

D'un geste décidé, il remonta les lunettes qui lui tombaient sur le bout du nez.

— Me licencier alors que je ne suis même pas encore embauché ?

Trop tard, elle comprit qu'elle était tombée dans un piège. Une lueur amusée dansait dans les yeux bleus de Jon tandis qu'il attendait sa réponse. Demi prit une profonde inspiration. Pourquoi hésiter encore ? Elle n'avait pas placé d'autre annonce et, si on exceptait l'erreur qu'il avait commise le premier jour, Jon s'était montré compétent, rapide et efficace. Néanmoins subsistait en elle un fond de doute et de malaise : pour un assistant, il avait un caractère un peu trop indépendant à son goût. Et elle tenait à rester seul maître à bord.

— Je t'ai dit que je te donnerais ma réponse vendredi.

— Ce qui signifie que je me ferai couper les cheveux samedi... ou pas du tout.

Demi fit la moue. Elle n'avait pas envie d'attendre jusque-là. Et vu les goûts très particuliers de Jon en matière de coiffure, elle tenait à superviser elle-même l'opération. Alluroma avait une image de marque à respecter, tout de même.

— Bon, c'est d'accord, concéda-t-elle avec un soupir.

— Je suis embauché ?

De nouveau, Demi connut un moment d'hésitation. Etait-elle en train de commettre une grave erreur ? Elle sentait confusément que, malgré ses airs naïfs, le modeste Jon Sutter pouvait être redoutable, porteur de changement et de chaos.

Mais elle avait toujours eu le goût du risque, après tout. Et que ferait-elle sans technicien de laboratoire ?

— Tu es embauché, mais à une seule condition : c'est moi qui décide de ta coupe !

Jon eut un sourire à couper le souffle.

Aussitôt, Demi songea qu'elle avait oublié l'essentiel : une clause restrictive concernant son chien !

— Marché conclu, déclara-t-il, sans lui laisser le temps d'ouvrir la bouche pour réparer cette omission.

10.

— La même longueur partout, Gretta, spécifia Demi.

Les poings sur les hanches, la jeune coiffeuse tournait autour du fauteuil de Jon en examinant ses mèches hirsutes d'un air horrifié.

— Quel sabotage ! Vous voulez que je répare les dégâts en faisant une coupe en brosse, mademoiselle Landero ?

— Non, j'aimerais que vous les gardiez un peu plus longs que ça. Enfin... s'il y a moyen.

— Au secours, Burton, elles me tiennent ! lança Jon tristement.

De l'autre côté de la vitre, ils virent le chien se dresser sur ses pattes arrière et pousser un aboiement plaintif. Un rire général se répandit dans le salon de coiffure.

Demi alla s'installer dans un fauteuil et prit un magazine. Mais elle ne pouvait s'empêcher de surveiller l'opération du coin de l'œil. Il était fascinant de voir Jon se transformer peu à peu, à mesure que ses redoutables épis chutaient sur le sol. Elle nota cependant avec agacement que la main de Gretta s'attardait un peu trop volontiers sur ses épaules. De quel droit cette fille le touchait-elle ainsi, à tout bout de champ ? Elle avait commandé une coupe, bon sang, pas une séance de massage !

— Et voilà ! Terminé ! déclara enfin Gretta en reculant

d'un pas. Vous savez à qui il me fait penser comme ça, mademoiselle Landero ?

Demi discerna une légère appréhension dans le regard de Jon lorsqu'il croisa le sien. Il paraissait tellement différent ainsi qu'elle connut un instant de frayeur. Ce n'était plus le même homme dont le reflet fixait le sien. Avait-elle perdu le compagnon familier et rassurant ? Saurait-il encore la faire sourire, à présent qu'il affichait cet air redoutablement sûr de lui ? Il ne restait plus trace du pauvre Jon à l'aspect vaguement ahuri. Aussi surprenant que cela pût paraître, Jon Sutter était même... beau !

— Vous ne voyez pas ? C'est le portrait craché de Kevin Costner dans *Garde du corps* ! claironna Gretta comme si elle était personnellement responsable de ce petit miracle.

— Soyez gentilles, les filles, et laissez-moi respirer, d'accord ? bougonna Jon en récupérant ses lunettes.

Tandis qu'il sortait rejoindre Burton, Demi alla régler pour lui à la caisse. Elle avait passé cet arrangement avec Jon en arguant que l'amélioration de son « look » relevait des frais de fonctionnement d'Alluroma.

— Dites... Savez-vous par hasard s'il a le cœur libre, votre assistant ? s'enquit Gretta dans un murmure pendant qu'elle remplissait son chèque.

Demi pinça les lèvres. Pour autant qu'elle put en juger, il n'y avait personne dans la vie de Jon. Mais elle doutait que Gretta fût la partenaire idéale pour lui. Trop désinvolte avec les hommes qui traversaient sa vie, la jeune coiffeuse n'était pas le genre de personne qui conviendrait à Jon. Il lui fallait quelqu'un de plus généreux, de plus profond — une fille beaucoup moins évaporée que celle-ci.

— Je suis désolée, Gretta, mais je crains qu'il ne soit pris.

Pris, c'était bien le mot. Et par elle, en l'occurrence. Elle avait besoin de l'avoir sous la main, disponible et concentré, pour les sept semaines à venir.

Plongé dans ses pensées, Jon progressait en silence sur le trottoir où se pressait une joyeuse foule citadine. Pourquoi Demi le regardait-elle de cette façon étrange, depuis qu'ils étaient ressortis du salon de coiffure ? Etait-elle déçue par sa transformation ? Il n'avait jamais eu une opinion bien définie sur ses propres qualités physiques. Quant à sa prétendue ressemblance avec Kevin Costner, il n'y croyait pas une seconde, bien sûr. Ce n'était qu'un compliment lancé pour la forme, dans l'espoir de faire monter le pourboire.

Enfin... Grâce à Demi, il avait au moins repris un aspect humain !

— Hé, Burton ! Tu n'as pas honte, espèce de goinfre ?

Le chien s'intéressait d'un peu trop près au goûter qu'un petit bout de chou de trois ans tenait à hauteur de son museau gourmand. Pendant qu'il faisait la morale à l'animal, Demi s'engouffra dans une boutique et ressortit une dizaine de minutes plus tard avec un paquet sous le bras et un feutre noir sur la tête.

— Alors ? demanda-t-elle en pirouettant devant lui. Comment tu me trouves ?

Elle était tellement à croquer que l'imagination de Jon partit au quart de tour. Il se vit avec Demi dans une chambre fraîche décorée de mosaïques, au cœur d'une ville blanche où coulaient d'innombrables fontaines... Renversée sur le lit, elle avait toujours le chapeau sur la tête et ne portait pour tout vêtement que des bas noirs, un porte-jarretelles et ses escarpins à talons aiguilles...

— Il ne te plaît pas ! conclut Demi avec une moue boudeuse.

— Au contraire ! Tu es magnifique. Un peu mystérieuse, aussi... D'une élégance toute parisienne.

Satisfaite du compliment, elle l'entraîna jusque devant son petit supermarché coréen.

— Je suppose que tu as des courses à faire pour ton dîner, Jon ?

— Euh... Non.

— Entrons quand même, décréta-t-elle.

Une fois à l'intérieur, Demi prit son temps pour parcourir les allées. Ils finirent par croiser le propriétaire, qui le reconnut aussitôt.

— Ah c'est vous, monsieur Soupe en Boîte !

— Monsieur Soupe en Boîte ? interrogea Demi dès que le volumineux commerçant eut passé son chemin.

Jon haussa les épaules.

— Je dois admettre que c'est mon menu standard.

— Quelle horreur ! Tu ne cuisines pas ?

— Disons que je sais faire marcher un micro-ondes.

— Honte à toi, Jon Sutter ! Oublie les soupes en boîte et sortons d'ici.

Comme ils reprenaient leurs déambulations à travers la ville, Demi croisa les bras sur sa jolie poitrine ronde.

— Je n'ai pas vu ta petite amie, au fait !

— Ça doit être son jour de congé.

— Mmm...

Le regard de Demi tomba sur Burton.

— Bon, pour en revenir aux choses qui fâchent... Je vais être claire d'entrée de jeu, Jon Sutter : je ne veux de cet animal à Alluroma, et c'est mon dernier mot.

C'était bien ce qu'il redoutait, hélas. Il tenta néanmoins d'introduire une note d'humour dans la discussion.

— C'est la concurrence qui te fait peur, avoue-le. Je suis sûr qu'il a un odorat plus fin que le tien.

Elle leva les yeux au ciel.

— Jon Sutter, cesse de dire des bêtises ! Tu oublies que je suis...

— Un des cinq meilleurs « nez » au monde. Soit. Il reste que, question flair, tu n'arrives pas à la cheville du plus borné des chihuahuas. Comment voudrais-tu te mesurer à Burton, avec l'organe allongé qu'il a ?

— Avec l'organe allongé qu'il a, il ne s'intéresse qu'à la nourriture bas de gamme et à l'arrière-train de ses congénères, rétorqua Demi non sans hauteur. Alors que je me flatte d'être une véritable encyclopédie olfactive.

— Ah oui ? Et qu'est-ce qui me le prouve ?

— Pose-moi n'importe quelle colle, tu verras.

A l'angle de la rue, Jon repéra Zabar, une épicerie fine considérée comme la Mecque des gourmets de Manhattan.

— Très bien. Je te propose un pari, Demi. Je te présente cinq produits différents que tu devras reconnaître à leur arôme. Si tu commets ne serait-ce qu'une erreur, Burton gagne le gros lot : un droit de séjour à Alluroma.

Demi jeta un coup d'œil au chien, qui vint se frotter aussitôt contre ses mollets en lui jetant un regard d'adoration éperdue. Elle le gratifia d'un sourire presque attristé.

— Et voilà, ton sort est scellé, mon pauvre Burton. Pour moi, c'est un pari gagné d'avance.

Jon secoua la tête en riant. Décidément, elle ne doutait de rien ! Ils confièrent le chien à un joueur de saxophone qui se produisait sur le trottoir, puis Demi ferma les yeux et enfonça son chapeau mou le plus bas possible sur son front. Elle faisait mine de pousser le fauteuil de Jon, mais c'était lui qui la guidait à travers le magasin.

« Mauvais plan », songea Jon tandis qu'il se frayait un chemin entre une poussette et un chariot. C'était l'heure de pointe chez Zabar.

Nulle part ailleurs, cependant, il ne trouverait une telle variété d'arômes. Sauf à entraîner Demi au zoo du Bronx !

— Nous passons à côté du rayon des fromages sur notre gauche, annonça-t-elle fièrement. Je reconnais le pecorino italien... la feta grecque... le beaufort français et le cheddar bien de chez nous...

Après un long moment d'hésitation, Jon choisit un paquet préemballé qu'il plaça sous le nez de Demi.

— Tiens. Voici ta première épreuve, championne.

Elle renifla, fronça les sourcils, et renifla encore.

— Facile. C'est du tilsit australien.

— Tu as ouvert les yeux ! lança-t-il d'un ton accusateur.

— Jamais de la vie! Comment oses-tu insinuer que je puisse tricher?

Elle lui prit le fromage des mains et le déposa sur ses genoux.

— On le prend. Je meurs de faim.

Jon parcourut le rayon des yeux et repéra des pâtes fraîches dans un compartiment réfrigéré.

— Et ça? demanda-t-il en choisissant un paquet au hasard.

— Mmm... Des pâtes... Des pâtes au potiron. Relevées avec de la noix de muscade et de la cardamome.

— Des tortellini au potiron, en effet. Deux points pour toi, Demi.

« Burton, mon vieux, se dit-il, je fais de mon mieux, mais ça ne va pas être du gâteau! »

— Garde les pâtes, décréta Demi. Et regarde si tu trouves de la sauce « A l'arrabiata ».

— Voilà. Je l'ai. Si j'avais su que tu en profiterais pour faire ton marché, j'aurais pris un panier à l'entrée.

Au bout de l'allée, Jon choisit une gourmandise dans un bac.

— Attention, ça ne compte pas, annonça-t-il en lui fourrant un chocolat dans la bouche. C'est juste pour le plaisir gustatif.

Que n'aurait-il pas fait pour sentir la chaleur de ses lèvres sur ses doigts?

— Miam! Un chocolat parfumé au café, j'adore! Tu m'en prends 200 grammes, Jon?

Ils tournèrent au fond du magasin et passèrent les saucisses sur leur gauche. Il fit son choix dans le rayon charcuterie.

— Du salami, quelle horreur! Enlève-moi immédiatement ce truc-là de sous le nez, espèce de sadique... Et de trois, donc! J'espère pour Burton qu'il aime les séries télévisées.

— Attends. Tu n'as pas encore gagné. La première partie était simple, mais les difficultés commencent.

— Nous approchons du rayon poissonnerie, déclara Demi triomphalement. Sardines... truite fumée... lotte... thon frais.

— O.K., j'ai compris, tu récites tout ça de mémoire. Tu connais le magasin par cœur parce que tu fais tes courses ici !

— ... à notre gauche des avocats, poursuivit-elle, imperturbable. Il n'y en a pas un de mûr. Prends-nous du pain, Jon, tu veux bien ?

Nous ? Quel mot magique ! Mais il doutait qu'elle eût l'intention de partager son repas avec lui.

— Que dis-tu de celui-là ? demanda-t-il en choisissant une miche de pain complet.

— Ah non, celui-ci est rassis. Mais le ciabatta italien sera parfait.

La pile sur les genoux de Jon commençait à s'élever vertigineusement. Jusqu'à présent, Demi se montrait incollable. Se pouvait-il qu'elle triche ? Dans le doute, il prit discrètement un petit pot de verre sur une étagère, en prenant soin de ne pas marquer d'arrêt. Au rayon fruits et légumes, Demi choisit un mélange de salades biologiques et une sauce maison au vinaigre balsamique. Il lui mit de la roquette sous le nez. Mais elle l'identifia en riant avant même qu'il n'eût achevé son geste.

— Et de quatre ! Dépêche-toi de tenter ta dernière chance, Jon, car je commence à en avoir assez d'avancer à l'aveuglette.

Il ouvrit le pot de verre et le lui fit sentir. Une expression légèrement perplexe se peignit sur le visage de Demi.

— Voyons... Je distingue de l'ail... du persil... de l'huile d'olive...

— Facile. Même moi, j'aurais pu en faire autant. Mais l'ingrédient principal ?

— Eh bien... euh...

Elle renifla encore, fronça les sourcils et finit par secouer la tête.

— Je peux goûter ?

« Pas question, ce serait de la triche ! » faillit-il protester. Mais la tentation était proprement vertigineuse. Même pour Burton, comment aurait-il la force de résister ? Trempant son index dans le mélange, il l'approcha de ses lèvres. Pendant une fraction de seconde, Demi hésita, puis elle sourit et aspira son doigt dans sa bouche.

Ce fut au tour de Jon de fermer les yeux un instant. Oh, suave délice... La langue de Demi glissant sur sa peau valait largement tous les paradis — artificiels et autres.

— Dites, les amoureux ! bougonna une femme derrière eux. Quand vous aurez fini de boucher le passage, vous penserez à faire signe ?

— De l'aubergine ! s'exclama joyeusement Demi en ouvrant les yeux. Du caviar d'aubergine !

— Tu as regardé !

— Pas du tout, espèce de mauvais perdant. Pour ta peine, tu payeras les courses ! Moi, je vais annoncer la mauvaise nouvelle à Burton.

Elle disparut d'une démarche dansante, le laissant avec une note conséquente à régler en caisse. Et un index qu'il aurait volontiers embaumé en guise de souvenir...

L'euphorie de Demi retomba légèrement lorsqu'elle assista aux retrouvailles de Jon et de son chien. Burton fit la fête à son maître comme s'ils avaient été séparés pendant deux mois. Et même si Jon montra plus de réserve, il était visiblement très touché. Demi assistait à ces transports avec le sentiment d'être la méchante ennemie des animaux imposant cruellement sa loi ! Ce fut alors que germa l'idée de s'inviter à dîner chez Jon, ce soir-là. Elle lui ferait un brin de cuisine, et pas seulement pour se faire pardonner d'avoir remporté le pari. Après l'excellent après-midi qu'ils avaient passé tous les trois, elle ne se sentait pas encore prête à le quitter. Puisqu'elle mourait de faim et que Jon avait payé pour la nourriture, la logique voulait qu'ils partagent leur repas, non ?

Demi connut cependant un moment d'hésitation lorsqu'ils approchèrent de l'immeuble où Jon louait un meublé. Et s'il se faisait de fausses idées ? Ce serait ennuyeux qu'il interprète sa proposition comme une acceptation à partager son lit. Il avait une façon de la regarder, par moments, qui en disait long sur l'attirance qu'il éprouvait. Et il n'avait pas manqué une occasion de la toucher pendant qu'ils circulaient chez Zabar.

Non pas que la chose lui eût déplu, d'ailleurs. Avec ses cheveux coupés, Jon exerçait sur elle une véritable fascination, sans doute attribuable à un accès de fièvre printanière, combiné à l'action pernicieuse d'« Envy ». Mais elle n'avait certainement pas l'intention de lui tomber dans les bras pour autant. Sur le plan professionnel, ce serait un désastre. Et puis, elle le sentait vulnérable. Il ne serait pas élégant de jouer avec ses sentiments.

Autrement dit, elle s'engageait pour un dîner, et rien qu'un dîner. Que Jon se le tînt pour dit !

— Maintenant que les courses sont faites, il ne reste plus qu'à se mettre aux fourneaux, déclara-t-elle avec désinvolture. Si tu as envie qu'on mange un morceau ensemble, je veux bien me dévouer — exceptionnellement ! — pour faire un brin de cuisine.

Elle s'attendait à une réaction enthousiaste, une acceptation immédiate mêlée de reconnaissance. Au lieu de quoi, Jon garda un silence gêné.

— Oh, rien de très élaboré, rassure-toi. Juste une salade et des pâtes.

— C'est-à-dire que...

— Tu es un désastre domestique ambulant, c'est ça ? Ton appartement a été déclaré zone sinistrée ? Atteindre la cuisine tient du parcours d'obstacles, et l'évier déborde de vaisselle sale ?

— Pas du tout. Je suis très ordonné. Enfin... raisonnablement ordonné, disons.

— Alors tu m'en veux parce que j'ai gagné ! Et moi qui te croyais bon perdant !

— Je sais accepter une défaite. Mais je suis fatigué, Demi. Une autre fois, peut-être ?

« Mais ne compte pas trop dessus quand même », compléta Demi mentalement. Elle ne reconnaissait que trop bien l'indifférence dans la voix de Jon : elle s'était souvent adressée sur ce même ton léger aux hommes qu'elle n'avait aucune envie de revoir.

Décidément, c'était la série noire : après Brian Reeves, elle se voyait repoussée par son propre technicien de laboratoire ! De mieux en mieux ! Et pourquoi se sentait-elle aussi humiliée et malheureuse, tout à coup, comme si Jon l'avait frappée ?

Il lui tendit le sac de chez Zabar.

— Tiens, prends-le. C'est toi qui as choisi tout ça.

« Je l'ai choisi pour que nous mangions ensemble », comprit-elle avec une soudaine bouffée de tristesse. Pourquoi s'était-elle tant réjouie à l'idée de passer une soirée tranquille dans l'appartement de Jon ? C'était absurde — tout simplement absurde.

— Non, je te laisse les provisions. C'est toi qui as payé, après tout, répondit-elle en lui décochant un sourire qui se voulait désinvolte. Et gare à toi, si tu oses ouvrir une boîte de soupe ce soir !

Il accepta avec un léger haussement d'épaules. Et s'il avait l'intention d'appeler sa jolie Coréenne pour qu'elle lui concocte un petit repas en amoureux ? se demanda-t-elle soudain avec un horrible sentiment de jalousie.

De *jalousie* ? Voilà qui atteignait les sommets du ridicule ! Il ne lui restait plus qu'à sauter dans un taxi et à se faire conduire à une soirée quelconque. Elle danserait toute la nuit et ne manquerait pas de le lui faire savoir. Jon se mordrait les doigts d'avoir dédaigné son offre.

— Bon. A demain matin 9 heures, alors ? lança-t-elle avec une gaieté factice. Et sans tu-sais-qui !

— Oui, justement, à ce propos. Nous avons déjà abordé la question du salaire mais...

Mais quoi ? Furieuse, Demi inclina son chapeau et lui

jeta un regard noir. Dire qu'elle avait proposé de lui préparer un repas — faveur insigne qu'elle n'accordait qu'au compte-gouttes ! Et pendant ce temps, cette brute épaisse ne pensait qu'à son compte en banque ! Voilà qui lui apprendrait à se monter trop familière avec ses employés !

— Oui, je me demandais si nous ne pourrions pas trouver un arrangement. J'accepterais un salaire moins élevé, et en échange, Burton se blottirait sagement dans un coin du labo.

Jon souffrait-il de la solitude au point de ne pouvoir se passer de la compagnie de cette bestiole couverte de puces ? Dire qu'il ne s'intéressait qu'à son chien, alors qu'il aurait pu avoir une soirée entière avec elle... Exaspérée par le cours que prenaient ses pensées, Demi conclut qu'elle ne tournait pas rond. C'était le stress combiné à la faim. L'hypoglycémie lui jouait parfois des tours bizarres.

— Ecoute, Jon, si ton corniaud compte à ce point pour toi, prends-le au labo et qu'on n'en parle plus. Mais attention ! Il est à l'essai. A la première puce, au premier incident, il quitte Alluroma. Et pour de bon. C'est clair ?

— Tout à fait.

Jon avait gagné, mais ne paraissait guère plus heureux qu'elle. Pourquoi fallait-il que leur belle journée s'achevât ainsi, comme un jouet brisé qui leur restait entre les doigts ?

— Ferme les yeux, ordonna Jon. Et tends la main.

Elle lui obéit machinalement et fut prise de vertige. Elle n'avait pas l'habitude de se sentir aussi... déstabilisée en présence d'un homme. Quelque chose atterrit dans sa paume. Elle ouvrit les yeux et découvrit un sachet de chocolats parfumés au café.

— Merci pour cette journée, dit Jon avec quelque chose dans le regard qui la réchauffa de la tête aux pieds. Et pour la coupe de cheveux, aussi.

— Oh, ce n'est rien...

Mais la confusion qu'elle éprouvait ne se réduisait pas

à rien. Leurs regards se rivèrent l'un à l'autre, et elle éprouva une sensation étrange. « La faim, rien que la faim, espèce d'idiote ! »

Elle lui sourit alors et jeta un chocolat à Burton.

— Dis-moi, le chien, je compte sur toi pour prendre un bain, ce soir ?

— Lorsqu'il bouge la queue de gauche à droite, ça veut dire qu'il est d'accord, traduisit Jon.

Demi haussa les épaules et se détourna, le menton levé. En espérant que Jon aurait au moins la décence de rester assis là, à la suivre des yeux pendant qu'elle s'éloignait, dignement, sans un regard en arrière...

11.

— C'est une plaisanterie, j'espère ? protesta Jon le lendemain en examinant la cravate verte, orange et turquoise que lui tendait Greenley.

Le véhicule aménagé filait en direction d'Alluroma avec Jon et l'agent du FBI à son bord.

— Pas du tout. C'est un cadeau de ma fille pour la fête des pères.

— Et tu veux essayer de me faire croire que tu te promènes avec ça dans la rue ?

— Je l'enlève dès que j'ai franchi la porte de l'appartement. Mais toi, tu la mets et tu la gardes. Désolé, mais c'est comme ça.

L'agent Greenley n'était pas à prendre avec des pincettes, à cette heure matinale.

— Ça, c'est parce que j'ai mentionné dans mon rapport d'hier que Landero m'a traîné de force chez le coiffeur, conclut Jon tout en dénouant sa propre cravate à contrecœur.

— Exact. Il s'agit d'un petit tour de passe-passe qui te permettra de rester dans la logique de ton propre personnage.

— Je voudrais bien t'y voir, maugréa Jon en arrangeant l'horreur tricolore autour de son cou. Pour ta peine, tu te débrouilleras pour contacter Trace et lui dire que j'ai besoin de lui parler.

— Tu ne veux pas que je lui fasse passer un message ?

— Non. C'est personnel.

Ce qu'il avait à confier à Trace était parfaitement inavouable. Comment pourrait-il espérer porter un jugement objectif sur Demi Landero ? La veille, il avait dû se faire violence pour la quitter en bas de chez lui. Et le rêve qu'il avait fait, cette nuit, aurait dû déclencher tous les détecteurs de fumée de l'immeuble.

Le minibus s'immobilisa devant Alluroma, et Greenley salua Burton en lui tapotant affectueusement les flancs.

— N'oublie pas de racheter un stock de cravates à midi, lança l'agent en guise d'adieu. Et rien que du clinquant et du vulgaire, à partir d'aujourd'hui, compris ?

Jon avait cinq minutes de retard, constata Demi en regardant la pendule pour la troisième fois en l'espace d'une demi-heure. Elle était debout depuis l'aube, après une nuit agitée, peuplée de rêves oppressants. Au réveil, une odeur de poudre bon marché et de chèvrefeuille flottait encore dans ses narines. Un mélange olfactif lié à une bonne d'enfants détestable qui l'avait gardée une année à Noël, lorsque sa mère était partie en tournée en Angleterre. L'odeur même de la solitude et de la détresse.

Stupide, ce rêve. D'un geste machinal, Demi essuya des larmes qui avaient séché depuis longtemps. Elle ne pouvait même pas raconter son cauchemar à Jon. Il comprendrait immédiatement ce qui avait réactivé son sentiment d'abandon...

Elle regarda sa montre, pesta contre Jon qui n'était jamais à l'heure et passa dans la salle de bains attenante pour se donner un coup de brosse. Si encore elle avait été radieuse, ce matin ! Mais sa mauvaise nuit avait laissé des traces : deux cernes bleu-gris se dessinaient sous ses yeux. « Le fait est que tu vieillis, ma pauvre ! » Dire que sa grand-mère avait trouvé l'amour de sa vie à seize ans ! Elle-même avait presque atteint le double de cet âge. Finirait-elle seule, comme sa mère ?

La sonnette de l'entrée tinta enfin, et Demi vit son reflet dans la glace s'épanouir. Un comble ! Alors que ce maudit Jon frisait les dix minutes de retard !

Elle s'avança à sa rencontre pour lui faire une réflexion mordante, mais oublia ses problèmes de ponctualité lorsqu'elle le vit apparaître dans l'entrée.

— Oh, pitié, Jon ! Tu te fais exprès pour me torturer, ou quoi ? Le 1er avril est passé, que je sache ! Veux-tu m'enlever cette horreur tout de suite !

Saisissant sa cravate, elle commença à tirer sur le nœud.

— Hé, là ! Pas question !

Il lui attrapa le poignet en riant. Elle aimait le contact de ses doigts sur sa peau, mais serait morte plutôt que de l'admettre. Son propre technicien de laboratoire !

— Ce n'est pas possible que tu aies choisi cette monstruosité toi-même ! Quelqu'un te l'a offerte. Une ancienne petite amie ?

Ou sa fiancée du moment ? Burton tournait autour d'eux en poussant de petits gémissements, hésitant sur le parti à prendre.

— O.K., je me rends, j'avoue tout : c'est un cadeau de ma mère ! admit Jon en prenant possession de son second poignet. Et maintenant, laisse-moi tranquille !

Ce fut plus fort qu'elle. Demi attrapa un fou rire.

— Oh, Jon, c'est trop drôle ! Tu as une mère ?

— Ça a l'air de te surprendre ?

Jusqu'à présent, Jon n'avait eu aucune réalité pour elle en dehors de son travail chez Alluroma. Mais elle avait envie d'en savoir plus, maintenant.

— Et qu'est-ce qu'elle fait dans la vie, ta maman ?

— Elle est dans la police.

— Une vraie policière ? Avec uniforme et revolver ? s'exclama-t-elle en dénouant son nœud de cravate.

Avec une intense satisfaction, elle sentit que Jon cessait de se défendre et s'abandonnait entièrement. Elle tira lentement sur la cravate, la laissant glisser sur son cou comme une caresse.

— C'est un métier comme un autre, non ? répondit-il d'une voix rauque qui fit courir un léger frisson sur sa peau.

Son regard plongé dans le sien, Demi déposa la cravate sur ses genoux et se pencha pour...

La sonnerie du téléphone sur son bureau la ramena brutalement à la réalité.

— Si je te vois arriver encore une fois avec cette monstruosité autour du cou, je la mets au feu d'office, déclara-t-elle avant de se détourner pour répondre.

Où avait-elle la tête pour badiner ainsi avec son employé ? Mais la journée, tout compte fait, serait peut-être moins sinistre que prévu...

Après l'épisode de la cravate, Jon ne fit pas à proprement parler la tête, mais il se referma sur lui-même comme une huître. Chaque fois qu'elle avançait d'un pas, il reculait d'autant — si bien que leurs évolutions dans le laboratoire finirent par ressembler à un étrange ballet sans musique. Demi éprouvait les sensations les plus étranges, comme si, dans l'air devenu électrique, sa peau était parcourue en permanence de frissons et de picotements.

Cette fièvre printanière accompagnant les premières chaleurs était décidément redoutable. Si seulement Richard Sarraj se décidait à réapparaître, elle disposerait d'une cible mieux adaptée à ses ardeurs !

Des nouvelles de Richard, Demi en eut le jour même. Mais pas de la manière qu'elle l'avait escompté...

— Devine ce qui nous arrive, ma vieille : Sarraj a choisi de faire appel à notre agence ! annonça une Kyle surexcitée à l'autre bout du fil. Il sort de mon bureau à l'instant. La réunion a duré trois heures, mais il nous a chargés de toute la publicité !

— Toutes mes félicitations, ma belle.

Elle était ravie pour son amie, mais Richard aurait tout de même pu l'appeler en priorité pour lui annoncer qu'il était rentré de Los Angeles ! Après Brian, puis Jon, voici que Sarraj la négligeait à son tour. Décidément, elle n'avait pas le vent en poupe avec les hommes, ces derniers temps ! A croire qu'ils s'étaient tous donné le mot.

— Demain, nous fêtons ça, Demi. Je vous invite à La Caravelle, Richard et toi. Un déjeuner au champagne pour préciser notre stratégie et sceller le début d'une belle amitié. Si tu as d'autres rendez-vous, inutile de préciser que tu les annules sur-le-champ. Je compte sur toi, hein ?

Naturellement, Demi finit par accepter. Cette histoire, après tout, lui servirait de leçon. N'avait-elle pas dit à Kyle que le cœur de Sarraj était à prendre ? Seulement voilà... elle n'avait pas prévu un instant qu'il choisirait son amie plutôt qu'elle !

— Bon, j'y vais, annonça Demi en passant la tête par l'entrebâillement de la porte du labo. Tu es sûr que tu ne veux pas t'accorder un après-midi de liberté, toi aussi ?

— Oh, j'ai largement de quoi m'occuper si je veux rattraper l'avance que tu as prise sur moi ce matin. Burton et moi, nous irons nous défouler un moment au parc quand j'aurai fini « Sable 12 ».

Ils avaient bifurqué une fois de plus, et Demi travaillait désormais sur un troisième concept. La série des « Sables » représentait une nouvelle étape dans la longue course-poursuite vers la fragrance fantôme dont Demi, en limier de l'impossible, traquait inlassablement les sources mystérieuses.

— Si je ne suis pas de retour à 6 heures, ferme la boutique, tu veux bien ?

Jon hocha la tête. Inutile de préciser qu'il comptait profiter de cet après-midi de solitude pour se livrer à un travail d'espionnage en règle. Il n'avait plus qu'une hâte : innocenter Demi le plus rapidement possible, et rendre son tablier.

Car la situation entre eux devenait beaucoup trop dangereuse. Lorsqu'elle lui avait retiré sa cravate, la veille, elle aurait pu le déshabiller des pieds à la tête sans qu'il émît une protestation. Il était temps de couper court avant que la belle Demi ne marquât son cœur au fer rouge.

— Il doit être retenu dans les embouteillages, suggéra Demi lorsque son amie consulta sa montre pour la quatrième fois.

Kyle jeta un coup d'œil au magnum de champagne, bien au frais dans son seau à glace.

— Et si je passais un coup de fil à l'agence ? Richard était épuisé par le décalage horaire, hier. Je vais tout de même m'assurer qu'il ne nous a pas fait faux bond.

Demi vit le visage de son amie s'assombrir pendant qu'elle écoutait au téléphone.

— Il semble qu'il ait appelé pour se décommander juste après mon départ, déclara-t-elle en faisant signe au serveur de venir déboucher le champagne. Il aurait pu prévenir plus tôt.

— Bah... Nous pouvons nous passer d'hommes, non ? Raconte-moi tout, Kyle. Quelles idées brillantes as-tu eues pour faire connaître mon super-parfum ?

Demi sourit lorsque le serveur remplit leurs coupes.

— Attends... Portons d'abord un toast, dit-elle.

Les yeux pétillants, Kyle leva son verre.

— A « Septième Voile ».

— Ainsi le prince persiste et signe ? Il a bel et bien retenu ce nom ? demanda Demi, sourcils froncés.

Ce « Septième Voile » la mettait mal à l'aise, mais qu'y faire ? Le champagne lui chatouilla les narines, puis la glaça, soudain, de la tête aux pieds.

— Si seulement tu pouvais m'aider à attraper les cartons qui sont stockés là-haut, Burton !

Jon avait passé au crible tous les placards d'Alluroma.

Si les étiquettes des boîtes et des flacons correspondaient effectivement à leur contenu, il n'y avait rien dans les stocks de Demi qui fût susceptible d'intéresser le FBI. Aucune des substances qu'il avait répertoriées ne pouvait servir de produit de base pour fabriquer une bombe ou un gaz mortel.

Malheureusement, cela ne suffirait pas à convaincre Trace de l'innocence de Demi. Si elle avait des choses à cacher, il lui suffisait, après tout, de les placer hors de sa portée sur les étagères du haut.

Jon se retourna et constata que Burton n'était plus derrière lui. Il était grand temps de l'emmener en promenade, d'ailleurs. Le chien devait commencer à perdre patience.

— Burt ?

Il roula dans le couloir et vit Burton, le museau collé contre la porte qui séparait la kitchenette du bureau de Demi. Contrairement à ses habitudes, elle avait dû la fermer juste avant de sortir. Sauf que... sauf que cette même porte était encore ouverte une demi-heure plus tôt, lorsqu'il avait inventorié le débarras en face de la cuisine !

— Qui est là, mon chien ? demanda-t-il dans un murmure.

Burton n'aboya pas mais il se mit à renifler de plus belle à hauteur du sol. Un visiteur avait pu entrer sans s'annoncer. Par mesure de précaution, Jon sortit du réfrigérateur la bouteille de chablis entamée. C'était la seule arme qui se trouvait sous la main. Comme il actionnait la poignée, il entendit un bruit métallique, comme le son d'un tiroir que l'on referme. Demi serait-elle déjà rentrée ?

Mais ce n'était pas sa brune parfumeuse qui se tenait nonchalamment accoudé à la fenêtre, à contempler la vue. A son approche, Richard Sarraj tourna lentement la tête, comme s'il était resté paisiblement plongé dans ses pensées depuis son arrivée.

— Alors, Sutter ? Vous buvez pendant vos heures de travail ?

Il eût été tentant de fracasser la bouteille sur les rotules de l'intrus, mais ni Trace ni Demi ne lui auraient pardonné une telle initiative ! Jon lui décocha un sourire crispé, en coupable qui vient d'être pris sur le fait.

— Une petite goutte à l'heure du déjeuner, c'est bon pour la digestion. Je vous en sers un verre, monsieur Sarraj ?

— Non merci. Je devais retrouver Mlle Landero ici à 14 heures. Elle s'est absentée ?

— Elle est partie d'ici il y a une heure pour vous retrouver, ainsi que Mlle Andrews, à La Caravelle.

— Ah, bon ? Apparemment, nous nous sommes mal compris.

Sarraj se dirigea vers la porte et s'immobilisa juste avant de sortir.

— Au cas où je ne la verrais pas d'ici là, pourrez-vous lui dire que je suis passé ? Et lui demander de me rappeler ?

Que cherchait-il à prouver ? Qu'il était venu là en toute innocence et qu'il n'avait rien à cacher ?

— Comptez sur moi, m'sieur, acquiesça Jon avec un sourire benêt, en remontant ses grosses lunettes sur son nez.

Lorsque Sarraj eut quitté les lieux, il regarda son chien dans les yeux.

— Dis-moi, mon vieux, on ne t'a jamais appris à donner l'alarme ? Toi qui aboies après les écureuils dans le parc, tu peux japper aussi lorsque tu vois passer des requins en costume trois-pièces.

Jon roula jusqu'au bureau de Demi. Voyons... Sarraj était en train de fouiller là-dedans lorsque Burton et lui l'avaient interrompu. Il ouvrit le tiroir du haut et le referma pour tester le son. Mais le bruit ne correspondait pas à ce qu'il avait entendu de la cuisine. Il fit un second essai — concluant, cette fois — avec le grand tiroir qui contenait les dossiers suspendus.

— Tiens, viens voir par ici, Burton et tâche de prouver ton utilité. Tu sens quelque chose d'inhabituel ?

Burton fourra son museau parmi les fichiers, renifla bruyamment ici et là, et finit par se concentrer sur une zone bien définie. Puis il lâcha un éternuement, secoua la tête et se détourna pour se poster devant la porte, laissant Jon face à un dossier marqué à son propre nom. A l'intérieur, il découvrit son C.V., ainsi que la fiche qu'il avait remplie lors de son entretien d'embauche.

— Tu es sûr, Burton ? C'était à ça que s'intéressait Sarraj ? Ou as-tu simplement reconnu mon odeur sur le papier ?

Le chien n'était sûr que d'une chose : il devenait urgent — très urgent — que Jon le sorte pour sa promenade !

— Ce sont ses yeux qui me font craquer, Kyle. Ils sont vraiment magnifiques.

A la troisième coupe de champagne, le nom de Jon Sutter était tombé des lèvres de Demi. Et depuis, elle se montrait intarissable.

— C'est un véritable mystère, cet homme, je t'assure ! Par moments, j'ai l'impression que je n'aurais qu'à siffler pour qu'il tombe raide mort d'amour à mes pieds. Et puis cinq minutes après, le voilà aussi inaccessible qu'un glaçon en orbite sur Pluton !

— Tu es vraiment certaine de vouloir vivre une histoire avec lui ? demanda Kyle en remplissant encore une fois leurs verres. Ça risque d'être un peu délicat, non, vu qu'il travaille pour toi ?

— Je ne veux pas vivre une histoire avec lui, protesta dignement Demi. Mais je veux qu'il s'intéresse à moi. Nuance.

Elles se regardèrent gravement pendant quelques secondes, puis pouffèrent en chœur.

— J'en demande peut-être un peu trop, non ? dit-elle en s'esclaffant.

147

— Si tu veux mon avis, ce n'est que justice s'il existe au moins un homme en ce bas monde capable de résister à tes charmes, rétorqua Kyle avec sa franchise habituelle. Mais qui te dit qu'il n'est pas gay, ton préparateur?

Demi croqua une olive.

— Gay, non, certainement pas. Et pas même heureux, la plupart du temps, ajouta-t-elle, jouant sur les mots.

— Il est peut-être venu à New York suite à un drame personnel.

— Je me suis posé la question. Mais avec le sens de l'humour qu'il déploie par moments, je me dis qu'il ne peut pas être complètement désespéré non plus.

Kyle secoua pensivement la tête tout en dégustant une crevette grillée.

— J'ai l'impression que tu as une réelle affection pour lui. Peut-être devrais-tu laisser les choses suivre leur cours et succomber à la tentation, si l'occasion se présente.

— Je crois que non, au contraire. Comme j'ai beaucoup d'amitié pour Jon, j'ai tout à perdre, tu comprends? Alors que Sarraj, je ne suis même pas certaine de l'apprécier. Conclusion : je ferais mieux de jeter mon dévolu sur lui.

Kyle parut désappointée.

— Autrement dit, tu as bel et bien des vues sur Richard?

— Pourquoi pas? Il est parfait, non? Beau, riche...

— ... avec un postérieur à croquer, compléta Kyle juste au moment où le serveur se penchait à leur table pour prendre la commande de leur dessert.

Les deux jeunes femmes se pétrifièrent, échangèrent un regard et le tout se termina par une crise de fou rire homérique.

Ce soir-là, Jon rentra chez lui d'humeur vaguement mélancolique. Il n'avait pas revu Demi de tout l'après-midi. En poussant la porte de son appartement solitaire, il fut accueilli par des arômes de pizza qui lui mirent l'eau à la bouche. Surpris, il roula jusqu'au living et trouva Trace vautré dans un fauteuil, les pieds sur la table basse.

— C'est quoi, ce truc-là ? demanda son frère lorsque Burton vint lui renifler amicalement les chaussettes.

— Un chien, je crois... Burton pour les intimes.

— Un basset croisé avec un alligator ?

Trace se leva pour passer dans la cuisine et revint avec des assiettes, deux bières et un carton de pizza fumant. Jon écarta les journaux et fit de la place sur la table basse.

— Je croyais que tu éviterais de me rendre visite ?

— J'ai pris le risque. Greenley m'a dit que tu voulais me parler. Et personne ne m'a vu entrer, je te le garantis.

Vu l'entraînement auquel son frère avait été soumis, Jon le croyait sans peine. Ils s'attaquèrent à la pizza avec un bel appétit, sous l'œil envieux de Burton qui suivait chacun de leurs gestes avec de petits claquements de mâchoires.

— Quand es-tu rentré des Canaries, Trace ?

— Hier, à l'aube. Sur le même vol que Sarraj. Et au cas où tu te poserais la question : il ne me reconnaîtra pas si je le revois, car j'étais recroquevillé dans le fond, en seconde classe, les genoux coincés sous le menton.

D'où sa fatigue et son humeur maussade, conclut Jon en examinant les yeux cernés de son frère.

— Et tu sais ce qui a motivé ce voyage éclair de 12 heures ? demanda-t-il.

Trace haussa les épaules.

— Il est allé au rapport et prendre de nouvelles instructions, je suppose.

— Auprès de qui ?

— Là est la question, mon cher. Soit Sarraj reçoit ses ordres du capitaine de l'*Aphrodite*. Soit du petit ami de l'héritière — un beau gosse qui doit avoir plus ou moins l'âge de Sarraj. A moins que son contact n'ait adopté un profil bas et ne se fasse tout simplement passer pour un membre de l'équipage.

Le regard perdu dans le vague, Trace offrit distraitement un morceau de pizza à Burton.

— Et qu'est-ce qui te dit que ce n'est pas la propriétaire du yacht elle-même? s'enquit Jon, sourcils froncés.

— Je ne crois pas, non. Lorsque la douane est montée à bord pour la visite de contrôle, notre héritière n'était pas très fraîche, semble-t-il. Elle était allongée sur un canapé, réveillée, mais pas vraiment en état de prononcer deux phrases cohérentes.

Mal à l'aise, Jon reposa sa pizza. Envolé, son bel appétit.

— Tu penses qu'elle avait été droguée?

— Ils ont trouvé des monceaux de Valium dans sa cabine. Mais ça ne prouve rien, évidemment. Il est fort possible qu'elle avale tous ces cachets de sa propre initiative.

— Imagine qu'elle se soit rendu compte qu'elle est mêlée à une sale histoire? Elle s'abrutit peut-être ainsi à dessein, pour fuir la réalité.

Trace fit la grimace.

— Malheureusement, nous ne pouvons pas faire grand-chose pour l'aider. Ses parents sont décédés et elle était enfant unique. Tant qu'elle ne navigue pas sur nos eaux territoriales, rien ne nous autorise à l'extirper de son yacht de force. Même pour son propre bien.

— Et Sarraj? voulut savoir Jon. Vous en avez appris un peu plus sur son compte?

Impliqué comme il l'était désormais dans cette histoire, il n'avait plus le moindre scrupule à arracher le maximum de renseignements possibles à son frère.

— Nous savons qu'il a fait un séjour en Syrie avant d'entreprendre ses études universitaires. S'il a été recruté par un groupuscule terroriste, ça a dû se passer à ce moment-là, lorsqu'il est allé chercher du côté de ses racines. En ce moment, nous prenons des renseignements sur son père. Si nous découvrons qu'il s'agit d'un fanatique, nous saurons enfin de quel côté chercher.

150

Et au nom de quoi Demi aurait-elle accepté de se mêler à ce genre de politique ? Plus Jon y pensait, plus il trouvait l'idée absurde. Cela étant, il n'aurait jamais été amené à faire sa connaissance si Trace ne l'avait pas soupçonnée...

— Vous avez rassemblé des éléments ici et là, mais jusqu'à présent, rien ne prouve qu'un coup terroriste se prépare, objecta-t-il. Sarraj est allé retrouver son propre père comme l'aurait fait n'importe quel fils. Rien d'anormal. La riche héritière a un penchant marqué pour l'alcool, les barbituriques et les beaux garçons. Quant à Sarraj, il est peut-être tout simplement mandaté pour investir au mieux les capitaux de la demoiselle.

A moins qu'il ne fût allé faire un rapport sur un certain Jon Sutter, apprenti-espion, hautement suspect ? Jon se passa nerveusement la main dans les cheveux. Il n'avait toujours pas avoué à Trace qu'il avait laissé son bloc-notes à côté du répondeur de Demi...

— Je sais, je sais, poursuivit son frère. Chaque piste suivie jusqu'à présent nous a menés à une impasse. Mais cette histoire sent le roussi, je t'assure. Et nous avons eu notre premier mort. Généralement, une fois que ça commence, ça marque le début d'une longue série.

— Un mort ! se récria Jon, profondément choqué. Qui ?

Au même moment, les poils de Burton se hérissèrent et son regard se tourna vers l'entrée. Une seconde plus tard, trois coups impérieux furent frappés à la porte.

— Bon sang, qui est-ce ? marmonna Trace en prenant sa bière et son assiette. Tu aurais pu me dire que tu attendais de la visite !

— Jon ? lança une voix féminine étouffée par la distance. Tu es là ? C'est moi... Demi !

Burton poussa un aboiement enthousiaste et se précipita dans l'entrée pour gratter le panneau.

— Avec le boucan qu'il fait, difficile de prétendre que je ne suis pas à la maison, murmura Jon.

Trace lui jeta un regard noir.

— Bravo, frangin. Bon boulot ! Pour quelqu'un qui était censé observer de façon neutre et à distance, tu as fait très fort, on dirait !

Jetant un bout de pizza sur son assiette, Trace pensa in extremis à récupérer ses chaussures et partit en direction de la chambre à coucher avec ses mocassins sous le bras.

— Débarrasse-toi d'elle. Avec tact mais sans traîner, lança-t-il avant de disparaître.

— Jon ? s'éleva la voix impatiente de Demi.

— Pousse-toi de là, Burton.

Jon écarta son chien sans ménagement. Accueillir Demi dans son appartement de célibataire était certes un de ses plus brûlants fantasmes. Mais avec son frère dans la pièce voisine, comme une mouche collée au mur, la réalité relevait du cauchemar plus que du rêve !

12.

Jon entrebâilla sa porte de quelques centimètres. Demi remarqua aussitôt qu'il arborait une mine franchement peu engageante, mais elle se sentait de trop bonne humeur pour s'arrêter à ce détail.

— Tu aimes la glace, Jon? demanda-t-elle en se frayant un passage.

— Tu as fait tout le trajet jusqu'ici pour me poser cette question?

Apparemment, songea-t-elle, elle avait eu tort de débusquer ce vieux grincheux de sa solitude! Mais puisqu'elle avait pris la peine de se déplacer, Jon pouvait bien faire un effort et s'accommoder de sa compagnie quelques instants. Elle contourna son fauteuil, repéra le coin cuisine sur la gauche, et alla farfouiller dans les tiroirs pour en sortir deux cuillères à dessert.

— J'ai apporté un sorbet au chocolat qui est un véritable délice.

— Ce sont les femmes qui apprécient les sucreries. Les hommes se contentent de manger un bout de saucisson debout devant le frigo, maugréa Jon. Qu'est-ce que tu veux?

Ce qu'elle voulait? Sa compagnie, tout simplement. Et elle se demandait bien pourquoi, à présent!

— Quel ours tu fais, Jon! Et moi qui brûlais d'impatience de te raconter mon déjeuner avec Kyle! Nous nous sommes quittées il y a seulement une heure. Je suis passée à son agence pour qu'elle me montre son projet. Sarraj et elle ont eu une idée absolument géniale !

S'appropriant un fauteuil qui avait été tiré près de la table basse, elle aperçut un énorme carton de pizza presque vide. Si Jon avait englouti le contenu avant son arrivée, rien d'étonnant à ce qu'il ne fût guère partant pour le dessert !

— Alors, c'est quoi, ce projet génial de Sarraj ? s'enquit Jon pendant qu'elle ouvrait la barquette de glace.

— Le publipostage. Un mailing à grande échelle, autrement dit. Sarraj s'apprête à dépenser des millions pour faire connaître mon parfum à des milliers et des milliers d'acheteurs potentiels.

Demi prit une cuillerée de sorbet et ferma les yeux pour savourer le divin arôme du chocolat noir.

— Mmm... Où en étions-nous déjà ? Ah oui, Sarraj ! Je ne t'ai jamais parlé de son usine, je crois ?

— Non.

— Eh bien, le groupe d'investisseurs de Sarraj — le prince et compagnie — a acquis récemment une firme, à Brooklyn, qui produit ces languettes parfumées que l'on trouvait il y a quelques années dans les magazines. Ces gens ont breveté un nouveau procédé — une sorte de gel cellulaire, je crois. Quoi qu'il en soit, il s'agit d'une technique très performante qui garantit une parfaite conservation du parfum. Lorsque le consommateur retire la languette, il sent ma composition et rien d'autre. Un peu comme le son digital, à part qu'il s'agit d'odeurs.

— Oui. Et alors ?

Il commençait à l'énerver sérieusement, avec son air renfrogné !

— Et alors, c'est plutôt révolutionnaire, comme façon de procéder ! D'habitude, lorsqu'un nouveau parfum est mis sur le marché, on organise une réception la plus somptueuse possible, rassemblant les personnes les plus célèbres possibles ! Et on en rajoute tant qu'on peut dans le luxe et les vedettes.

Jon n'avait même pas goûté le sorbet. C'était un crime, de manger une glace aussi délicieuse toute seule. Elle préleva une portion sur sa cuillère et l'approcha de sa bouche.

— Non merci, je n'ai pas faim. Continue ton histoire.

— Certainement pas. Si tu n'aimes pas mon sorbet, ce n'est même plus la peine d'y penser.

De dépit, elle tendit sa cuillère à Burton. Le chien engloutit la glace en agitant énergiquement la queue, le regard débordant de gratitude. Demi posa la cuillère souillée sur la table, se renversa dans son fauteuil et sentit une odeur inattendue lui chatouiller les narines. Elle émanait du dossier et paraissait récente.

— Tu as loué cet appartement meublé, Jon ?

— Oui, je le sous-loue, en fait. En attendant de trouver mieux.

Un shampoing, analysa Demi. Uniquement élaboré à partir de composants chimiques, à l'exception d'une pointe d'ortie blanche et d'un soupçon de balsamine. Le fauteuil, d'ailleurs, avait été tiré près de la table avant son arrivée. Autrement dit, quelqu'un était venu ici, manger de la pizza en compagnie de Jon.

Alors qu'il l'avait accueillie, elle, comme un chien dans un jeu de quilles ! Vexée, elle regarda sa montre.

— Bon. Je crois qu'il est temps que je lève le camp.

— Non, reste encore un peu, protesta Jon. Tu as à peine touché à cette glace.

— Burton a pris ma cuillère, protesta-t-elle, boudeuse.

Tout était gâché. Pourquoi avait-elle eu l'idée stupide de venir le surprendre chez lui ?

— Tiens, prends la mienne.

Jon la plongea dans la glace et l'approcha de sa bouche. Lèvres closes, elle secoua la tête. Mais Jon, pas plus qu'elle, n'était de ceux qui cèdent sans se battre. Il appuya la pointe de la cuillère contre ses lèvres et la fit aller et venir doucement, dessinant une trace chocolatée sur sa peau.

Demi lui décocha un sourire hautain sans desserrer les lèvres pour autant. Pourquoi cette lutte s'était engagée entre eux, elle n'aurait su le dire. Mais une seule chose comptait : en sortir gagnante. La cuillère, cependant, revenait à la charge, insistait pour se frayer un passage. Le métal glacé contrastait avec la chaleur qui se répandait en elle — une chaleur d'étuve, explosive et sensuelle. *Lèche le sorbet sur mes lèvres, Jon... Embrasse-moi...*

Inclinant la tête sur le côté, elle darda sur lui un regard brûlant. Plus que tout, c'était la ténacité qu'elle appréciait chez lui. Avec un aplomb imperturbable, il lui imprima une marque de chocolat sur le bout du nez. Demi le défia du regard et leva le menton.

Avec un sourire amusé, il commença à incliner la cuillère. Il avait l'intention de faire couler la glace dans son cou, le rustre ! Sa peau était une chose, mais son ensemble préféré de soie noire, c'était une tout autre histoire. Vu le prix qu'elle l'avait payé, il n'oserait tout de même pas...

Mais Jon semblait prêt à tout, apparemment.

— Hé !

Elle leva la main lorsqu'une première coulée de chocolat glissa sur son menton. Lançant un grand rire, Jon lui déposa le contenu de la cuillère dans la paume.

— Gagné !

— Ah oui ?

Rirait bien qui rirait le dernier. Elle retourna sa main dégoulinante et appliqua le tout sur le crâne de Jon en frottant la glace dans ses cheveux fraîchement coupés. Tous deux riaient aux éclats, ivres de leurs jeux, comme deux enfants frondeurs.

Demi bondit sur ses pieds. C'était ça, ou bien elle le suppliait de l'embrasser.

Décidément, les effets du champagne continuaient à se faire sentir ! Elle courut dans le corridor et poussa la première porte à sa gauche.

— C'est ta salle de bains, Jon ?

— Pas celle-là ! hurla-t-il comme si elle s'apprêtait à pénétrer dans la chambre de Barbe-Bleue par effraction.

Elle se pétrifia devant la porte entrouverte. Grands dieux, pourquoi avait-il crié ainsi ? Une bouffée d'air déplacée par le mouvement du battant se faufila jusqu'à ses narines. Toujours ce même shampoing qui n'était pas celui de Jon : ortie blanche, balsamine et aldéhydes...

Refermant la porte d'un geste brusque, elle se détourna.

Jon avait roulé jusqu'à l'entrée du corridor et la regardait fixement.

— Deuxième porte à ta gauche, dit-il calmement.

Lorsqu'elle ressortit quelques minutes plus tard, Demi n'était plus la même. Recoiffée, remaquillée, elle lui adressa un sourire glacial.

— Il faut que je me sauve, déclara-t-elle sèchement en se dirigeant tout droit vers l'entrée.

Avait-elle compris qu'il cachait quelqu'un dans sa chambre ? Ou regrettait-elle leur petite crise de folie ? Peut-être avait-elle pris peur en s'apercevant qu'elle l'excitait dangereusement...

— Tu veux que j'appelle un taxi ?

Elle haussa les épaules avec une hautaine élégance.

— Non merci, je me débrouillerai. A demain 9 heures, alors... Salut, Burton.

Réduit à l'impuissance, Jon dut se résigner à la laisser s'échapper. Mais il aurait volontiers échangé trois frères et deux Burton pour le privilège de batifoler encore un peu avec une Demi rieuse au regard enjôleur...

Tout en se préparant mentalement à la scène qui ne manquerait pas de suivre, Jon referma sa porte et passa dans la salle de bains. Comme il débarbouillait ses cheveux poisseux à l'aide d'un gant de toilette, il vit apparaître le reflet de Trace derrière le sien.

— S'il se passe quoi que ce soit entre cette fille et toi, je te vire de là immédiatement, Jon.

157

Il soupira.

— Elle est innocente, Trace.

— Ah oui? C'est un fait avéré ou une simple impression? Laisse-moi deviner dans quelle partie de ton anatomie, tu la « sens », cette fameuse innocence...

— La ferme, d'accord?

— Les femmes font d'excellentes terroristes, Jon. Et précisément parce que les hommes ne s'en méfient jamais assez. Crois-moi, des fanatiques au féminin, j'en ai vu quelques-unes. Et elles sont terrifiantes.

— Je te crois.

« Pas Demi, ajouta-t-il en son for intérieur. Certainement pas Demi. »

— Parfois elles le font pour un idéal, poursuivit Trace, parfois pour un homme.

Pour Sarraj, par exemple? Le beau brun ténébreux avait-il le charisme nécessaire pour inspirer une passion aussi destructrice à une femme?

Jon jugea plus sage de changer de sujet.

— Tu disais qu'il y avait eu un mort?

Trace hocha la tête.

— Tu te souviens des deux mafiosi russes qui ont livré un mystérieux paquet à l'*Aphrodite*? La CIA les a recherchés pour nous. Et ils ont retrouvé le premier hier soir, à Moscou. Au milieu du boulevard Nijinski. Mort écrasé. Personne n'a rien vu, évidemment.

— Un accident? demanda Jon, faussement désinvolte, en retournant avec Trace dans le living.

Trace se laissa tomber dans son fauteuil.

— C'est une possibilité. Mais un « accident » qui, comme par hasard, survient moins de deux jours après le passage de Sarraj sur l'*Aphrodite*... Etrange coïncidence, non? Sarraj a pu mentionner dans son rapport qu'il se sentait observé. D'où, action immédiate : par mesure de prudence, on élimine les sources de fuite potentielles.

La pizza pesait soudain comme du plomb sur l'estomac de Jon. Cet homme serait-il encore en vie s'il n'avait pas eu l'imprudence de laisser son carnet à côté du téléphone de Demi ? Une vie sacrifiée pour un simple oubli ?

— Et le deuxième homme ? s'enquit-il d'une voix sourde.

— Il a disparu cette même nuit. Soit il a compris qu'il était en danger, et il a réussi à se mettre à l'abri quelque part, soit ils l'ont eu également, mais dans un lieu plus isolé.

Jon se passa la main sur la figure.

— Il faut que je t'avoue quelque chose, Trace...

A 9 heures, le lendemain, Demi entamait sa troisième tasse de café. L'œil rivé sur son écran, elle méditait sur des mélanges qui n'avaient rien à voir avec les huiles essentielles ni les absolues. En ajoutant des vapeurs de champagne à des effluves de jalousie, le composé obtenu s'appelait Cauchemars, Insomnie & co...

Elle avait passé la nuit à ressasser cette histoire de femme mystérieuse que Jon cachait dans sa chambre. A la lumière du jour, il fallait se rendre à l'évidence : l'idée ne tenait pas debout. Et cela pour la simple raison qu'elle n'avait aucun droit sur lui. En supposant qu'elle eût interrompu un tendre tête-à-tête, Jon se serait contenté de les présenter l'une à l'autre. « Chérie, voici mon employeur. Patronne, voici ma petite amie. » Point final. Quelle nécessité y aurait-il eu à fourrer sa fiancée dans un placard ?

Mais cette odeur de shampoing, alors ?

— Tu deviens folle, marmonna Demi en vidant sa tasse de café d'un trait.

Peut-être que Kyle avait raison, après tout. Le plus simple serait sans doute de céder à son attirance pour Jon, histoire d'évacuer la tension une fois pour toutes. Au moins, elle aurait de nouveau les idées claires pour pouvoir se consacrer exclusivement à son travail !

La porte d'entrée tinta, annonçant l'arrivée de Jon. Elle

tressaillit, réprima un sourire et s'obligea à lui jeter un regard noir.

— Une minute de retard, Jon Sutter.

Quel accueil! songea Jon. Et lui qui avait compté les heures toute la nuit dans l'attente de ces retrouvailles!

— Désolé, répondit-il. Burton s'est pris d'amour pour un lampadaire. J'ai eu du mal à l'en arracher.

Jon roula jusqu'à l'imprimante et découvrit que Demi avait été particulièrement inspirée en l'attendant.

— Quatre nouvelles formules, déjà? Tu es une véritable machine à composer!

— Commence par la troisième et appelle-moi. Il se pourrait que j'aie déjà évolué au-delà des deux premières.

— Bien, chef.

Il s'immobilisa à l'entrée de la kitchenette.

— Ah, au fait, j'ai oublié de te dire: Sarraj est passé hier. Il te demandait de le rappeler au cas où vous vous manqueriez à La Caravelle.

Le visage de Demi s'éclaira.

— Très bien. Merci.

Jon aurait sans doute dû s'attarder pour essayer de capter quelques bribes de la conversation téléphonique, mais après la nuit qu'il avait passée, il était trop abattu pour se lancer dans des manœuvres d'espionnage.

— Ça prouve qu'elle est innocente, non? avait-il plaidé la veille. Si Demi était partie prenante du complot, elle m'aurait jeté à la porte en apprenant par Sarraj qu'elle avait embauché un espion.

— Bien au contraire, avait rétorqué Trace. Dans la mesure où ils ont repéré que tu es notre taupe, ils gardent plus ou moins le contrôle de la situation. Pour commencer, ils savent de qui il faut se méfier. Et ils peuvent te fournir de fausses informations et brouiller ainsi les pistes. D'autre part, ils te sonderont discrètement pour essayer de déterminer si nous sommes au courant de quelque chose. Alors que s'ils te renvoient ou qu'ils te liquident...

160

— Merci. Charmante pensée !

— S'ils te liquidaient, donc, nous aurions immédiatement la preuve que quelque chose de grave se prépare. Et nous trouverions un moyen de te remplacer par un agent plus expérimenté... et beaucoup moins repérable. Donc, ils sont gagnants sur tous les plans en te maintenant dans tes fonctions.

Trace était reparti en lui laissant des instructions formelles : il devait rester sur ses gardes et se montrer deux fois plus vigilant qu'auparavant. En gros, le raisonnement de son frère était le suivant : « Si Demi agit comme si elle n'avait rien à cacher, c'est qu'elle est coupable. »

— Tu parles d'une histoire de fous, Burton, murmura Jon en tapotant le museau de son chien.

— Apparemment, il y a eu un malentendu, déclara Demi lorsqu'elle eut réussi à joindre Sarraj au téléphone. Jon m'a dit que vous étiez passé à Alluroma ?

— J'espérais vous intercepter avant votre départ, en effet. Je n'étais pas d'humeur à parler affaires, et je pensais que nous pourrions laisser tomber Kyle et faire un tour ensemble à la campagne. J'ai dû vous manquer de quelques minutes.

Quel sagouin ! songea Demi en faisant la grimace. Il savait pourtant que Kyle avait organisé ce déjeuner à son intention !

— C'est dommage, répliqua-t-elle d'un ton léger. Une autre fois, peut-être ?

Elle aurait mieux fait de se taire, car Sarraj lui proposa illico un rendez-vous pour le soir même.

— Oh, ç'aurait été avec plaisir, mais j'ai prévu d'autres occupations.

Un bégonia à rempoter, en l'occurrence...

— Dimanche, alors ?

Dimanche ? Elle était censée voir sa mère. Mais Liza Hansen passerait la soirée à la cuisiner sur ses conquêtes du moment. Autant lui faire plaisir et lui annoncer qu'elle avait un rendez-vous torride avec un célibataire bien sous tous les rapports.

Et Jon? Et Burton? Que feraient-ils, ce soir-là? Repoussant cette pensée, Demi sourit au combiné.

— Très volontiers, oui.

— Ne bouge plus, ordonna Jon à Burton.

Il ouvrit un tiroir dans lequel il fourra un chiffon imprégné de civette et le referma sans bruit. Puis il appela son chien.

— C'est bon, Burton. Tu peux venir.

Oreilles dressées, le chien entra dans le laboratoire.

— Cherche le chat! Cherche!

Demi apparut à son tour et leur jeta un regard intrigué.

— Qu'est-ce que vous fabriquez encore, tous les deux?

Elle avait relevé ses cheveux en un chignon lâche qu'elle avait fixé avec deux espèces de baguettes chinoises. Jon demeura un instant sans voix. Elle était tellement splendide avec cette coiffure qu'il n'avait plus qu'une envie : la défaire sur-le-champ.

Burton allait et venait dans le laboratoire, tout en jetant des regards anxieux en direction de son maître.

— Nous avons fini ton dernier mélange, donc j'en profite pour éduquer Burton. Où est le chat, Burt? Cherche!

— Jon, si tu as introduit un chat dans ce labo, je te jure que...

— Juste de la civette synthétique sur un chiffon. Je n'ai pas réussi à trouver le produit naturel... Allez, Burton, un effort.

— Je n'ai pas de civette naturelle. Même chose pour le musc, d'ailleurs, ainsi que le castoreum obtenu à partir des glandes sexuelles du castor. Je trouve cruel d'utiliser des animaux pour cet usage. Même si j'utilise de préférence des substances naturelles, je fais une exception pour les fixateurs.

— Tout à fait d'accord avec ce principe, approuva Jon.

Leurs regards se trouvèrent et demeurèrent accrochés l'un à l'autre, comme soudés par mille liens invisibles. Résistant au vertige, Jon entreprit ostensiblement d'essuyer ses lunettes avec un pan de sa chemise. Demi le rejoignit près du plan de travail.

— Tu sais, j'espère, qu'à poids égal, cette civette vaut plus cher qu'une Jaguar?

— J'ai utilisé moins d'un millilitre. Bravo, Burton!

Dressé sur ses pattes arrière, le chien labourait le tiroir de ses griffes.

— Oh, pitié, il va finir par arracher le placage! s'écria Demi en extirpant le chiffon de sa cachette pour le jeter sur le plan de travail.

Le chien prit appui sur les cuisses de Jon et s'étira pour essayer de voir son « chat ». Avec un léger soupir, Demi prit une bouteille sur une étagère.

— Si tu tiens à tout prix à poursuivre ton apprentissage, prends cette civette-là. Non seulement, elle est beaucoup moins onéreuse, mais Burton l'appréciera : elle est plus expressément féline que l'autre.

— Laisse-moi sentir.

— Je te préviens que tu vas souffrir.

Demi retira le bouchon et posa la bouteille devant lui.

— Ouf! s'exclama Jon en s'ébrouant. On se croirait dans un zoo! Ou dans l'appartement d'une vieille fille qui aurait adopté tous les chats d'un quartier!

Par réflexe, ils tournèrent la tête l'un et l'autre lorsque le téléphone sonna dans le bureau. Ce fut le moment que choisit Burton pour bondir sur son « chat ». Il tira sur le chiffon, entraînant le flacon ouvert qui reposait sur le tissu. Jon se retourna juste à cet instant fatidique. Demi poussa un cri et se rua en avant. Trop tard.

Ce fut comme si tous les matous du monde s'étaient

donné rendez-vous pour uriner en jet sur sa manche de chemise. Il rattrapa la bouteille in extremis et remit le bouchon en place pendant que Demi courait mettre les ventilateurs au régime maximum, tout en jurant haut et fort.

— Bon sang, c'est suffoquant ! Tu n'as pas été touchée, au moins ? demanda-t-il anxieusement.

Affolé par ces « chats » en surnombre, Burton s'éclipsa discrètement. Les larmes ruisselaient sur les joues de Jon, son nez coulait, sa tête semblait sur le point d'exploser.

— Je ne crois pas, non ! Mais je ne suis pas sûre ! Je ne sens plus que toi ! C'est horrible, horrible !

Le mot n'était pas trop fort. La pestilence agissait comme un coup de massue sur la tête de Jon. La pièce se mit à tourner autour de lui. Mais non... C'était Demi qui poussait son fauteuil roulant vers la douche, prévue dans le coin du laboratoire pour les cas d'urgence.

— Mon plâtre ! protesta Jon, comprenant qu'elle s'apprêtait à le pousser sous l'eau.

— Oh, zut ! J'oubliais...

Elle desserra légèrement son nœud de cravate et commença à tirer de toutes ses forces sur sa chemise, sans même prendre la peine de défaire les boutons.

— Toi et ton fichu chien ! Lève les bras ! Et ne me touche pas avec cette main-là surtout ! Aïe, mes yeux !

Elle les essuya sur son épaule nue et ses lèvres effleurèrent sa peau.

— Je suis vraiment désolé, Demi. Je te rembourserai.

— Me rembourser ? Je vous saignerai tous les deux, ton chien et toi !

Demi tenta de lui ôter sa chemise, mais celle-ci resta accrochée au niveau des poignets.

— Tu ferais mieux de sortir d'ici, non ? suggéra Jon d'une voix faible.

La puanteur était si épouvantable qu'il ne voyait presque plus rien. Pestant et jurant, Demi s'éloigna. Il l'entendit revenir, ses talons claquant furieusement sur le sol du laboratoire. Il y eut un bruit de ciseaux tandis qu'elle coupait ses manchettes.

— Là !

Elle s'éloigna avec sa chemise et la fourra dans la poubelle. Le nuage ammoniaqué se dissipa quelque peu, mais Jon ressentait une douleur cuisante à l'endroit où le produit corrosif lui attaquait la peau. Les bras levés pour ne pas contaminer son pantalon, il continuait à larmoyer de plus belle, s'efforçant de respirer le plus superficiellement possible.

Un objet solide atterrit alors sur ses genoux. C'était une cuvette remplie d'eau.

— Plonge tes mains là-dedans, ordonna Demi.

— Merci.

— Ah, ne me remercie pas ! Je ne veux plus jamais entendre le son de ta voix, Jon Sutter !

Elle lui attrapa le bras et commença à l'éponger vigoureusement. Puis peu à peu, ses gestes se firent moins rageurs, moins frénétiques. Paupières toujours closes, il oublia la pestilence...

Demi n'aurait jamais imaginé qu'il cachait sous ses vêtements un torse aussi admirable. Et ces bras ! Elle aurait pourtant dû s'en douter, vu la facilité avec laquelle il se hissait hors de son fauteuil. De ses avant-bras, elle remonta jusqu'aux épaules. Il n'avait pas été aspergé de civette à cette hauteur, mais quelle importance ? Ses veines formaient un entrelacs bleuté sur les muscles durs et lisses. Un tronc d'homme d'une marmoréenne beauté.

— Ça va ? Tu ne souffres pas trop ? demanda-t-elle, remarquant que le rythme de sa respiration se modifiait peu à peu.

Il secoua la tête. Tant qu'il avait les yeux fermés, elle pouvait continuer à le toucher.

— Chaque fois que je sentirai une odeur de civette, je penserai à toi, Jon.

Il rit doucement.

— Désolé.

Mais il n'avait pas l'air désolé du tout. Lentement, elle dénoua sa cravate, la laissa glisser le long de son torse et la jeta à terre. *Je te désire, Jon. Tu sens à quel point je te désire ?* Reprenant l'éponge, elle la passa sur sa poitrine, s'attarda au niveau du cœur et le sentit battre vite et fort sous ses doigts. Elle ne put réprimer un sourire. Ainsi, lui aussi était affecté ?

Oubliant son odeur, elle se pencha sur ses lèvres. Jon détourna la tête.

— Demi...

Il la repoussait ! Mais comment s'incliner devant son refus, alors que son cœur battait comme un tambour ? Alors qu'elle sentait sa peau vibrer sous ses doigts ?

— Je vais me débrouiller tout seul, maintenant. Laisse-moi.

— Mais...

Elle porta la main à sa joue en une lente caresse.

— J'ai dit non, Demi.

Jon lui attrapa le poignet et y déposa un baiser, à l'endroit précis où son pouls s'emballait.

— Mais pourquoi ? protesta-t-elle les larmes aux yeux. Tu en as envie aussi...

Il secoua la tête et lui lâcha le bras.

— Menteur ! cria-t-elle en tapant du pied sur le carrelage.

Jon détourna la tête.

— D'accord, c'est vrai, je mens.

— Mais alors... ?

Pourquoi refusait-il de la regarder dans les yeux ? Elle essaya de lui attraper le menton, mais il résista. Secouant la tête, il déposa un baiser rapide dans sa paume.

— Pourquoi, Jon ? demanda-t-elle dans un souffle.

Il se mit lentement à rougir, et elle vit sa pomme d'Adam se soulever et retomber...

— Qu'est-ce qui te fait penser que ce sont seulement mes jambes qui... qui ont souffert dans l'accident ?

Il devint écarlate. Oh, Jon, non ! Il ne voulait tout de

même pas dire que...? Demi ouvrit la bouche et la referma sans avoir émis un son. Elle s'essuya les yeux, mais les larmes continuaient à couler de plus belle. Découvrir qu'elle le désirait, et apprendre dans le même temps que ce désir ne serait jamais comblé? Etourdie par le choc, elle posa la main sur sa tête, et caressa ses cheveux.

Jon la repoussa sans qu'elle s'en offusquât. La pitié était la dernière chose qu'elle eût souhaitée, à sa place. Et elle l'avait acculé, mis au pied du mur, contraint à lui révéler ce qu'il aurait sans doute voulu garder secret. Comment avait-elle pu manquer de tact à ce point? Se montrer aussi égoïste?

— Je suis désolée.

Laissant tomber l'éponge sur ses genoux, elle quitta la pièce.

13.

La tête entre les mains, Jon resta pétrifié sur place. Comment avait-il pu lui dire une chose pareille? De sa vie, il n'avait prononcé un mensonge aussi abominable. Mais quelle autre explication avancer? La veille encore, il avait promis à Trace de garder ses distances avec Demi. Et tout s'était déroulé si vite qu'aucune autre excuse valable ne s'était présentée à son esprit torturé.

Nier son désir pour elle aurait été aussi absurde qu'insultant. Restait donc le prétexte de... la panne mécanique. Mais dès l'instant où il avait émis les paroles fatidiques, une crainte superstitieuse s'était emparée de lui : et si son « mensonge » n'en était pas un? Plus il méditait sur la question, plus il lui paraissait évident qu'il avait dit vrai sans s'en douter. Six mois s'étaient écoulés, depuis la dernière fois qu'Angelina et lui avaient fait l'amour. Et il n'y avait eu personne depuis. Personne pendant la période sombre qui avait suivi le divorce. Jon n'avait pas eu le cœur de tomber dans des bras anonymes, de noyer son chagrin entre des draps indifférents. Puis, très vite, il y avait eu l'accident, la solitude forcée. Et maintenant, comment savoir? Il avait peut-être tout simplement dit la vérité.

— Non! cria-t-il, si fort que Burton, surpris, darda sur lui un regard effaré.

Une heure plus tard, récuré mais empestant toujours la

169

civette, il roula jusqu'au bureau de Demi, torse nu sous la veste de son costume.

— Demi?

Peut-être était-elle sortie s'aérer? La pestilence pseudo-féline avait envahi tout Alluroma et même, ici, dans son bureau, l'air était à peine respirable. A la table de travail, personne. L'ordinateur était éteint mais il trouva un message rédigé à son intention, de la belle écriture impérieuse de Demi.

« Dépassée par les odeurs de matou et par ma propre stupidité. Peux-tu me pardonner? Je m'accorde le reste du week-end. Fais de même. A lundi 9 heures.

D. »

Demi passa le week-end à broyer du noir. Elle désirait Jon, et à ce désir, Jon ne pouvait répondre. Plus que pour elle-même, elle souffrait pour lui. Faire l'amour était tellement merveilleux, tellement irremplaçable! Penser que le sort frappait un homme aussi vivant que Jon, avec cette générosité, cette vitalité inépuisable... La vie était décidément trop injuste!

Le dimanche, en fin d'après-midi, alors qu'elle tournait en rond dans son appartement depuis le matin, Demi se souvint avec un sursaut de contrariété qu'elle était censée sortir le soir même avec Sarraj. Elle téléphona pour annuler le rendez-vous mais, la malchance aidant, elle échoua dans sa tentative pour le joindre. Il ne lui restait donc plus qu'à serrer les dents, à enfiler une robe élégante et à tenter de donner le change.

Sur fond de soleil couchant, ils quittèrent New York à bord de la Mercedes de Richard pour se diriger vers les berges de la rivière Connecticut. Au sud de Stamford, Richard regarda dans le rétroviseur et ralentit brusquement.

— Et zut! La police! marmonna-t-il haineusement.

Pendant que Richard se garait sur le bas-côté pour régler sa contravention, Demi laissa ses pensées dériver

170

vers Jon et songea qu'elle ne savait presque rien de lui. Il ne lui avait jamais dit s'il avait des frères et sœurs, ni quel métier exerçait son père. Etait-il toujours resté célibataire, ou avait-il, comme tant d'autres hommes à son âge, un mariage brisé derrière lui ?

— Va te faire voir, pauvre type ! siffla Richard entre ses dents lorsque le policier s'éloigna après leur avoir poliment souhaité une bonne soirée.

Du coin de l'œil, Demi nota qu'il était cramoisi et que ses mains crispées sur le volant étaient devenues livides.

— Vous n'aimez pas la police, apparemment, fit-elle remarquer, intriguée par son attitude.

— Les flics ? Ils ont tué ma mère !

Demi ouvrit des yeux ronds. C'était la première fois que Sarraj lui faisait une confidence, mais celle-ci était de taille.

— Ils l'ont tuée ? se récria-t-elle. Mais comment ?

Des heures et des heures plus tard, après un repas aussi exquis qu'incroyablement onéreux, la Mercedes prit enfin le chemin du retour. Sarraj avait suggéré à plusieurs reprises qu'il était fatigué et que l'auberge — ô combien romantique — proposait des chambres confortables. Mais Demi n'avait pas réagi à ces propositions à peine voilées. Renversée contre son dossier, elle réfléchissait au drame qu'avait traversé Richard. Sa mère avait été tuée à coup de crosses de fusil au cours d'une manifestation dans l'Oregon, alors qu'elle militait pour sauver les séquoias de la déforestation. Demi en avait le cœur serré pour lui. Abandonné par son père avant même sa naissance, il avait perdu sa mère à l'âge de douze ans. D'où, sans doute, cette noirceur qu'elle pressentait en lui sous la surface presque trop lisse...

Mais si elle était touchée par son histoire, elle ne se sentait pas plus proche de Richard pour autant. Cette soirée en tête à tête avec lui serait la dernière. Cet homme possédait en apparence tout ce qu'il fallait pour lui plaire, mais elle ne ressentait aucune attirance, aucune affinité profonde. Elle sourit, songeant à un homme en fauteuil roulant, accompagné d'un chien bâtard ridicule, qui avait su garder le sourire à travers ses épreuves. Jon lui apportait ce que Richard ne lui apporterait jamais : la joie, le rire, un certain bonheur de vivre.

Il ne lui restait donc plus qu'à clore cette soirée avec tact et élégance. Richard était un client, après tout. Réalité qu'elle ferait bien de lui rappeler, songea-t-elle tandis qu'il la raccompagnait jusqu'à l'entrée de son immeuble.

— J'ai bien progressé sur « Septième Voile », cette semaine. Quand aimeriez-vous passer pour tester mes nouveaux essais ?

Richard lui prit la main et l'attira contre lui.

— J'aimerais avoir un échantillon dès ce soir, chuchota-t-il.

— Il est un peu tard, vous ne croyez pas ? protesta-t-elle avec un sourire d'excuse.

Sans lui laisser le temps de réagir, cependant, il se pencha pour l'embrasser. Il lui donna un baiser exigeant, impérieux, passionné... qui la laissa de marbre. Demi se raidit et détourna la tête.

— Que diriez-vous de venir mardi à Alluroma ? A 15 heures, par exemple ?

— Ça va, ça va, j'ai compris, dit-il avec amertume, en la repoussant presque brutalement.

Demi réprima une repartie furieuse. Mais elle était partiellement en tort, après tout. Jamais elle n'aurait dû accepter de sortir avec Richard, alors que Jon habitait ses pensées jusqu'à l'obsession.

Tête haute, elle grimpa jusqu'à son appartement en cataloguant les odeurs familières de l'immeuble. Du troisième étage — le sien — lui parvinrent des émanations de cire et le parfum des freesias qu'elle avait achetés l'avant-veille. Aucune senteur de cuisine ou de musc viril.

Rien que des odeurs qui témoignaient de la solitude.

172

A 9 h 20, le lundi matin, Jon n'avait toujours pas donné signe de vie. Et s'il ne revenait jamais ? se demanda Demi en fixant son écran. Peut-être avaient-ils décidé de changer d'horizon, lui et son chien-crocodile ? Elle poussa un soupir de soulagement lorsque le carillon de l'entrée tinta enfin.

— Tu es en retard, Jon Sutter !

Après réflexion, elle avait décidé de ne rien modifier dans son attitude. Ce serait, de loin, la meilleure politique.

— Désolé, murmura le gigantesque bouquet de roses rouges ambulant qui se découpa dans l'encadrement de la porte.

Demi sentit les larmes lui monter aux yeux.

— Oh, Jon ! Vraiment, non... Tu n'aurais pas dû !

— Cela tombe bien, car elles ne sont pas de moi. Nous avons croisé le livreur dans le hall. Il doit y avoir une carte de visite quelque part.

Elle se sentit rougir.

— Mais bien sûr, suis-je bête ! C'est parce que je suis sortie hier avec Rich...

Laissant sa phrase en suspens, Demi haussa les épaules.

Ainsi, se dit Jon, elle avait passé la soirée de la veille avec Richard Sarraj... A en juger par la taille du bouquet et sa couleur rouge passion, elle n'avait pas dû lui refuser grand-chose.

Autant dire qu'elle n'avait pas mis longtemps à se consoler...

Pendant les quinze jours qui suivirent, ils gardèrent l'un et l'autre une réserve prudente. Ils se comportaient avec une politesse exquise et surveillaient soigneusement chacune de leurs paroles. Mais sous ce vernis courtois vibrait une tension toujours brûlante. D'innombrables questions se pressaient dans l'esprit de Demi. Que s'était-il passé exactement au cours de cet accident de voiture ? Certains de ses centres nerveux étaient-ils définitivement atteints, ou s'agissait-il d'un dysfonctionnement passager ?

Parfois, la tentation d'attraper Jon par la pointe d'une de ses horribles cravates et de l'amener à portée de baiser devenait presque irrépressible. Qu'y avait-il donc chez lui qui la fascinait à ce point ?

Demi, cependant, s'appliquait à garder ses distances. Il aurait fallu être folle pour se lancer dans une aventure avec un homme incapable de l'aimer dans sa chair. Inutile d'aller délibérément au devant de nouveaux drames, de nouveaux chagrins, de nouvelles frustrations...

Sarraj se présenta le mardi suivant avec des regards brûlants et de fébriles paroles d'excuse. Demi lui assura qu'il était pardonné, et le remercia brièvement pour les roses qu'elle avait reléguées sur la table de la cuisine. Puis, estimant que la question était réglée, elle veilla à focaliser la conversation sur les parfums.

— Mmm... A mourir, murmura Kyle une semaine plus tard lorsque Demi lui fit tester « Djinn 57 », son dernier-né.

La jeune publicitaire se tourna alors vers Jon.

— Vous l'aimez aussi ? demanda-t-elle.

Demi l'avait invité à se joindre à elles, à la fois pour lui présenter Kyle et pour qu'il pût examiner le projet publicitaire que la jeune femme était venue lui soumettre.

— Beaucoup, oui, acquiesça-t-il. C'est de loin le meilleur jusqu'ici.

— Autrement dit, le parfum est achevé ? s'exclama Kyle en esquissant un pas de danse. C'est extraordinaire !

Demi leva les yeux au ciel.

— Tu veux rire ! Ce que nous avons ici, c'est le sapin de Noël à l'état brut. Il s'agit à présent de mettre la décoration en place, de peaufiner l'éclat, les nuances, la profondeur... Ce qui m'amènera à rajouter entre trente et cinquante ingrédients supplémentaires. Je pourrais passer une année entière rien qu'à fignoler ces « détails ».

— Mais il ne te reste qu'un mois ! se récria Kyle.

— Oui, je sais. Mais je suis en train de créer mon chef-d'œuvre. A supposer que je puisse bénéficier de quelques petites semaines supplémentaires...

— Ne te fais aucune illusion là-dessus, ma belle. S'il y a une chose sur laquelle Richard se montre inflexible, c'est bien sur la date de remise. Prépare-toi à laisser ton perfectionnisme au placard.

Demi fit la grimace.

— Mmm... Montre-nous donc ton projet, Kyle.

La jeune femme ouvrit la chemise qu'elle avait posée devant elle et tendit le dépliant à Jon. La feuille de papier glacé, d'un noir profond, avait été pliée en trois pour former un rectangle sur lequel figurait l'adresse du destinataire.

— « Il coûte les yeux de la tête »..., lut Jon à haute voix.

— Voilà qui devrait éveiller la curiosité, expliqua Kyle. Et maintenant, ouvrez-le...

Jon défit le sceau en forme d'étoile et déplia le prospectus.

— « ... mais le ciel a-t-il un prix ? » acheva-t-il.

Demi vint regarder par-dessus son épaule, la joue posée contre la sienne, et il résista à la tentation de tourner la tête pour lui voler un baiser.

— C'est magnifique, Kyle ! commenta Demi à mi-voix.

Un homme de dos se tenait au premier plan, la silhouette dessinée par la lune qui l'éclairait par-derrière. Il regardait danser une femme — Salomé, qui avait rejeté tous ses voiles, sauf le dernier dont la lune illuminait les plis translucides.

— Vous avez noté que l'extrémité du voile touche le visage de l'homme ? demanda Kyle.

Demi rit doucement.

— Jon avait l'attention ailleurs, dit-elle.

Elle disait vrai. Son regard était rivé sur la danseuse aux longs cheveux de nuit. Sensuelle et longiligne, elle lui faisait penser à Demi.

— La languette parfumée sera placée dans le voile, précisa Kyle. Et voici mon coup de génie : selon que le prospectus sera envoyé à un homme ou à une femme...

— Parce que vous comptez vous adresser également à un public d'hommes ? interrompit Jon, étonné.

Kyle parut sur la défensive.

— Pourquoi pas ? Les hommes offrent régulièrement des parfums aux femmes de leur entourage.

Demi se redressa mais laissa la main sur son épaule.

— Je me demande si Jon n'a pas raison. Les hommes achètent du parfum à Noël et pour la fête des Mères. Point final. Et cet envoi doit partir en juin. Est-ce que ça vaut vraiment la peine de leur adresser un échantillon ?

— Pour Richard, la réponse est oui, rétorqua Kyle. Il y tient fermement, même.

Intéressant, songea Jon. Ce détail serait à mentionner dans son rapport quotidien au FBI. En attendant, la tension montait entre Kyle et Demi. C'étaient de fortes personnalités l'une et l'autre, et une concurrence semblait s'instaurer au sujet de Sarraj. Dieu sait ce qu'elles trouvaient à ce type, honnêtement !

— Ainsi, la languette parfumée se confondra avec le voile de Salomé ? demanda-t-il, histoire de ramener la conversation sur un terrain moins conflictuel.

Kyle hocha la tête.

— Sur le prospectus féminin, la partie parfumée se situera au niveau du visage de l'homme. Ce qui fait que les femmes soulèveront la languette et renifleront la joue du personnage masculin.

Un sourire malicieux se dessina sur les lèvres de Demi.

— Et je parie que côté homme...

— Exactement ! Ils auront à soulever le voile qui couvre encore le corps de la jeune femme.

— C'est du vice ! protesta Jon en riant.

— Moi, je trouve ça génial, intervint Demi. Absolument génial. Tous ceux qui recevront cette pub vont être suffisamment intrigués pour prendre le temps de tester le parfum. Et une fois qu'ils auront essayé, ils craqueront pour « Septième Voile » ! Je n'ai aucune inquiétude de ce côté-là.

Lorsque Jon fut retourné dans son bureau, Kyle se pencha à l'oreille de Demi.

— Tu as raison. Il a des yeux magnifiques !

Ainsi, son amie n'avait pas oublié la stupide confidence qu'elle lui avait faite après les coupes de champagne !

— Tu as couché avec lui, alors ? demanda Kyle, toujours aussi directe.

— Niet, ma belle ! Ce mois-ci, je n'ai qu'un seul objectif : terminer « Septième Voile » dans les temps. Et maintenant, dis-moi : Richard aurait-il dit à qui il envisage de confier le design du flacon ?

Sarraj s'était montré terriblement mystérieux à ce sujet. Demi brûlait de curiosité, bien sûr. Mais il n'avait pas manqué de lui faire remarquer qu'elle n'était pas la seule artiste impliquée dans le projet, et que son prince et lui orchestraient les choses à leur manière, sans avoir à lui rendre de compte.

Kyle secoua la tête.

— C'est top secret, apparemment. Tout ce qu'il a bien voulu me dire, c'est que la chose se ferait à Paris, par un très grand designer.

— Ah, vraiment ? exulta Demi. Dans ce cas, nous allons le percer à jour, son secret. J'avais justement l'intention de passer un coup de fil à mon grand-père. Il a des relations partout dans le monde du parfum. Laisse-moi faire, et tu vas voir.

Un sourire taquin joua sur les lèvres de Kyle.

— Pendant que tu t'occupes de ce problème, je peux me charger de Jon, si tu veux ? Puisqu'il ne t'intéresse plus... A toi le flacon, à moi l'ivresse !

Kyle et Jon ? Quelle hérésie ! La réaction de Demi fut instinctive et... féroce. Elle se leva et redressa la taille pour darder sur son amie un regard meurtrier.

— Oh là, là ! C'est à ce point ? demanda Kyle, hilare, en battant prudemment en retraite. Dans ce cas, tu devrais peut-être songer à agir, non ?

14.

Ce soir-là, Greenley l'attendait lorsque Jon monta dans son véhicule aménagé.

— Vous avez des actions dans cette compagnie de transport, ou quoi ? demanda-t-il, intrigué, lorsque l'agent se glissa sur le siège à côté de lui.

— C'est un ancien du FBI qui a monté cette société. Ses chauffeurs sont tous triés sur le volet — du cent pour cent fiable. C'est d'autant plus pratique que personne ne se méfie d'une voiture pour handicapés. J'ai un message pour toi de la part de ton frère, à propos.

— Ah ?

Jon avait obtenu de Demi qu'elle lui accorde sa journée du lendemain. Avec sa curiosité habituelle, elle avait demandé ce qu'il comptait faire de son congé, mais il avait refusé de lui répondre. En vérité, Trace devait le conduire en voiture jusqu'à un hôpital spécialisé de Baltimore. Car le grand jour était enfin arrivé : son plâtre allait tomber.

— Trace ne pourra pas être à New York ce soir, comme il te l'avait promis. Apparemment, l'*Aphrodite* a changé de cap et s'apprête à jeter l'ancre aux Bermudes. Inutile de préciser qu'il ne peut pas se permettre de rater leur arrivée. Il m'a chargé de te dire qu'il est désolé.

Jon s'efforça de hausser les épaules avec désinvolture, mais la nouvelle lui fit l'effet d'une douche froide.

— O.K. Merci de m'avoir prévenu.

— Si ça t'arrange, je peux me libérer demain et faire le trajet avec toi, proposa Greenley d'un ton faussement détaché.

Jon secoua la tête. Que son frère aîné le vît dans les affres de l'angoisse était une chose. Mais un quasi-inconnu, aussi sympathique fût-il ? Il n'était pas sûr, en effet, d'accuser dignement le choc s'il apprenait que son genou droit était fichu...

— Merci, mais je peux me débrouiller. Je ferai l'aller-retour en avion.

En revenant de Baltimore, si tout se passait bien, il serait équipé de béquilles. Et les déplacements redeviendraient plus faciles. Si tout se passait bien...

Une heure plus tard, assis seul dans son living plongé dans l'ombre, Jon remuait des pensées de plus en plus lugubres. Il songeait aux fouilles qu'il avait toujours effectuées pendant les mois d'été. S'il ne récupérait pas l'usage de son genou droit, il ne pourrait plus ni marcher, ni sauter, ni porter un sac à dos. Il serait un poids mort, une charge pour toute l'équipe...

Une patte folle ne l'empêcherait pas d'enseigner, certes. Mais pour tous les autres aspects de son métier...

« Cesse donc d'imaginer le pire, à la fin ! s'enjoignit-il. A quoi bon te torturer à l'avance ? » Mieux valait s'occuper à quelque chose, plutôt que de rester là, les pensées tournant en rond comme un hamster en cage.

Jon fronça les sourcils lorsque Burton poussa un aboiement bref et se précipita dans l'entrée. Ils avaient de la visite, apparemment. Trace, sans doute... Son frère avait dû trouver le moyen de se libérer à la dernière minute.

Mais lorsqu'il ouvrit la porte, ce fut Demi qu'il trouva sur le seuil, avec un sac en papier kraft plaqué contre la poitrine. Elle avait dû venir directement d'Alluroma car elle portait toujours son petit ensemble rouge, si redoutablement sexy.

— Tu as oublié ceci, déclara-t-elle en lui tendant le

chèque qu'elle avait rédigé pour le montant de son salaire. J'ai pensé que tu souhaiterais le déposer rapidement, vu que tu dois t'absenter demain.

— Ah oui... Merci.

Il remettrait le chèque à Greenley, qui ferait virer la somme aux Philippines. Il se serait senti prêt à payer pour le privilège de s'activer jour et nuit au côté de Demi Landero. Il songea à la journée du lendemain, à la longue nuit d'angoisse qui l'attendait. Pour une fois, le FBI pouvait bien aller au diable ! Ce soir, il avait besoin de compagnie.

— Tu as le temps d'entrer prendre un thé, Demi ?

Elle lui adressa un sourire radieux.

— Pourquoi pas ? Je n'ai rien de particulier au programme.

Passant dans la cuisine, elle mit la bouilloire sur le feu, sortit les tasses et les cuillères. Demi préparant le thé chez lui... C'était un bonheur pour les yeux de la voir vaquer ainsi, tout en bavardant sans relâche. Oui, « bavarder » était le mot : jamais il ne l'avait vue si loquace.

Comme sur une impulsion, elle coupa soudain le gaz et retira la bouilloire du feu.

— Dis-moi, Jon, à cette heure-ci, si ça ne te dérange pas, je boirais plus volontiers un verre de vin. J'ai acheté une bouteille, en passant... Rien d'extraordinaire, mais je pense qu'il sera agréable. Tu veux bien me tenir compagnie ?

Il aurait accepté de bonne grâce, même si elle lui avait proposé de partager une assiette de bouillie froide !

— Avec le plus grand plaisir.

Elle lui confia l'ouvre-bouteille et apporta deux verres. Son flot de paroles s'était soudain tari. Ils trinquèrent sans un mot.

« A nous... », faillit murmurer Jon.

— A la vie ! déclara-t-elle, le regard brillant.

Jamais les yeux de Demi ne lui avaient paru aussi immenses. Le vin était une merveille, telle une caresse sur le palais.

— Il est très bon, commenta-t-il d'une voix qui avait soudain chuté d'une demi-octave.

Demi se leva lentement et se pencha pour actionner l'halogène.

— Ça ne te dérange pas si je baisse un peu la lumière ? Je l'ai en plein dans les yeux.

— Oui... Enfin, je veux dire... Non, ça ne me gêne pas.

Difficile de rester cohérent avec Demi à quelques centimètres de lui. Dans la pénombre, elle se percha sur l'accoudoir du canapé, tout près de lui, et porta son verre à ses lèvres. Un silence chargé de tension s'instaura entre eux.

— Tu vois, Jon, j'ai réfléchi...

Elle prit une seconde gorgée de vin, puis reposa son verre. Croisant et décroisant les genoux, elle laissa glisser distraitement la main sur un fin mollet gainé de noir.

— Réfléchi à quoi ? demanda Jon, les yeux rivés sur ces jambes de rêve.

— A propos de ce que tu m'as dit l'autre fois...

— Mmm ?

La voix de Demi était aussi caressante que le vin qu'elle venait de lui servir.

— Je ne sais pas ce qui s'est passé exactement pour toi, dans cet accident de voiture, Jon, murmura-t-elle. Mais j'ai pensé qu'un homme...

« Qu'un homme qui te désire comme je te désire pourrait retrouver miraculeusement toutes ses facultés ? » faillit-il compléter.

Une imperceptible rougeur monta aux joues de Demi. Elle déglutit et passa la main dans ses cheveux. Ses yeux immenses étaient comme deux fleurs sombres au cœur de la nuit.

— Un homme qui a des mains, des lèvres, une langue, n'est pas entièrement réduit à l'impuissance, achevat-elle sans détacher son regard du sien.

— Demi...

Rien d'autre ne lui venait aux lèvres que ce prénom

qu'il aurait voulu psalmodier à l'infini. Quelque part, aux frontières de sa conscience, il entendait la voix de Trace qui le mettait en garde, et l'écho atténué du rire moqueur d'Angelina. Il se souvenait confusément que tout s'opposait à ce qu'il prît Demi dans ses bras, mais plus il la regardait, moins il parvenait à trouver des justifications à cet interdit.

— Tu as une peau que je peux caresser, poursuivit-elle. Des yeux pour me regarder...

— Mais...

— Pas de « mais », tu veux bien ? protesta Demi en se levant. Je sais que tu en as autant envie que moi.

Le cœur battant, il perçut comme une note de supplication dans sa voix :

— Laissons venir, Jon... On verra bien ce qui se passera, non ?

Demi le désirait... Et elle était venue s'offrir à lui, ce soir. Qui était-il pour l'éconduire alors qu'elle se donnait si généreusement ? En sachant que cette chance qui se présentait serait peut-être la dernière...

S'ils faisaient l'amour maintenant, il serait certes encombré par son plâtre. Mais les portes de l'avenir restaient encore ouvertes. Cette nuit, encore, il gardait le droit d'espérer. Alors que s'il attendait le lendemain...

Tant qu'il n'avait pas subi le verdict des médecins, il pouvait se dire qu'il redeviendrait, dans quelques mois, l'homme fort et actif que Demi méritait. Mais s'il décidait d'attendre et que la condamnation tombait ? Qu'aurait-il à proposer à une femme aussi intensément vivante que Demi, s'il apprenait qu'il devait rester handicapé à vie ?

Le temps s'était mis à couler avec une lenteur suave, comme du miel fondu, liquide et ambré. Le regard plongé dans le sien, Demi défit un premier bouton de sa veste de tailleur rouge. Sûre désormais de sa victoire, elle avait perdu son expression combative et un sourire mi-tendre, mi-taquin jouait sur ses lèvres.

Jon n'était plus que contemplation extatique et désir. Le sang bourdonnait à ses tempes, et l'envie de la prendre dans ses bras devenait irrépressible. Sous la veste de tailleur, Demi ne portait rien, hormis un soutien-gorge en dentelle noire qui dessinait l'adorable rondeur de ses seins.

— Viens ici, ordonna-t-il d'une voix rauque.

Presque hésitante, elle se plaça devant son fauteuil. Le cœur serré par une émotion violente, Jon comprit qu'elle était aussi anxieuse que lui.

Demi prit la main qu'il tendait vers elle et porta sa paume à ses lèvres. Il frissonna et ferma les yeux, pour mieux sentir la troublante humidité de sa bouche embrasant sa peau. Lentement, avec une sensualité de chatte gourmande, elle lécha le creux de sa main, explora son poignet, traça le contour de chaque doigt du bout de la langue, mordilla la chair à la base de son pouce.

Le sourire de Demi s'élargit tandis qu'au fil enchanté de ses caresses, elle affirmait son pouvoir sur lui. Jon lui rendit son sourire. Le moment était venu de prendre une ou deux initiatives à son tour... Du bout du doigt, il cartographia les doux reliefs de sa bouche, de son joli nez d'impératrice, des longs cils mobiles qui ombraient ses yeux immenses.

Il caressa son cou marmoréen, suivit le tracé gracieux de ses clavicules. Jon brûlait d'envie de prendre ses seins au creux de ses paumes, mais il réservait ces délices pour plus tard. Etape par étape, il allumerait en elle le brasier qu'il se promettait d'attiser jusqu'à déclencher un incendie mémorable.

— Tu es si belle, chuchota-t-il en posant les deux mains autour de sa taille.

Elle était si fine que ses doigts se rejoignaient presque. Il l'attira plus près et déposa un baiser au creux de son nombril, puis un peu plus bas encore, sur le velours exquis de sa peau. *Oh, Demi... Ma Demi...*

La retournant, il trouva une fermeture Eclair, et sa jupe

rouge glissa le long de ses jambes interminables. Conformément à ses fantasmes, elle ne portait pas de collants mais des bas. Enchanté par la vision qu'elle offrait, Jon effleura le haut de ses cuisses. Jusqu'au bout, elle resterait une esthète, perfectionniste jusque dans les moindres détails. Belle et incomparable déesse...

Le sang de Demi battait furieusement dans ses veines. Jon avait éveillé en elle un désir sauvage à force de regards brûlants, d'effleurements, de caresses tout juste esquissées. Si seulement, elle pouvait se rapprocher de lui, couler enfin son corps contre le sien ! Mais pour cela, il n'existait qu'un moyen. Oserait-elle ?

Pourquoi pas, après tout ? Elle était venue ce soir dans le but avoué de se donner à lui. Il n'était plus temps de jouer les vierges effarouchées ! Soulevant une jambe le plus gracieusement possible, elle la fit passer au-dessus du fauteuil et se plaça à cheval sur lui. Puis se souvint que son poids risquait de peser lourdement sur sa jambe endommagée.

— Oh ! Excuse-moi, je...

Comme elle tentait de se relever, il l'attrapa par la taille et la maintint ainsi en suspens au-dessus de lui. Emerveillée par sa force, Demi retint son souffle tandis que, centimètre par centimètre, il la faisait redescendre sur lui. Elle sentit son corps fondre au contact du sien — là où le désir de Jon s'était fait tangible, là où, telle une épée dressée, il l'attendait.

Les mains de Jon se crispèrent dans son dos avec une force possessive, et Demi fut submergée par une sensation bouleversante qu'elle ne parvint à nommer. Etait-ce de la peur ? Ou un plaisir neuf, intense, totalement déconcertant ?

Dans un mouvement d'abandon total, elle s'arqua, laissant sa tête retomber en arrière, jusqu'à ce que ses cheveux lui balayent les genoux. Les lèvres de Jon trouvèrent la pointe de ses seins sous la dentelle, et il n'y eut plus de place, dans son esprit, pour la moindre pensée structurée.

Ne restait que le plaisir fébrile, frémissant, infini. « Jon, mon étrange, mon merveilleux amant ! »

Dans les bras de Jon, paupières closes, le visage enfoui dans son cou, Demi flottait dans une torpeur muette — le grand vide repu d'après l'amour. Peu à peu, le rythme de leurs cœurs mêlés s'apaisait, leurs souffles retrouvaient leur régularité silencieuse. Elle sentit Jon bouger contre elle.

— Mmm ? murmura-t-elle rêveusement.

— Soulève un peu les jambes... Voilà, comme ça. Il est temps d'aller nous coucher, ma douce.

Jon fit rouler son fauteuil en direction du couloir. Pardessus son épaule, Demi lança un adieu à Burton qui assistait d'un œil mélancolique à leur départ du salon.

— A demain, Burton... Tu crois que nous l'avons choqué, Jon ?

— Oh, seulement, lorsque tu as poussé ce hurlement déchirant de louve en furie.

— Moi ? protesta-t-elle en lui mordant l'épaule en guise de représailles.

Jon commença par crier de douleur, puis un frisson courut sur toute la largeur de son torse. Il immobilisa son fauteuil et lui prodigua un baiser qui la laissa étourdie et sans voix pendant toute la traversée du couloir.

— J'aurais pu faire le trajet à pied, observa-t-elle tout en plaçant les pieds sur les épaules de Jon, pour leur permettre de franchir le seuil de sa chambre à coucher.

— A quoi bon puisque tu peux profiter des avantages du transport en commun ?

Demi se remit en position assise, ouvrit grand les narines et fit un rapide état des lieux olfactif. La pièce sentait Jon, avec un petit fond de relent canin. Aucune odeur de shampoing aux orties et à la balsamine...

Arrivé près du lit, Jon l'aida à descendre, puis il se suspendit à une paire d'anneaux qui descendaient du plafond. La lumière du couloir tomba sur son torse sculpté lorsqu'il se hissa pour la rejoindre sur le matelas. Il avait un corps tellement magnifique qu'elle ne se lassait pas de l'observer, de le toucher.

— Ça fait mal? demanda-t-elle en découvrant sa jambe plâtrée.

— Ce soir, rien ne peut me faire mal. Tu as endormi toutes mes douleurs.

Elle sourit et caressa doucement son ventre blond. Du haut des cuisses jusqu'au sommet du crâne, le corps de Jon Sutter fonctionnait de façon optimale. Nul n'était mieux placé qu'elle pour en témoigner.

— Jon? Je croyais que tu ne pouvais plus...

Il lui prit la main et la porta à ses lèvres.

— Tu m'as guéri, Demi.

— Mais...

— Et je ne veux pas dire sur le plan physique, précisa-t-il en l'allongeant sur lui.

Il embrassa son nez, sa gorge, une oreille, puis revint à ses lèvres.

Que voulait-il dire? se demanda Demi. Elle ondula sur lui et sentit le corps de Jon répondre au sien. Leurs baisers se firent échevelés, liquides, impérieux. Les questions viendraient plus tard, décida-t-elle. Ils avaient toute la journée du lendemain pour parler. Cette nuit magique appartenait aux sensations.

Elle resterait pur désir...

« Demi..., songea Jon en se réveillant le lendemain matin. T'ai-je rêvée? »

Non. Il sentait son propre corps rompu par l'amour, mais aussi plus fort, plus vivant. Sensuelle, délurée, étonnamment tendre, Demi s'était donnée à lui sans réserve. Ouvrant les yeux, il la trouva à genoux au-dessus de lui, ses narines délicates palpitant juste au-dessus de son estomac.

— Qu'est-ce que tu fais ? demanda-t-il, intrigué.

— Je répertorie tes odeurs. Savais-tu que chaque endroit du corps a un caractère olfactif différent ?

— Mmm... Viens donc me dire bonjour correctement, incorrigible renifleuse !

Il lui saisit les poignets et l'attira pour amener son visage contre le sien. Quelques baisers plus tard, il la souleva de nouveau à la force des poignets pour mieux la regarder. Lorsqu'il la tenait ainsi, Demi avait l'art de se laisser aller en toute confiance, avec l'abandon serein d'un félin au repos. Eclairée ainsi à contre-jour sur fond de lumière grise, elle était...

C'est alors que son sang ne fit qu'un tour.

Son rendez-vous à Baltimore !

— Quelle heure est-il ?

Un sourire sensuel joua sur les lèvres de Demi.

— Quelle importance ? Tu as pris ta journée de congé, et je crois que je vais suivre ton exemple. Nous avons l'éternité devant nous.

Mais il avait un avion à prendre ! Et son véhicule spécial devait passer à 8 heures sonnantes ! Ecartant Demi d'autorité, il roula sur le côté pour regarder son réveil. 7 h 40.

— Qu'est-ce qui te prend à t'agiter comme ça, Jon Sutter ?

— Il me reste vingt petites minutes pour me préparer. Ça va être du sport.

Demi se redressa en position assise, les bras enroulés autour des genoux.

— Et où vas-tu comme ça, de bon matin ?

— A Baltimore.

Il ne lui en dirait pas plus pour l'instant. Expliquer la situation serait à la fois trop long et difficile.

— Alors, si tu veux bien m'excuser...

— Mais je t'en prie, rétorqua-t-elle en détournant la tête.

Elle n'était pas contente du tout, de toute évidence.

188

Mais il s'arrangerait pour se faire pardonner en rentrant. Pour l'instant, il ne devait plus penser qu'à une chose : son avion. Nul doute que Demi lui ferait payer le prix fort pour sa défection. Mais s'il revenait avec une bonne nouvelle, il ne serait que trop heureux de régler la note. Quitte à ramper à ses pieds, s'il le fallait !

Lorsqu'il ressortit de la salle de bains, un quart d'heure plus tard, Demi s'était rhabillée et l'attendait dans l'entrée. Son attitude était indifférente, dégagée et hautaine. Seul son regard orageux trahissait ses véritables sentiments.

— Ecoute, Demi, je...

— Si ton taxi passe à 8 heures, tu ferais mieux de ne pas traîner. Tu veux que je prenne Burton ?

— Euh... Oui, volontiers.

Muette, elle l'escorta dans l'ascenseur. En bas, devant l'immeuble, le minibus attendait déjà. Si seulement il avait été debout sur ses deux pieds, il aurait pu effacer son expression maussade d'un baiser ! Mais de sa position basse, pas moyen de tenter quoi que ce soit. Il regarda sa montre. 8 h 05... Ils étaient déjà en retard, mais tant pis.

— Monte, Demi. Nous te déposerons chez toi au passage.

Cela lui laisserait quelques minutes pour l'informer de la nature de ce voyage. Après la nuit qu'ils venaient de passer, il ne tenait pas à la quitter sur un malentendu regrettable.

Mais Demi haussa les épaules, prit place à côté du chauffeur et refusa de lui adresser la parole pendant la durée du trajet.

Tant pis, songea-t-il. Il lui ferait des excuses au retour, lorsqu'elle serait disposée à les entendre.

Lorsque le taxi s'immobilisa devant chez elle, il regarda sa montre, se mordilla la lèvre.

— Tu viens, Burton ? demanda Demi sans l'honorer d'un seul regard.

— Je t'appelle dès que je suis rentré, lança-t-il à l'attention de son dos tourné.

Elle haussa ses épaules minces et poursuivit son chemin en tirant le chien derrière elle. Le minibus redémarra lentement. Comme il se dévissait le cou pour la regarder par la vitre arrière, Jon vit un homme descendre d'une Mercedes et gravir le perron en courant pour la rejoindre.

C'était Sarraj.

Avec un bouquet de jonquilles à la main.

15.

Oh, non, pas lui ! songea Demi consternée, lorsque la voix de Sarraj s'éleva dans son dos. Trois secondes plus tôt, elle avait voué aux gémonies l'espèce masculine tout entière. Et voilà qu'à peine rentrée de chez ce mufle de Jon, elle se retrouvait nez à nez avec Richard !

Elle accepta machinalement son bouquet.

— Comme c'est gentil... Je vous remercie ! Mais que faites-vous ici de bon matin ?

Le sourire se figea sur les lèvres de Sarraj lorsqu'il examina plus attentivement son allure. Ses vêtements chiffonnés, sa chevelure en désordre et ses yeux cernés en disaient long sur la façon dont elle avait passé la nuit.

— Comme je me trouvais dans le quartier, j'ai pensé vous faire profiter de ma voiture. Je vous dépose à Alluroma, Demi ?

Alluroma ? Il lui fallait d'abord un bain moussant, des vêtements propres et une sieste. Ensuite, seulement, elle s'enfermerait dans son bureau pour travailler jusqu'à l'étourdissement. Loin de toute compagnie masculine !

— Je regrette, Richard, mais j'ai encore deux ou trois petites choses à régler chez moi avant de repartir.

Il recula d'un pas.

— Tant pis, ce sera pour une autre fois... Je vous informe par ailleurs que je dois m'absenter jusqu'à dimanche. Mais lorsque je serai de retour, j'aimerais vous

191

inviter à dîner. Lundi soir, par exemple ? Pas pour un repas d'affaires, cette fois, Demi. Je souhaiterais que nous fassions plus amplement connaissance.

Sidérée, elle secoua la tête. Etait-il donc aveugle pour ne pas se rendre compte qu'il y avait déjà quelqu'un d'autre dans sa vie ? Ou croyait-il qu'elle accordait ses faveurs indistinctement, à tout le monde et à n'importe qui ?

— Je suis désolée, Richard, mais je pense qu'il serait plus raisonnable de ne pas mélanger le professionnel et l'affectif. Vous comprenez ?

Il comprenait surtout qu'il venait d'essuyer un échec. Pendant une fraction de seconde, il darda sur elle un regard d'une indicible acuité.

A ses pieds, Burton poussa un grondement sourd.

— Burton, voyons, qu'est-ce qui te prend ?

Elle s'accroupit et tapota les flancs du chien, plus pour échapper à l'expression menaçante de Sarraj que pour rassurer l'animal. Levant les yeux, elle s'obligea à lui sourire. Sans doute aurait-elle mieux fait de fondre en larmes, d'ailleurs. Rien de tel qu'une femme en pleurs pour faire partir un homme en courant.

— Très bien, comme vous voudrez, dit Richard en inclinant poliment la tête.

Il avait retrouvé une attitude parfaitement neutre. Avait-elle imaginé la rage destructrice qu'elle avait cru détecter dans son regard ?

— Encore une chose, Demi. Je ne devrais peut-être pas vous dire ceci, mais si je peux vous éviter de commettre une grave erreur...

— Une grave erreur ?

Une discrète lueur de triomphe éclaira les yeux sombres de Richard.

— C'est au sujet de Jon Sutter, votre laborantin. Je me suis méfié de lui dès le départ... Etant donné que nous avons investi une somme très importante dans ce projet, j'ai pris la liberté de me renseigner sur ses antécédents. Si

192

j'étais vous, je contrôlerais ses références. Cet homme n'est pas tout à fait ce qu'il prétend être...

Le chirurgien ayant pris plus de deux heures de retard, Jon manqua son avion au retour. Coincé à l'aéroport de Baltimore en attendant le vol suivant, il appela Demi d'une cabine. Mais il n'obtint aucune réponse, ni chez elle ni à Alluroma. En appui sur ses béquilles flambant neuves, il se demanda où elle pouvait bien être. Sortie, déjà ? Malgré les fatigues de la nuit précédente ?

Après ce qui lui parut être une éternité, le répondeur se déclencha enfin.

— Demi ? C'est moi, Jon...

Que lui dire, au juste ? Qu'il avait passé la journée à penser à elle, qu'il était désolé qu'ils se soient séparés sur un malentendu ? Si seulement il lui avait proposé de l'accompagner à son rendez-vous ! Mais la peur d'un verdict négatif avait été paralysante. Il lui aurait été insupportable de lire la pitié dans le regard de Demi.

— Eh bien, je te rappellerai plus tard..., poursuivit-il avec la sensation de s'exprimer comme un parfait imbécile. J'espère que Burton s'est bien comporté. A tout à l'heure.

Jon raccrocha et se laissa tomber avec un soupir de soulagement dans son bon vieux fauteuil roulant. Dire qu'il avait imaginé un scénario triomphal, où il se serait jeté au devant de Demi, fièrement campé sur ses deux jambes, pour la soulever et la faire virevolter dans ses bras !

La réalité, hélas, était nettement moins exaltante. Il lui faudrait de longues semaines avant de retrouver une musculature suffisamment solide pour soutenir son propre poids. Le chirurgien n'avait pu lui garantir qu'il recouvrerait l'usage de son genou droit, mais il lui avait donné bon espoir. Finie, en tout cas, la phase d'attente passive ! Ce serait désormais à lui de se battre pour sa propre guérison.

Le cœur étreint par une inexplicable anxiété, Jon mit son fauteuil en marche et se dirigea vers la porte d'embarquement. Direction New York. Direction Demi.

— « ... J'espère que Burton s'est bien comporté ».

Effondrée sur le canapé avec le chien pelotonné dans les bras, Demi fixa le répondeur sans bouger. Jon... Toujours le même, en apparence, mais qui était-il réellement ? Avec qui avait-elle passé une nuit entière à faire l'amour ?

— Qu'en penses-tu, toi, Burton ? demanda-t-elle en caressant une oreille soyeuse. Est-il l'homme qu'il paraît être ? Enjoué, chaleureux, aimant ?

Mais comment croire encore en la bonne foi d'un voleur ? D'un menteur ? D'un contrefacteur qui avait falsifié des ordonnances contre rémunération — pour des drogués et peut-être même pour son propre usage ? Repoussant Burton, Demi se traîna tristement jusqu'à la cuisine et ouvrit le réfrigérateur. Il ne restait plus que deux chocolats dans la boîte qu'elle avait achetée le matin même, suite à son entretien téléphonique avec le véritable ex-employeur de Jon. Elle prit une truffe et offrit l'autre à Burton qui attendait à ses pieds en agitant joyeusement la queue.

Une dupe et une imbécile, voilà ce qu'elle était. Et dire qu'elle avait toujours cru pouvoir se fier aveuglément à son instinct ! Mais son nez, de toute évidence, n'était pas infaillible. Car si le séduisant Jon Sutter était effectivement le gredin qu'il paraissait être, elle aurait dû le flairer de très loin...

— Ça ne s'est pas très bien passé, hier ? demanda prudemment Greenley en émergeant de l'arrière du minibus.

Perdu dans ses pensées, Jon tressaillit.

— Euh... si, si. Ça se présente plutôt bien, au

contraire. Je peux commencer à me déplacer de temps en temps avec ces béquilles. Pour le marathon, c'est encore mal parti, mais j'ai bon espoir.

Même si la rééducation promettait d'être longue et pénible, ce n'étaient pas ses jambes qui préoccupaient Jon, ce matin-là. La veille, en rentrant, il avait essayé de joindre Demi à plusieurs reprises. En vain. Incapable de dormir malgré sa fatigue, il avait eu le sentiment de revivre un vieux cauchemar. Tant de fois il était resté ainsi, condamné à l'insomnie, à se demander ce qui pouvait bien retenir Angelina dehors aux petites heures du matin...

Il revint brutalement à la situation présente en entendant la fin de la phrase de Greenley :

— ... morte ou non. Il nous semble que...

— Hein ? Quoi ? Désolé... Tu veux bien reprendre ton histoire au début ? J'étais ailleurs...

Greenley lui jeta un regard exaspéré et reprit patiemment ses explications. Trace était parvenu aux Bermudes la veille, par le dernier vol de la soirée. A son arrivée, l'*Aphrodite* avait déjà levé l'ancre. Quant à sa propriétaire — l'héritière — elle avait quitté précipitamment l'île par avion.

L'héritière... ou quelqu'un qui avait emprunté son identité pour l'occasion. Rien n'attestait, en effet que la femme qui s'était envolée ce jour-là pour Atlanta, les cheveux recouverts d'un foulard et le visage dissimulé par des lunettes de soleil, était bien la riche plaisancière. Tout ce qu'on pouvait affirmer avec certitude, c'est que l'inconnue détenait son passeport.

— Comme la jeune femme n'avait aucun bagage, celui que nous avions chargé de la filer ne s'est pas méfié. Il a cru qu'elle retournerait au yacht. Seulement, lorsque Trace a obtenu la liste de tous les voyageurs ayant quitté l'île ce jour-là, ils ont compris que l'*Aphrodite* avait désormais une passagère en moins. On a essayé de retrouver sa trace à Atlanta, mais il était trop tard. La pseudo-héritière s'était déjà perdue dans la foule.

— Et pourquoi, selon toi, auraient-ils tué la véritable propriétaire du yacht ? s'enquit Jon, sourcils froncés.

— J'imagine qu'en dépit de tous les tranquillisants dont elle était bourrée en permanence, elle a fini par avoir vent de quelque chose. Pour peu qu'elle ait rué dans les brancards, ils ont dû lui imposer silence à leur façon.

— En jetant ensuite le corps par-dessus bord ?

Greenley haussa les épaules.

— Rien de plus aisé que de faire disparaître un cadavre, lorsqu'on navigue au large... Pour éviter de débarquer aux Bermudes avec un passager en moins, cependant, ils ont dû embaucher quelqu'un pour tenir le rôle. Il leur suffisait de contacter une de leurs complices par radio, et de la prendre discrètement à bord avant de passer par les formalités de douane. Simple comme bonjour.

— Suite à quoi notre pseudo-héritière se précipite à l'aéroport et quitte la scène avant que quiconque ait pu l'identifier, murmura Jon pour lui-même. A moins que, tout simplement, la véritable propriétaire ne se soit disputée avec son amant et qu'elle ne l'ait plaqué, furieuse, en laissant aux autres le soin de ramener le yacht à bon port.

Un léger frisson courut dans le dos de Jon. C'était comme si un observateur d'une intelligence exceptionnelle avait anticipé toutes les questions et fourni chaque fois une réponse rassurante.

— Autre information, poursuivit Greenley : Sarraj s'est envolé de nouveau pour les Bermudes. Il ne devrait pas tarder à débarquer.

— Les choses se précipitent ?

— Possible... Pour cette raison — et d'autres encore — tu laisseras tes béquilles au placard, Jon. C'est ton fauteuil roulant qui te rend inoffensif à leurs yeux. Il faut qu'ils continuent à te sous-estimer.

— Non, attends, tu plaisantes ? Je ne vais pas rester cloué là-dedans, alors que j'ai besoin de faire travailler ma jambe aussi souvent et aussi intensément que possible !

— Tu feras ta rééducation à domicile. Réapprends à marcher, mais arrange-toi pour que personne ne s'en doute.

Les mâchoires crispées, Jon retira les béquilles qu'il avait accrochées à l'arrière de son fauteuil et s'en sépara à contrecœur.

— Ah, un troisième point encore : je pars tout à l'heure pour le Koweit. Nous avons fini par retrouver le père de Sarraj.

Le minibus s'immobilisa devant l'immeuble d'Alluroma et le chauffeur descendit.

— Alors ? Le paternel a partie liée avec un mouvement terroriste ? demanda Jon à mi-voix.

Greenley sourit, montrant une rangée de dents éclatantes.

— Le paternel a partie liée avec Mercedes-Benz !

Ainsi le père de Sarraj était un simple concessionnaire automobile ! Difficile d'imaginer occupation plus innocente ! Furieux, Jon actionna le bouton du vingt-neuvième étage. « Et moi qui suis là à jouer les doux imbéciles, à mentir à Demi comme un arracheur de dents ! » Ils n'avaient donc rien de mieux à faire, au FBI, que d'inventer des scénarios paranoïaques ? S'il n'y avait pas eu Demi, il aurait plié bagage et serait rentré chez lui sur-le-champ !

Mais il était hors de question de quitter New York avant d'avoir déterminé ce que la nuit passée avec lui avait représenté pour Demi.

Burton se jeta sur lui dès que Jon poussa la porte d'Alluroma, et lui fit la fête comme s'ils avaient été séparés pendant deux mois. Avait-il manqué seulement à son chien ? Ou sa maîtresse d'un jour avait-elle également eu une pensée pour lui ? Avec Burton filant devant lui en éclaireur, Jon roula lentement dans son bureau. Demi lui jeta brièvement un regard acide et concentra de nouveau son attention sur son écran.

— Tu es en retard, dit-elle d'une voix réfrigérante.

— Demi... A propos d'hier matin, j'aurais dû te dire...

— Laisse tomber.

Les doigts de la jeune femme couraient sur le clavier avec une impatience presque rageuse. Si seulement il avait pu se lever, s'avancer pour la prendre dans ses bras !

— Je suis désolé, Demi. Je n'aurais pas dû te laisser sans explications. J'ai essayé de t'appeler à plusieurs reprises hier, mais je n'ai pas réussi à te joindre.

Elle haussa les épaules avec impatience.

— J'étais sortie. Avec Richard Sarraj. Et maintenant, si tu veux bien te mettre au travail... Tu as tout le retard d'hier à rattraper.

Elle n'avait donc pas hésité à passer directement de ses bras à ceux de ce type ? Jon prit une profonde inspiration. Il fallait qu'il en eût le cœur net.

— Tu ne dis pas ça pour te venger de moi, n'est-ce pas ? s'enquit-il à mi-voix, la tête rentrée dans les épaules, prêt à encaisser le choc.

Avec un soupir exaspéré, Demi pivota sa chaise de bureau pour lui faire face. Son regard était noir de mépris.

— Oh, je t'en prie, arrête de te prendre au sérieux ! Tu ne pensais tout de même pas que cette passade avait la moindre signification pour moi ? J'étais curieuse d'expérimenter des ébats en fauteuil roulant ! Maintenant, je sais à quoi m'en tenir. Ça sort de l'ordinaire, mais c'est beaucoup d'effort pour un plaisir médiocre à la clé.

Sous le choc, Jon sentit la tête lui tourner.

— Et Richard Sarraj dans tout ça ? demanda-t-il d'une voix blanche.

Elle releva sa tête brune, le temps de lui jeter un regard indifférent.

— Tu veux vraiment savoir ? Si toi, tu n'es qu'une passade, Richard, lui, est un rêve d'éternité. Et maintenant, prends cette liste et prépare-moi ces cinq compositions. Tu m'appelleras quand tu auras terminé.

Malgré tous les efforts de Jon pour la tenir à distance, la souffrance frappa d'un coup, tel un sabre lui fouaillant le cœur. Il suffoquait comme si on lui avait arraché une partie de lui-même à mains nues. Demi... Quand avait-il commencé à croire à un avenir possible ? A laisser l'espoir s'installer insidieusement ?

Sans relâche, Demi venait lui réclamer de nouveaux mélanges. Elle travailla comme une possédée, ce jour-là, utilisant des essences qu'elle n'avait jamais employées jusqu'alors. Ses traits, chaque fois qu'elle entrait dans le laboratoire, semblaient taillés dans le granit.

Jon songea au contraste entre le visage d'aujourd'hui et celui qu'elle avait arboré l'avant-veille — mobile, vivant, doux comme un pétale, lumineux comme une fleur de cerisier. Longtemps, elle était restée allongée près de lui, en appui sur un coude, son front contre le sien. Ils avaient laissé leurs regards parler, et c'était de la tendresse qu'il avait osé lire dans ses yeux.

Rien qu'une passade... Avec un plaisir médiocre à la clé... A l'instar d'Angelina, elle avait un talent inné pour la formule venimeuse. Cela dit, il fallait reconnaître qu'il était lui-même l'artisan de son malheur. N'aurait-il pas dû se méfier, et rester sur ses gardes comme il l'avait fait les premiers temps ?

Quoi qu'il en fût, il était impensable de continuer à travailler pour Demi. Tant pis pour Trace et pour le FBI. Son frère trouverait bien le moyen de sauver la planète sans son aide.

Peut-être le prendrait-elle pour un lâche ? Un faible qui avait eu l'outrecuidance d'espérer la conquérir ?

Sans un mot, Jon prit les feuilles imprimées que Demi venait de jeter devant lui d'un geste méprisant.

« Cette fois, songea-t-il, je fais mes adieux. Le temps de terminer les tâches en cours et je me sauve d'ici pour de bon... »

16.

A 17 heures précises, Jon entra dans le bureau de Demi pour lui remettre ses trois dernières mouillettes. Debout devant la fenêtre, elle ne fit même pas l'effort de tourner la tête.

— Voilà. J'ai fini et je m'en vais, annonça-t-il.

Comme elle acquiesçait avec indifférence, il rejeta orgueilleusement les épaules en arrière. Demi pensait peut-être pouvoir le traiter comme le dernier des hommes, mais il avait sa fierté !

— Ce qui s'est passé avant-hier ne signifie peut-être rien pour toi. Mais pour moi, cela voulait dire quelque chose... Cela voulait dire beaucoup, même. Quoi qu'il en soit, j'ai décidé de ne plus...

— Et tu penses que je vais te croire, peut-être ? lança Demi avec une violence inattendue. Que vaut la parole d'un menteur ? D'un escroc ?

— Pardon ?

— Ne fais pas l'innocent, tu veux bien ? Je pense aux fausses ordonnances que tu as rédigées ! A tous ces tranquillisants, ces amphétamines, ces neuroleptiques que tu as délivrés en fraude !

— Quoi ?

Affolé par leurs éclats de voix, Burton trottinait nerveusement de l'un à l'autre. Il finit par aller fourrer son museau au creux des genoux de Demi.

201

— Ne me touche pas, sale bête ! Je suis sûre que tu es de mèche avec lui !

Elle se retourna pour foudroyer le chien du regard. Jon vit les marques qui striaient ses joues et fronça les sourcils. Rêvait-il, ou avait-elle pleuré ?

— Demi ?

Posant de nouveau le front contre la vitre, elle poursuivit d'une voix lasse :

— J'ai eu Ruggles au téléphone, hier. Le vrai Ruggles.

Le vrai Ruggles ? Jon se souvint que la pharmacie du Connecticut où il était censé avoir travaillé existait réellement. Le dénommé Ruggles était un parent ou un ami d'un employé du FBI, et il avait accepté de se prêter à cette petite supercherie.

— Cette fois, je me suis méfiée. Je ne suis pas passée par le numéro que tu m'avais donné. J'ai appelé les renseignements, et j'ai eu le véritable propriétaire de la pharmacie.

Autrement dit, il était démasqué. La première fois qu'elle avait téléphoné, Demi était tombée sur une personne du FBI qui avait joué son petit numéro. Mais tout cela n'expliquait pas pourquoi elle l'avait accusé de trafiquer des ordonnances !

— Je ne comprends pas.

— Oh, arrête de prendre cet air offensé, Jon ! cria Demi en tapant du pied. Je sais tout, tu m'entends ? La pharmacie n'a jamais été vendue, et tu n'étais pas au chômage. Ruggles t'a mis dehors lorsqu'il a découvert que tu contrefaisais allègrement des ordonnances médicales pour les vendre à des drogués dépendants. Tu as eu sacrément de chance, d'ailleurs, que Ruggles t'ait laissé filer sans porter plainte ! Il t'a simplement demandé de ne plus remettre les pieds dans le Connecticut. Et c'est comme ça que j'ai eu la malchance de tomber sur toi, espèce... espèce d'imposteur !

Elle avait hurlé ces derniers mots en s'essuyant les joues.

Ainsi, elle était bel et bien en larmes. A cause de lui. Voilà qui, entre eux, changeait bien des choses... Mais cela ne lui disait toujours pas pourquoi le véritable Ruggles — qui avait pourtant accepté de jouer le jeu — avait brossé ce noir portrait de sa personne.

— Qu'est-ce qui t'a amenée à vérifier que j'étais bien... ?

Jon s'interrompit, conscient que le fait même de poser cette question le désignait comme coupable.

— Qu'est-ce que ça peut te faire ? Tout ce que je sais, c'est que je ne peux plus te faire confiance, et qu'il est hors de question que je continue à travailler avec toi !

Demi prit un livre sur une étagère et le lança de toutes ses forces contre un mur. Burton poussa un glapissement et se réfugia sous le bureau.

— Vous êtes virés tous les deux ! Sortez d'ici !

Comme le regard de Jon tombait sur le tiroir où elle rangeait ses dossiers, le souvenir de la visite furtive de Sarraj lui revint à la mémoire. C'était lui, bien sûr, qui avait mis Demi sur la piste ! Sarraj avait dû vérifier ses références et confier ses découvertes à la jeune femme.

— Tu as entendu ce que je viens de te dire ? vociféra-t-elle, le visage baigné de larmes. Et pourquoi restes-tu planté là, comme une bûche ? Tu n'as aucune excuse, aucune explication à me fournir ?

Des explications ? Il en avait à profusion, justement ! Jon ouvrit la bouche pour se justifier, mais la referma presque aussitôt. Il ne pouvait pas se blanchir aux yeux de Demi sans révéler en même temps sa véritable identité. Or, pour elle, il était toujours Jon Sutter — pharmacien véreux, mais pharmacien quand même. Pour une raison qui lui échappait, le FBI avait dû juger utile de lui faire endosser ce rôle peu reluisant.

— O.K. ... Je reconnais mes torts. Je suis effectivement coupable.

Et lorsqu'il aurait mis la main sur Trace ou Greenley, il ne serait plus seulement un menteur, un imposteur et un contrefacteur, mais également un meurtrier !

203

Les yeux de Demi étincelèrent.

— Ainsi, tu admets que tu m'as menti depuis le début !

— J'admets que j'ai maquillé quelques ordonnances. Principalement pour du Valium. Mais quelques-unes seulement, et jamais pour des mineurs.

— Mais pourquoi, Jon ? Pourquoi avoir fait une chose pareille ?

— J'avais... euh... des dettes à régler.

— Des dettes de jeu ! se récria-t-elle en ouvrant de grands yeux horrifiés. C'est... c'est pour ça qu'on t'a brisé les jambes ?

Il ne put s'empêcher de rire.

— Mais non ! J'étais pris à la gorge à cause d'un vulgaire emprunt que j'avais dû contracter pour financer mes études.

Jon serra les poings. Comment Trace avait-il pu lui faire ce coup de Trafalgar ? Le contraindre à ces confessions lamentables ?

— C'est vrai ? demanda Demi faiblement.

Elle s'essuya les yeux, étalant son mascara qui forma une grosse traînée noire sur sa joue. Jon en eut un coup au cœur. Jamais elle ne lui avait paru aussi adorable.

— J'ai eu tort de faire une chose pareille... Ce n'était pas élégant, mais...

Certainement moins inélégant que d'avoir à mentir à la femme qu'il... la femme qu'il... « Oui, bon sang, à la femme que j'aime ! » Ce fut plus fort que lui : il tendit la main et cueillit une larme sur sa joue.

Mal lui en prit. Juste à temps, il baissa la tête, et les ongles acérés passèrent à un demi-centimètre de son crâne miraculeusement épargné. Demi lui jeta un regard noir. Plus que tout, elle avait horreur de manquer son coup.

— Ne t'avise plus jamais de me toucher, ordonnat-elle dignement en se retournant vers la fenêtre. Tu disais donc que tu n'avais maquillé qu'un petit nombre d'ordonnances ?

— Juste quelques-unes, oui.

— C'est pour ça que Ruggles n'a pas fait appel à la police ?

— Pour cette raison et également parce que je me suis engagé à ce que cela ne se reproduise pas. Et j'ai l'impression qu'il m'a cru.

« Toi aussi, tu me crois, Demi, adjura-t-il mentalement. Tu crois au Jon que je suis réellement, au-delà de ma fausse identité, au-delà des fables que je te raconte. Regarde-moi, Demi. Regarde-moi dans les yeux... Ce qui s'est passé avant-hier n'était pas un mensonge et tu le sais. »

Toujours sans se retourner, elle poursuivit d'une voix sèche :

— J'ai besoin d'un laborantin et, prise à la gorge comme je le suis en ce moment, il me serait difficile d'en former un nouveau... Mais il est évident que si — je dis bien *si* — je t'autorisais à rester, nos relations seraient différentes.

Entièrement différentes, en effet, songea Jon. Parce qu'il savait désormais que Demi Landero était la femme de sa vie. Et si elle avait pleuré à cause de lui, n'était-ce pas signe que... ?

— Dorénavant, nos rapports seront purement professionnels, poursuivit-elle froidement. Et si jamais je te surprends à te droguer pendant tes heures de travail...

— Tu n'as aucun souci à te faire de ce côté-là, Demi.

— Ou si je découvre que tu as dérobé quoi que ce soit ici...

— Cela n'arrivera pas.

Il ne lui prendrait jamais rien sauf — si possible — son temps, ses baisers, et son amour pour la vie.

Elle se tourna alors vers lui et ses yeux noirs étincelèrent.

— Dernière chose : un seul regard, une seule allusion à ce qui s'est passé l'autre nuit et je te mets à la porte, Jon. Cet épisode est effacé. Mieux, même : il n'a jamais eu lieu. C'est bien clair? A cette condition seulement, j'accepte de te revoir ici demain matin.

Demi attendit que le chien et son maître eussent quitté les lieux pour s'effondrer dans son fauteuil de bureau. Tout était accompli. Elle avait fait table rase. Il ne s'était rien passé.

Stupidement, elle s'était entichée d'une chimère, d'un homme qui n'avait existé que dans son imagination. Jon Sutter était un garçon charmant, sans doute, mais tellement veule qu'il en perdait toute dimension. Il y avait en lui une faiblesse inhérente, un manque flagrant de droiture, un sous-emploi lamentable de ses capacités et de son intelligence.

Et pourtant, c'était plus fort qu'elle. Impossible d'oublier la nuit qu'ils avaient passée, les regards qu'ils avaient échangés, la promesse muette qu'elle avait lue dans ses yeux. Mais que valait la promesse d'un homme comme Jon Sutter?

Posant son front sur ses bras croisés, Demi ferma les yeux. Dormir, ne plus penser à rien... C'était tout ce qu'elle désirait encore.

Mais son nez, lui, restait toujours en éveil. Séduites par une odeur captivante, insolite, ses narines ultra-sensibles palpitèrent. Quelle était donc cette senteur à la fois merveilleuse et inquiétante? Elle se souvint tout à coup des trois mouillettes que Jon avait déposées sur son bureau avant de partir. Elle avait passé la journée à composer comme une folle. Et le résultat était là, à portée d'olfaction.

Tâtonnant à l'aveuglette, elle s'empara de la touche dont les émanations l'avaient tirée de son effondrement. Les notes de tête commençaient juste à se dissiper. Et le cœur...

Le cœur était noir. D'un noir d'encre. D'un noir-poison.

Elle avait plongé si bas, aujourd'hui, que son espace intérieur avait fini par déteindre sur le parfum qu'elle composait. Jonglant avec les ingrédients, elle avait exprimé le bonheur anéanti, la trahison, l'espoir tué dans l'œuf. Et la colère, surtout. Une colère si forte qu'elle scintillait au cœur de la fragrance à la manière d'une gemme maléfique.

Impressionnée, Demi redressa la tête. Sublime, indéniablement sublime. Mais y aurait-il des femmes suffisamment hardies pour oser porter des senteurs aussi rageuses ? L'image de Salomé dansant pour obtenir la tête de Jean-Baptiste joua dans son esprit. « Septième Voile »... Oui, le nom lui allait comme un gant. Mortel, mais fabuleux.

Subjuguée, Demi prit la mouillette et la porta encore une fois à ses narines. Jon Sutter l'avait trahie, trompée, mais il avait libéré en elle des forces créatives auxquelles elle n'avait encore jamais osé donner une voix.

A quelque chose, malheur est décidément bon...

— O.K., je comprends que tu m'en veuilles mortellement, rétorqua Trace au téléphone lorsque Jon eut fini de dévider son écheveau d'insultes. Mais il reste que si c'était à refaire, je le referais.

— Quoi ?

— Tu as bien entendu.

Anéanti, Jon contempla le plafond de la cabine téléphonique crasseuse située au sous-sol d'un hôtel de la Cinquante-quatrième Avenue. Appeler Trace de chez lui eût été trop risqué, et il avait perdu plus d'une heure à chercher un lieu sûr pour le joindre.

— Cela dit, je suis désolé que tu te sois retrouvé dans cette situation inconfortable, enchaîna son frère. Lorsque Sarraj, puis Demi, ont pris contact avec lui, Ruggles a réagi conformément aux instructions. Mais je n'ai malheureusement pas été prévenu à temps. Sinon, je t'aurais informé de la situation tôt ce matin. Ça t'aurait au moins laissé le temps de te composer une attitude.

— Mais pourquoi me faire endosser ce personnage d'escroc médiocre, de magouilleur de seconde zone, bon sang ? A quoi cela vous avance-t-il ?

— Tout était prévu depuis le début, en fait. Nous avons imaginé dès le départ qu'ils chercheraient peut-être à se renseigner un peu plus sérieusement sur ton personnage, et qu'il nous faudrait donc un scénario de rechange — une sorte de fiction dans la fiction. Dans la mesure où ils te prennent désormais pour un type pas très net, Sarraj, Landero et compagnie ne s'étonneront plus de t'avoir surpris à fouiner, à mentir, à fureter un peu partout. Mieux vaut qu'ils te prennent pour un employé pas très honnête que pour un adversaire valable, frangin ! C'est beaucoup plus sûr pour toi.

— Jamais Demi n'acceptera de...

Jon s'interrompit net. Mieux valait tenir sa langue. Trace avait juré qu'il l'arracherait de chez Alluroma séance tenante, s'il apprenait qu'il se passait quelque chose entre Demi et lui.

— Ton amie Landero, rectifia Trace froidement, vient de nous montrer son vrai visage, au cas où tu ne l'aurais pas remarqué.

— Comment ça ?

— Elle ne t'a pas mis à la porte, Jon. Si elle avait été réglo, crois-tu qu'elle aurait accepté de garder un employé aussi peu digne de confiance ?

Jon songea aux larmes versées par Demi. Au fond de lui-même, il savait avec certitude qu'elle l'avait maintenu à son poste pour des raisons affectives. Mais comment faire entendre ce genre d'arguments à un grand cynique tel que Trace ? Un cynique qui n'hésiterait pas à l'envoyer faire ses bagages, s'il découvrait que son frère cadet avait perdu toute espèce d'objectivité...

— Si Landero ne prenait pas ses ordres de Sarraj, elle t'aurait déjà renvoyé, reprit Trace. Autrement dit, elle conspire avec lui.

— A supposer que ladite conspiration existe, objecta Jon. Jusqu'à présent, il ne s'est strictement rien passé. Tout est fondé sur des présomptions.

— Pour l'instant, oui. Mais dès que l'*Aphrodite* naviguera sur nos eaux territoriales, nous ferons une descente avec la gendarmerie maritime. S'il y a quelque chose à trouver, nous le trouverons. Jusqu'à présent, ils ont réussi à brouiller toutes les pistes, mais je te garantis qu'ils montent un gros coup, Jon. Je le sens. Et maintenant, parle-moi de tes jambes...

Dans les locaux d'Alluroma régnait désormais un silence feutré. Demi avait exigé des rapports strictement professionnels, et Jon s'était résigné à respecter la consigne. Car si un mauvais coup se préparait, Demi courait un réel danger. Or, il était déterminé à la protéger coûte que coûte. Mais pour cela, il fallait qu'il conserve son emploi. Voilà pourquoi — dans un premier temps, en tout cas — il adoptait un profil bas. Au point de tenir les yeux humblement baissés chaque fois qu'elle faisait une apparition dans le laboratoire.

Et tant pis s'il bouillonnait de désir et d'impatience, sous ses airs compassés de félon repenti ! Même Demi semblait avoir les nerfs constamment à fleur de peau. Il arrivait qu'aux moments les plus inattendus, une question personnelle lui tombât soudain des lèvres.

— Tu as déjà été marié ? demanda-t-elle au débotté, le jour où il lui remit sa première version de « Shaitan 21 ».

Jon faillit en lâcher sa pipette.

— Marié ?

— Eh bien, oui, marié. C'est un mot qui ne figure pas dans ton vocabulaire ?

Il s'était promis solennellement de ne plus jamais lui mentir s'il y avait moyen de faire autrement.

— Je l'ai été, oui. Mais nous avons divorcé.

— Pourquoi ?

— Elle a fait quelque chose que je n'ai pas pu lui pardonner.

Le jour où il avait appris qu'Angelina avait avorté sans rien lui dire, Jon avait compris que leur mariage n'avait plus aucune raison d'être. Et le fait qu'elle ignorait si l'enfant était ou non le sien ne changeait rien — strictement rien — à l'affaire...

Demi hocha pensivement la tête, accepta le flacon sans un mot et retourna dans son bureau.

Le lendemain, elle revint à la charge et voulut savoir s'il avait des frères et sœurs. Jon connut un bref moment d'hésitation. Trace lui avait fait jurer de ne parler de sa famille sous aucun prétexte. Il lui avait répété à l'envi que les amis et les proches étaient le talon d'Achille de tout individu en mission secrète. Mais il avait déjà raconté tant de mensonges à Demi qu'il opta, là encore, pour la vérité :

— J'ai un frère et deux sœurs.

— Et quelle place occupes-tu dans la fratrie ?

— Je suis le second, répondit-il en priant pour qu'elle ne lui demande pas de précisions supplémentaires.

Mais Demi murmura un vague « Mmm... » et quitta la pièce.

Jon sourit à Burton qui se léchait les babines en attendant son sandwich au jambon du jour.

— Qu'en penses-tu, Burt ? Elle est bizarre, non ? Va donc comprendre quelque chose à la psychologie féminine !

Cet après-midi-là, il se surprit à siffloter gaiement tout en dosant son lis et son jasmin.

17.

Le mercredi matin, Jon se préparait un café dans la kitchenette d'Alluroma lorsqu'il entendit le carillon de l'entrée, suivi d'un bruit de pas précipités. La porte du bureau de Demi s'ouvrit à la volée.

— Tu connais la dernière? s'écria la voix consternée de Kyle Andrews. Sarraj a avancé la date de remise du parfum!

— Quoi? se récria Demi. Non, ce n'est pas possible! Il n'a pas pu me faire une chose pareille... Tu as dû mal comprendre!

Avisant Jon avec sa tasse à la main, Kyle lui fit signe de se joindre à leur mini-comité de crise.

— J'ai les dates noir sur blanc, ma pauvre, précisa-t-elle en se tournant vers Demi. Sarraj veut que l'envoi des publicités parfumées parte dans trois semaines. Pas un jour de plus.

— Impossible, murmura Demi, décomposée, en s'effondrant dans un fauteuil.

— De notre point de vue, c'est réalisable, admit Kyle. Mais je peux te garantir que la facture de Sarraj va doubler en conséquence. J'ai recruté mes deux modèles — ils te plairont, j'en suis sûre — et les séances de pause sont programmées pour vendredi. L'imprimeur est prêt, donc pour nous, ça devrait rouler. Mais pour vous, à Alluroma?

211

— Pour moi, c'est irréalisable! J'ai entièrement changé ma structure de base depuis notre dernière rencontre! Et les délais étaient déjà terriblement serrés!

— Sarraj vous a-t-il donné une raison pour ce changement de date? demanda Jon à Kyle.

Peut-être s'était-il aperçu que le FBI le serrait de près? Mais loin de renoncer, le « prince » et ses sbires choisissaient de foncer tête baissée, en précipitant le processus.

Kyle haussa les épaules.

— Je crois que le prince a décidé de faire coïncider le lancement du parfum avec son propre anniversaire.

— N'importe quoi! pesta Demi en envoyant valser une boîte de trombones à l'autre bout de la pièce. Son altesse Trucmuche fait un petit caprice, et tout le monde s'incline! Mais c'est ma réputation qui est en jeu, bon sang!

— Peut-être, mais c'est lui qui a l'argent, ma belle... Jon, dites-lui de se montrer raisonnable.

Demi, qui ne semblait pas encore s'être aperçue de sa présence, tourna soudain vers lui un regard mauvais. Se souvenant qu'il avait un rôle à jouer, il remonta ses lunettes sur son nez et esquissa un de ces sourires benêts dont il s'était fait une spécialité.

— C'est elle la patronne...

Kyle lui jeta un bref regard intrigué puis tourna de nouveau son attention vers Demi.

— Alors « patronne »? Que comptes-tu faire?

D'un geste las, Demi se passa la main sur les paupières.

— Si je m'écoutais, je les enverrais tous au diable. Mais ai-je le choix? Je serai bonne pour travailler jour et nuit, voilà tout. Il faut juste que je voie la personne qui doit me préparer le gel pour les languettes, ainsi que la solution alcoolique — le « jus », comme on dit chez nous. Si elle est d'accord pour avancer sa date, elle aussi...

— Dis-lui de revoir sa facture à la hausse. Et tu ferais bien de réviser tes propres tarifs, toi aussi, Demi.

— Tu sais bien que pour moi, au fond, ce n'est vraiment pas une question d'argent, murmura-t-elle en secouant tristement la tête.

Se tournant soudain vers Jon, elle lui jeta un regard furieux.

— Tu es au chômage technique, toi? Tu n'as plus rien à doser? Plus le moindre petit mélange à faire?

Il hocha la tête et, les lèvres serrées, quitta le bureau sans un mot.

— Demi? murmura Kyle, effarée, en la voyant fondre en larmes.

— Sois gentille, O.K.? Ne pose surtout pas de questions!

Une semaine plus tard, Jon faisait le planton devant un magasin de la Septième Avenue. Ses mains étaient crispées sur les poignées de son fauteuil roulant, mais il s'obligeait à rester sur place. La simple vue d'un kayak exposé en vitrine lui donnait envie de fuir en courant. Il était hors de question, néanmoins, qu'il passe le reste de ses jours à trembler au souvenir de son accident!

Un vendeur à l'affût sortit en souriant pour proposer ses services.

— Vous avez déjà fait du kayak, monsieur?

Jon haussa les épaules.

— Ça m'est arrivé à l'occasion, marmonna-t-il.

— Un sport magnifique, non? reprit le vendeur volubile. Si ça vous intéresse de faire un essai, nous en avons également toute une série en location, sur les quais, près de Battery Park.

Il plaça une carte de visite dans la main de Jon et réintégra sa boutique en sifflotant. Jon fourra le carton dans sa poche et fit signe à Burton de monter à bord du fauteuil roulant. Le chien aimait se laisser conduire. Quant à lui, il était heureux de pouvoir se servir de ses deux jambes. Même si chaque pas restait un calvaire!

Il avait progressé d'une centaine de mètres à pied lorsqu'un véhicule aménagé bien connu s'immobilisa à sa hauteur. Greenley fit coulisser la portière de l'intérieur.

— Hé, vous deux! On peut vous déposer quelque part?

— Tu as du neuf? demanda l'agent lorsque Jon, Burton et le fauteuil roulant furent installés à bord.

— Pas grand-chose, non. Sarraj a avancé la date de remise du parfum, mais tu dois déjà le savoir, car je l'ai mentionné en faisant mon rapport au téléphone, la semaine dernière. Depuis, Demi — je veux dire Landero — travaille comme une possédée et je m'efforce de suivre le rythme. Ah, si! Elle a déjeuné avec Sarraj il y a deux jours. Au retour, elle a mentionné l'*Aphrodite*. Apparemment, c'était la première fois qu'elle entendait parler de ce yacht.

— A moins qu'elle ne cache bien son jeu.

Mâchoires crispées, Jon dut ravaler sa contrariété une fois de plus. Ils étaient donc tous bouchés, au FBI? Quand se décideraient-ils à ouvrir les yeux et à voir que Demi, passionnée par son métier, n'était pas du genre à fabriquer des bombes et à terroriser la planète?

— Elle pense que le yacht appartient au fameux prince dont Sarraj n'a toujours pas mentionné le nom. La réception sera donnée à bord, quatre jours après l'envoi des dépliants publicitaires.

— La réception?

— Pour le lancement du parfum. C'est une tradition, dans le métier. On s'efforce de rassembler du beau monde et de faire une fête plus somptueuse que celle du dernier concurrent en date.

Greenley hocha la tête.

— Il est vrai que ça ferait sensation.

— Qu'est-ce qui ferait sensation?

L'agent du FBI baissa la voix.

— Enlever une brochette de célébrités, puis exiger une rançon vertigineuse. Ou négocier un échange avec des prisonniers politiques. A moins que le yacht n'explose avec tout ce beau monde à bord. Quelle meilleure façon d'attirer l'attention ? Car il ne faut pas se leurrer sur le terrorisme : c'est d'abord la publicité, que ces gens recherchent.

Jon sentit un frisson glacé lui effleurer la nuque. Sarraj serait-il capable d'un tel acte ? Possible... Il y avait en lui comme un fond de mépris, de cruelle rancœur.

— Et ton voyage au Koweit, alors ? Ça a donné quelque chose ?

Greenley parut surpris qu'il se permît de le questionner, mais Jon soutint son regard sans ciller. S'il voulait protéger Demi, il avait besoin de savoir où ils allaient.

— Mes impressions sur M. Sarraj père ? bougonna l'agent en allongeant les jambes. Apparemment, c'est tout sauf un dangereux terroriste. En affaires, c'est un vrai requin, mais la politique l'indiffère. On ne lui connaît aucun passé militant, aucune relation dans les milieux activistes. Comme il n'était fiché nulle part, j'ai fini par aller le voir en personne, et je lui ai demandé de me faire essayer une de ses voitures. Une Mercedes coupé. Le rêve... Au moment où il m'a cru mûr pour lui acheter sa bagnole, je lui ai sorti mon badge et j'ai mis son fiston sur le tapis.

Jon sourit en imaginant la scène.

— Et alors ?

— Il affirme ne pas avoir revu Richard depuis que ce dernier est venu le voir, à l'âge de dix-neuf ans.

— Et comment se sont passées ces retrouvailles ?

Greenley fit la moue.

— Sarraj père n'est pas vraiment entré dans les détails. Mais je n'ai pas l'impression que l'ambiance ait été très chaleureuse. Si j'ai bien compris, le papa trouvait son fiston un peu trop gâté, un peu trop américain. Je n'ai pas l'impression qu'ils apprécient beaucoup nos valeurs, là-bas. D'autre part, Sarraj père s'était remarié avec une jeune femme, qui ignorait tout de sa première expérience conjugale avec la maman hippie de Richard.

— Un fils n'en reste pas moins un fils !

Greenley haussa les épaules.

— Entre-temps, il en avait eu deux autres avec sa seconde femme. Deux garçons qui partagent sa religion, ses croyances, ses valeurs. Il s'est empressé de me montrer une photo d'eux, d'ailleurs.

— Autrement dit, il n'avait que faire de son rejeton corrompu par nos mœurs relâchées.

— Exact. Il lui a donné une grosse somme d'argent pour financer ses études, et adieu.

— Charmant. Il a payé pour se débarrasser de lui, en somme.

Jon essaya d'imaginer la façon dont Richard Sarraj avait pu vivre ce rejet. Sa mère lui avait sans doute parlé du guerrier, du pilote courageux, du noble fils du désert. Le choc avait dû être brutal lorsque Richard était tombé sur un concessionnaire automobile embourgeoisé, qui n'avait aucune place pour lui dans sa petite vie bien ordonnée...

Pour l'adolescent en pleine crise d'identité, cette visite s'était nécessairement soldée par une bouffée de révolte destructrice. D'aucuns auraient retourné cette colère contre eux-mêmes et auraient sombré dans la drogue, la boisson, l'échec social. Sarraj, lui, s'était structuré normalement en apparence... en canalisant sa haine sur une cible extérieure.

Restait à déterminer la nature de la cible en question. Contre qui ou quoi se battait Richard Sarraj ? Qui serait appelé à payer pour les outrages que la vie lui avait infligés ?

— Et maintenant ? Quelle est la suite du programme ? questionna Jon tandis que le minibus se garait devant son immeuble.

Greenley se passa la main sur les paupières.

216

— Maintenant, je prends quelques vêtements de rechange, j'embrasse mes enfants, j'essuie la énième colère de ma femme, qui voudra savoir quand je me déciderai enfin à exercer un vrai métier comme son plombier de frère, puis je repars aussi sec. Vers l'ouest, cette fois. Car Sarraj père m'a tout de même donné un tuyau intéressant : Richard n'est pas venu le voir seul, à l'époque. Il voyageait en compagnie de son frère adoptif, un certain Adam Enaibre. Qui n'est autre que l'amant de la propriétaire de l'*Aphrodite* — ou l'ex-amant de feue la propriétaire, c'est selon.

— Tiens, tiens...

Greenley donna une bourrade à Jon en guise d'adieu et caressa le museau de Burton.

— Je vais donc aller faire un tour du côté de la famille d'accueil où Sarraj a vécu après le décès de sa mère. Le petit Richard a été pris en charge par un certain Preston Enaibre — une sorte de prédicateur, d'après papa Sarraj. On va bien voir ce qu'il aura à me dire sur la personnalité de son jeune protégé...

Pour moi, ça voulait dire quelque chose...

Depuis des semaines, l'écho des paroles de Jon résonnait dans l'esprit de Demi, et venait la hanter jusqu'à l'obsession. « Des mensonges, rien que des mensonges, pauvre idiote ! Comment peux-tu croire un mot de ce que ce petit pharmacien véreux te raconte ? » Demi pressa le pas sur la Septième Avenue. A force de humer, son nez surmené refusait tout usage et ses yeux fatigués par l'écran ne distinguaient plus rien. Elle s'était donc accordé une demi-heure de pause pour s'oxygéner dans le parc.

Mauvais choix stratégique, comprit-elle en enfonçant rageusement les mains dans ses poches. C'était ce même parcours qu'elle avait emprunté avec Jon, un beau jour d'avril, sous le premier soleil...

Le feu monta à ses joues au souvenir des humiliations

subies. Avec quel art consommé il l'avait amenée à s'api-
toyer sur son sort en lui faisant croire à cette histoire
d'impuissance ! Et elle qui s'était sentie si fière de l'avoir
aidé à surmonter son handicap...

« Tu m'as guéri, ma belle »... Comme il avait dû rire
d'elle en lui murmurant ces âneries ! Et elle qui se croyait
si fine, si intuitive, s'était montrée aussi crédule que la
première oie blanche venue !

Elle serra les dents. Elle avait toujours détesté qu'on se
moque d'elle, détesté qu'on l'a prenne en pitié.

« Alors cesse de te ridiculiser en continuant à penser à
lui, espèce de cruche ! Oublie-le une fois pour toutes ! » Il
ne méritait vraiment pas qu'on s'intéresse à lui, d'ailleurs. Jon n'était rien. Rien du tout. Juste un garçon de
laboratoire. Un homme faible, sans envergure.

*Pour moi, ça voulait dire quelque chose. Ça voulait
dire beaucoup, même...*

Une demi-heure plus tard, essoufflée mais ragaillardie,
Demi poussa de nouveau la porte de l'immeuble et
s'engouffra dans l'ascenseur. Elle ne pensait déjà plus
qu'à son parfum qui, peu à peu, évoluait vers sa forme
définitive. Elle n'était plus très loin, maintenant. Si seulement, Sarraj acceptait de...

Entrant dans son bureau, elle poussa un cri. Dressé sur
ses pattes arrière, Burton reniflait un de ses tiroirs et grat-
tait le bois de ses griffes.

— Hé ! Mais ça va pas ! Comment oses-tu fouiner
dans mes affaires, stupide cabot bâtard ?

A bout de nerfs, elle coursa Burton qui fuyait vers le
labo sans demander son reste, la queue entre les jambes.
Elle tapa du pied sur le sol et découvrit avec stupéfaction
qu'elle pleurait à chaudes larmes.

— Ne passe pas tes nerfs sur mon chien, Demi.

Elle tressaillit, tourna la tête et découvrit Jon assis dans
la réserve avec un carton d'huiles essentielles sur les

genoux. Ce fut la compassion dans son regard qui acheva de l'exaspérer. De quel droit son employé aurait-il pitié d'elle ?

— Si tu ne veux pas que je m'en prenne à ton espèce de crocodile, tu ferais mieux de le surveiller !

Jon jeta un coup d'œil au chien, dont seul le long museau penaud était encore visible.

— Que faisait-il dans ton bureau ?

— Il reniflait je ne sais quoi.

Sa boîte de truffes ! comprit-elle soudain. Déprimée comme elle l'était depuis quelques semaines, elle ne se nourrissait plus que de chocolat.

— Sans doute a-t-il flairé l'odeur de civette sur les dernières mouillettes que je t'ai apportées, dit Jon. Je suis désolé, j'aurais dû faire plus attention. Mais dorénavant, si tu ressens le besoin de crier, Demi, évite de te défouler sur Burton et adresse-toi à moi directement. Entendu ?

Elle était sur le point de répliquer qu'elle n'avait pas d'ordres à recevoir de lui, lorsqu'elle vit l'éclat d'acier de son regard. Avec un haussement d'épaules dédaigneux, elle se détourna et regagna son bureau d'une démarche hautaine. « Qui es-tu, Jon Sutter ? » Il pouvait paraître si mou, si faible, par moments. Et puis, tout à coup, comme en cet instant, il montrait un autre visage — un visage plus conforme à cet autre Jon qu'elle croyait parfois deviner en lui...

« Oublie cet homme, Demi Landero ! Tu ne crois pas que tu as plus urgent à faire ? » Avec un léger soupir, elle se remit à son travail. Mais non sans avoir déposé discrètement un chocolat au caramel dans la gamelle de Burton...

En milieu d'après-midi, elle éteignit son ordinateur et passa la tête par la porte entrebâillée du laboratoire.

— Je dois m'absenter quelques heures, Jon. Kyle veut absolument me voir. Je crois qu'elle nous fait une de ses crises.

Jon leva la tête et, pour la première fois depuis des semaines, il soutint calmement son regard. Il n'avait pas oublié la nuit qu'ils avaient passée ensemble, comprit Demi avec un léger frisson. Durcissant son expression, elle tenta de lui faire baisser les yeux, mais en vain. Etrangement, cette constatation la réjouit au lieu de l'irriter.

— Y aurait-il un nouveau problème ? demanda-t-il en aspirant trois gouttes de patchouli dans une pipette.

— Je ne sais pas. C'est justement ce dont elle va m'entretenir, je suppose. Je te laisse fermer la boutique ?

Se rendait-il compte qu'il s'agissait de sa part d'une première marque de confiance ? Depuis deux semaines, elle s'était arrangée tous les soirs pour partir après lui.

— Je pourrais attendre que tu reviennes.

Elle secoua la tête.

— Non. Je risque de rentrer tard — ou pas du tout. Alors boucle tout à 18 heures et pars. C'est un ordre.

Le discret sourire qui infléchit les lèvres de Jon lui rappela leur complicité d'antan.

— O.K., boss.

18.

— Tu veux d'abord la bonne ou la mauvaise nouvelle ? demanda Kyle lorsque Demi vint se glisser à sa table dans le bar noir de monde.

— La bonne, bien sûr ! Ça me remontera le moral.

Kyle leva la main et appela un serveur.

— Alors voici le scoop du jour : Sarraj, avec l'appui d'un de mes associés, a invité monsieur le maire en personne à la réception pour le lancement de « Septième Voile ». Et celui-ci a accepté, figure-toi !

— Joli coup ! commenta Demi en croquant un biscuit apéritif. Voilà qui devrait nous faire une bonne pub, je suppose ?

— Tu l'as dit.

La jeune publicitaire sourit au serveur qui venait de poser deux verres de chablis sur la table, et se pencha pour prendre un papier dans son porte-documents.

— Deuxième point positif : l'imprimeur m'a remis cet exemplaire ce matin. Tout est là, sauf le voile qui sera appliqué dans l'usine de Sarraj, une fois les languettes mises en place.

Demi examina la photo sur papier glacé et poussa une exclamation enthousiaste.

— Magnifique, Kyle ! Ils vibrent littéralement de désir, tes deux modèles ! Tu t'es surpassée, ma vieille.

— Je reconnais que j'ai fait un boulot génial, admit son amie en riant.

— Et ta mauvaise nouvelle, alors ?

Du bout du doigt, Kyle suivit le bord de son verre.

— Là, c'est un peu plus compliqué. Il s'agit surtout d'un pressentiment. Je ne me sens pas tranquille, Demi... Comme si une catastrophe allait nous tomber bientôt sur le coin de la figure. Entre Richard et moi, ça a été à la limite du conflit, la semaine dernière, lorsque nous avons préparé nos listes pour le mailing publicitaire. Il t'en a parlé ?

— Pas un mot.

— Bon. Tu sais que nous mettons l'accent sur le fait que « Septième Voile » sera le parfum le plus cher au monde ? C'est une démarche cohérente dans la mesure où tu utilises les composants les plus rares et les plus précieux. Soit. Mais quelle clientèle vise-t-on, logiquement, lorsqu'on sort ce type de produit ? Des femmes entre trente et soixante ans, bénéficiant de revenus de quatre-vingt mille dollars et plus. Tu es bien d'accord avec moi ?

— Tout à fait.

— Bon. Je te soumets maintenant les fichiers qu'a retenus Richard lorsque nous nous sommes occupés ensemble du routage... Primo : les médecins, toutes spécialités confondues.

— Mmm... Ça ne me paraît pas être un si mauvais choix.

— Attends ! Deuxième fichier : la police. Hommes et femmes.

Demi faillit s'étrangler.

— Quoi ? Mais qu'est-ce qu'il s'imagine ? Ils ne gagnent pas assez pour...

— C'est ce que j'ai tenté de lui expliquer. Mais Sarraj prétend qu'il s'agit d'une catégorie professionnelle très influente.

— Dans une certaine mesure, peut-être...

— La suite est encore pire : Richard veut également envoyer notre pub à toutes les hôtesses de l'air du pays !

222

— Il a perdu la tête !

Kyle leva les yeux au ciel.

— D'après lui, ces dames ont un rôle déterminant dans la mesure où elles vendent des produits de luxe hors taxe. Elles sont en contact avec des passagers de première classe qu'elles sont amenées à conseiller...

— Peut-être. Mais ce serait tout de même plus simple de cibler directement les passagers en question !

— Ce n'est pas à moi qu'il faut le dire, ma vieille ! Essaye plutôt de convaincre notre ami Sarraj, qui a également étendu son choix à l'ensemble du corps enseignant !

Demi se frappa le front.

— Les enseignants ? Mais il est complètement déconnecté de la réalité, ce pauvre Richard ! À force de ne fréquenter que ses richissimes investisseurs, il croit que le monde entier prend ses vacances à Bali et roule en Mercedes !

— J'ai peine à croire qu'il soit stupide à ce point, Demi. Mais une chose est certaine : il n'en fait qu'à sa tête. Par courtoisie, il a ajouté une des listes que nous lui avons soumises, mais on sentait que c'était juste pour faire un geste. Ça te donne une idée du genre de personnes qui renifleront un échantillon de ton parfum, la semaine prochaine...

Demi se prit la tête entre les mains.

— Bon sang, Kyle, mais quel idiot ! Si tu savais comme j'en ai assez de ces machos qui croient tout savoir ! Cet imbécile va couler mon parfum avant même le lancement sur le marché. S'il s'en fichait complètement, il n'agirait pas autrement !

Les sourcils froncés en une expression méditative, Kyle but une gorgée de vin.

— Tu sais que j'en arrive à me poser la question, justement.

— Que veux-tu dire ?

— Imagine que Richard touche une commission fixe pour le travail qu'il fait... Si sa rémunération n'est pas liée au chiffre d'affaires, que lui importe, au fond, que « Septième Voile » se vende ou non ? S'il était honnête, il s'investirait à fond, bien sûr. Mais s'il fait son travail de façon cynique, juste pour se remplir les poches, il est possible qu'il se contente d'assurer un minimum. En attendant d'encaisser son chèque...

Demi en avait froid dans le dos.

— Arrête, Kyle, tu me donnes des angoisses. Commande-moi une liqueur de cacao, veux-tu ? Il me faut du chocolat en urgence.

Kyle leva la main et demanda deux liqueurs.

— Et ton grand-père ? demanda-t-elle. Il a réussi à identifier le designer du flacon ?

— Pas encore, non. Mais il doit se renseigner à Paris en fin de semaine. Il connaît tous les verriers et cristalliers de France et de Navarre. Il trouvera nécessairement.

— Espérons... Et pour passer aux choses sérieuses, tu en es où, exactement, avec Jon ?

Demi soupira.

— Pourquoi crois-tu que j'en sois au régime chocolat ?

— Il avait l'air assez désespéré, la dernière fois que je l'ai vu.

— Ah oui ?

Ça au moins, c'était une bonne nouvelle. Tant qu'elle pouvait le réduire au désespoir, la situation n'était pas entièrement désespérée.

Le coude posé sur la table, Kyle appuya sa joue sur son poing fermé.

— Au cas où tu ne voudrais plus de lui, ma belle, je te signale à tout hasard que je suis sur les rangs...

Demi tressaillit. Son cœur fit un bond dans sa poitrine — aussi violent que lorsqu'elle avait failli se faire renverser en pleine rue par un taxi.

— Toi ! Mais je croyais que tu vouais une passion éperdue à Richard !

Kyle haussa les épaules.

— Ça m'a passé, finalement. Il y a quelque chose de... d'un peu hermétique chez cet homme, tu ne trouves pas ?

Demi hocha la tête.

— On ne sait pas par quel bout le prendre, en effet. C'est comme un mur trop lisse. Un mur impénétrable.

— Moi, reprit Kyle, il me fiche carrément le bourdon. Alors que Jon, lui, me donne envie de rire, de vivre... Autant regarder les choses en face, Demi : les hommes qui valent vraiment la peine ne sont pas légion. Alors ne monopolise pas Jon, si c'est juste pour passer tes journées à lui faire une tête de six pieds de long !

Demi se leva et prit la note.

— L'addition est pour moi. Et pour ce qui est de Jon... Désolée, ma vieille, mais je maintiens mon option.

— Allez, Trace, dépêche-toi ! fulmina Jon à voix basse. Voilà déjà une heure que je fais le pied de grue dans cette cabine !

Assis près du téléphone au fond d'un bar bondé sur Amsterdam Avenue, Jon commençait à trouver le temps long.

En arrivant chez lui, vers 19 heures, après avoir attendu vainement le retour de Demi, il avait trouvé un message sur son répondeur, indiquant que « le livre qu'il avait commandé était à sa disposition au service de prêt de la bibliothèque ». Ce qui signifiait qu'il devait se mettre en rapport avec Trace sans tarder.

Il venait de sortir la carte de visite remise par le vendeur de kayak, lorsque le téléphone sonna enfin.

— Il était temps ! grommela-t-il.

— Désolé, vieux, fit la voix de son frère. Mais je ne pouvais pas prendre le risque de t'appeler en mer. La prudence voulait que j'attende d'être à quai. Car l'*Aphrodite* a fini par quitter les Bermudes hier. Nous l'avons fouillée de fond en comble ce matin.

— Et alors ?

— Rien. Pas l'ombre d'une trace suspecte. Et ce n'est pas faute d'avoir cherché, pourtant ! La gendarmerie maritime s'en est donné à cœur joie. Ils ont démonté des panneaux, abattu des cloisons et j'en passe...

— Pas de Rembrandt suspendu dans le salon ? Pas de sacs pleins de lingots d'or en fond de cale ? Pas même un soupçon de plutonium caché dans une cabine ?

— Rien. Hormis une attitude ouvertement goguenarde de leur part. Mais vu la façon dont nous nous sommes précipités à bord, arme au poing, pour mettre leur yacht à sac, ils avaient toutes les excuses...

Jon hésita.

— Qu'en concluons-nous, frangin ? Que nous avons perdu notre temps jusqu'ici ?

Et que l'heure était venue de tout confesser à Demi, en priant pour qu'elle accepte de lui pardonner son imposture ?

— Non, Jon. Je ne crois pas. Car j'ai fait la connaissance de notre gigolo de choc, le dénommé Adam Enaibre. Je portais un uniforme de la gendarmerie maritime et je me suis tenu à l'écart. Mais j'ai tout de même eu l'occasion de l'observer avec attention.

— Alors ? De quel genre de personnage s'agit-il ?

— Pas tout à fait la quarantaine. Beau, poli, insolent. Un genre Robert Redford, version tombeur cynique. Ce type-là se moquait de nous en nous regardant faire, Jon. Et son attitude m'a donné froid dans le dos. De toute évidence, il est en train de jouer un énorme coup de poker. C'est comme s'il tenait le monde entier à la gorge. Et il exulte, Jon. Il exulte !

— Tu ne crois pas que c'est ta fatigue qui parle, là ?

— Je suis fatigué, c'est vrai. Et ça ne va pas aller en s'améliorant. Je pars à l'instant pour Helsinki, où ils ont réussi à intercepter notre second mafieux russe en cavale. Ils ont promis de me le garder au chaud pendant trois jours.

— Il a dit ce que contenait la fameuse caisse livrée en pleine nuit sur l'*Aphrodite* ?

— Pour l'instant, il refuse de parler. Mais je pense

pouvoir obtenir le renseignement. Vu le sort qui a été réservé à son camarade, ce petit malin a tout intérêt à nous dire ce qu'il sait, plutôt que de se retrouver entre les pattes de l'adversaire.

— Mmm... Mais pour en revenir à l'*Aphrodite*, tu as vu un prince saoudien à bord ?

— Rien qui y ressemble ni de près ni de loin.

— En principe, il devrait être présent pour le lancement du parfum.

— Il arrivera sans doute par avion. A moins que son existence ne relève du conte de fées.

Du conte de fées ou du cauchemar ? songea Jon.

— A propos, maman se fait un souci d'encre à ton sujet, enchaîna Trace avec un léger rire. J'ai beau lui répéter que tu es parfaitement capable de prendre ta vie en main, elle m'a juré que si je ne te ramenais pas vivant à la maison pour le 4 juillet, elle me transformerait en chair à saucisse.

Le 4 juillet était la date traditionnelle de leur fête de famille dans le Vermont. Jon eut une vision de lui-même, à la grande table familiale, avec Demi à son côté...

— J'espère pour toi que ma mission ne se prolongera pas jusque-là, mon vieux ! Mon personnage de petit minable à la morale douteuse commence à me sortir par les yeux !

— Rassure-toi, ça ne devrait plus durer très longtemps, déclara Trace. Dès demain, en principe, l'*Aphrodite* jettera l'ancre dans le port de New York. Et là, les événements risquent de se précipiter. Ce qui signifie qu'il faut que tu sois plus que jamais sur tes gardes.

— Promis. Quant à toi, sois prudent de ton côté.

— Toujours.

— Vous n'avez pas eu de nouvelles de l'héritière, au fait ?

— D'après Enaibre, elle se serait isolée pour faire une retraite spirituelle. Vu la façon dont il souriait en affirmant cela, je suis prêt à parier qu'il l'a jetée lui-même par-dessus bord.

— Et avant de se lancer dans la navigation de plaisance, que faisait-il dans la vie, cet Enaibre?

— Il était chirurgien dans une clinique privée. Jusqu'à sa démission, l'année dernière, suite à des rumeurs troubles qui couraient sur son compte. Il y a même eu des plaintes déposées contre lui, puis retirées sans explication. Enaibre aurait pratiqué l'euthanasie active — soi-disant à la demande du patient lui-même. On a su par la suite qu'Enaibre était seul héritier de la fortune du banquier dont il avait si charitablement « abrégé les souffrances ».

— Charmant personnage...

— Enaibre est le genre d'individu qu'il vaut mieux laisser aux pros, Jon. Si tu vois que ça commence à barder, tu te tiens tranquille et tu attends que les gros bras arrivent, O.K.?

— Sois tranquille, Trace. Tu as déjà vu James Bond affronter l'adversaire en fauteuil roulant?

Demi attaqua la pile de courrier sur son bureau, soupira en découvrant une facture, et la mit de côté. La veille, en indiquant à Kyle que Jon restait sa chasse gardée, elle avait admis presque ouvertement qu'elle avait toujours des desseins sur lui...

Se serait-elle amourachée d'un voleur? Si encore il s'agissait d'un bandit notoire, d'un dévaliseur de banques, d'un Jesse James! Mais un minable préparateur en pharmacie maquillant des ordonnances?

Et pourtant, l'homme qui l'avait tenue dans ses bras toute une nuit n'avait rien eu de petit, de méprisable ou de médiocre. A aucun moment.

Elle prenait une nouvelle lettre sur la pile lorsque la porte d'entrée d'Alluroma s'ouvrit. 9 h 04, lut-elle à sa montre.

— Tu es en retard, Jon Sutter!

Précédé par Burton qui agitait joyeusement la queue,

Jon roula dans le bureau avec un bouquet de lilas à la main. Lilas mauve et lilas blanc mélangés. Le parfum même du bonheur...

— Ils sont superbes, Jon. Merci ! Tu veux bien mettre de l'eau à chauffer pour le café, pendant que je finis de parcourir mon courrier ?

— Avec plaisir.

Il passa dans la kitchenette pendant que Demi décachetait une seconde lettre. Au dos, elle lut l'adresse de David Haley — un danseur de Broadway et ami intime de son ex-assistant philippin. David ! Elle s'était promis de le joindre dès que possible pour lui demander s'il avait des nouvelles du pauvre Hector. Mais elle n'avait pas eu une seconde pour mettre son projet à exécution.

— Alors ? Kyle est calmée ? demanda Jon de la pièce voisine.

— Oh, ça va. Elle se fait juste un peu de souci au sujet du mailing publicitaire. Mais elle avait une nouvelle fantastique : le maire de New York sera présent pour le lancement du parfum.

Cette annonce fut saluée par un énorme fracas dans la cuisine.

— Jon ?

— Tout va bien, ne t'inquiète pas. J'ai juste fait tomber la bouilloire. Burton a failli avoir une attaque... Le maire, tu disais ? Qu'est-ce qu'il a à voir avec le parfum ?

— Rien du tout, bien sûr ! Mais sa présence nous assurera une couverture maximum des médias !

Dans l'enveloppe en papier toilé mauve, elle trouva une feuille pliée en deux, avec un petit mot accroché par un trombone sur lequel David lui annonçait qu'il lui transmettait une lettre d'Hector.

Demi déplia la missive et commença à lire :

« Demi, si tu savais comme tu me manques ! Je suis malheureux à mourir, ici, et je n'attends qu'une chose : pouvoir retourner à New York. Les types en noir qui m'ont rapatrié ici m'ont fait jurer de ne pas essayer de reprendre contact avec toi. D'après eux, tu serais en difficulté, toi aussi. Je suis très inquiet à ton sujet... »

Le sang se mit à battre furieusement aux tempes de Demi. Hector la remerciait avec effusion pour les chèques mensuels qu'elle continuait à lui faire parvenir. Or, elle ne lui avait pas versé l'ombre d'un dollar ! Qui étaient ces hommes en noir qui s'étaient avisés brusquement que les papiers d'Hector n'étaient pas en règle ? Et pourquoi avait-il été expédié ainsi aux Philippines du jour au lendemain ?

Elle leva la tête et vit que Jon l'avait rejointe.

— Demi ! Tu es livide ! Que se passe-t-il ?

Un frisson la parcourut au souvenir des paroles de Kyle, la veille. « J'ai l'impression qu'une catastrophe majeure va bientôt nous tomber sur le coin de la figure. » Et la présence de Jon au cœur de cette situation trouble ne faisait qu'apporter un élément d'obscurité supplémentaire. Qui était cet homme qui la regardait avec cet air de totale franchise, alors même qu'il lui avait avoué être un menteur ?

— Demi ?

— C'est... c'est à cause de cette lettre, balbutia-t-elle. Une amie m'écrit que son mari vient de mourir brutalement. Je crois que je devrais lui acheter une carte de condoléances.

Fourrant hâtivement la lettre d'Hector dans son sac, elle se dirigea vers la porte.

— J'y vais de ce pas même.

— Hé, Demi ! Attends !

Elle fit mine de ne pas entendre. Il lui fallait du temps pour réfléchir, pour faire le point sur ces enchaînements bizarres : la disparition brutale d'Hector, Sarraj faisant irruption dans sa vie comme un ange noir au message trouble, la venue presque simultanée de Jon dans son fauteuil roulant. Simples aléas de la vie ordinaire ? Ou machination infernale ?

Si seulement il y avait eu quelqu'un de sûr à qui confier ses angoisses! Mais son grand-père, qui devait se trouver quelque part entre Grasse et Paris, demeurait injoignable. Elle aurait pu téléphoner à Brian Reeves, mais Alexandra et lui venaient de lui envoyer un faire-part de naissance pour leur premier enfant. Ils avaient sans doute d'autres chats à fouetter.

Restait Jon. Mais Jon était au cœur même de ses problèmes, en l'occurrence. « Qu'es-tu venu chercher à Alluroma, Jon? Es-tu arrivé ici par hasard, ou est-ce Sarraj qui t'envoie? »

Ceci dit, pourquoi Sarraj aurait-il mandaté auprès d'elle un homme qu'il semblait détester? A moins que Jon ne soit une taupe des services d'immigration? Mais non, c'était absurde! Totalement absurde! Il ne lui aurait pas fallu deux heures pour s'assurer qu'elle n'exploitait pas en secret des étrangers non déclarés!

Demi enfouit son visage dans ses mains. Peut-être avait-elle tort de s'alarmer? Hector avait toujours eu une imagination débordante, prenant un vif plaisir à fantasmer d'improbables conspirations. Sans le savoir, il avait peut-être bel et bien été en situation irrégulière, et un fonctionnaire un peu trop zélé l'avait renvoyé dans son pays d'origine. Quant aux sommes qu'il avait touchées, elles pouvaient correspondre simplement à un trop-perçu d'impôts.

Demi soupira. Le plus simple, pour le moment, serait de laisser toutes ces questions entre parenthèses en attendant de pouvoir joindre son grand-père. Car une chose restait certaine : elle avait une fragrance à composer. Une fragrance audacieuse; une fragrance inoubliable. Et il ne lui restait plus que trois jours pour en arrondir les accents et en préciser les accords!

Une fois la formule définitive mise au point, elle prendrait le temps de s'atteler à une seconde tâche d'envergure : remettre enfin de l'ordre dans son cœur déboussolé...

19.

Jon avait le moral en berne lorsqu'il sortit de chez Alluroma, en fin d'après-midi. Demi l'avait salué d'un au revoir jeté du bout des lèvres, sans même lever les yeux de son écran. Renonçant à rentrer à pied, il fit appel au service spécialisé. C'était vraiment à ne rien y comprendre. Pendant quelques minutes, il avait cru retrouver la Demi complice, détendue et chaleureuse. Puis il y avait eu la lettre de son amie... Et brusquement, elle avait repris ses distances.

— Vous allez avoir de la compagnie, annonça le chauffeur.

Jon hocha la tête et, quelques rues plus tard, Greenley grimpa à bord du véhicule. L'agent avait l'air épuisé et de vilaine humeur.

— Alors ? demanda Jon.

— Je change de métier ! Rentré ce matin à 5 heures. Le temps de revêtir un uniforme de douanier, et je saute à bord de l'*Aphrodite* avec la brigade. Rien trouvé, évidemment.

— Mmm... Tu as eu mon message, au fait ?

Jon avait pris l'initiative de signaler à son contact du FBI que le maire de New York figurerait parmi les invités. Greenley hocha la tête.

— Qu'est-ce que je t'avais dit ? C'est un joli feu d'artifice qu'ils nous préparent, ces oiseaux-là. Ça leur assurera la une dans le monde entier. A moins qu'ils n'optent, plus simplement, pour la prise d'otages. Ce serait d'autant plus intéressant pour eux qu'ils n'auraient besoin que d'un minimum d'armement. Que faut-il pour tenir en respect une brochette de mannequins, quelques journalistes de mode, un politique et une parfumeuse? Deux, trois revolvers tout au plus. Une peccadille. Ajoute à ça quelques cagoules, deux ou trois masques de ski pour faire plaisir aux reporters de la télévision. Et hop! Ça vous donne un méga-spectacle. Du cinq étoiles!

— Hé! Vous avez tout de même l'intention d'intervenir pour empêcher que tout ce petit monde ne parte en fumée? protesta Jon.

Greenley eut un sourire cynique.

— Le problème, c'est que nous avons fait le tour des excuses officielles pour débouler à bord de ce fichu yacht. Va donc trouver un prétexte valable pour y retourner, maintenant! Tout ce qu'on peut faire, c'est continuer à les observer à distance.

Le minibus s'engageait sur le pont de Brooklyn. Jon tourna la tête vers la fenêtre et Greenley désigna le port vers le sud.

— Tu vois l'*Aphrodite*, là-bas, tout près de la statue de la Liberté? C'est le top du top, non? La salle des machines est aussi grande que mon appartement. Ils ont préféré jeter l'ancre plutôt que de s'amarrer à quai. A cette distance, elle n'est pas facile à observer, avec tout le va-et-vient entre la Hudson River et le port.

— Et ton séjour dans l'Ouest? Tu as pu rencontrer le père d'Enaibre, au fait? Preston le prédicateur?

Greenley ricana.

— Preston le prédicateur, comme tu dis, ne m'a pas fait l'honneur de recevoir mon humble personne. Il dirige une espèce de communauté en pleine montagne. La propriété est clôturée et gardée par des molosses. Les gens du coin ne les apprécient pas outre mesure. Enaibre se dit chrétien, mais « Aime ton prochain » ne semble pas figu-

234

rer en bonne place dans la liste de ses préceptes. Son leit-motiv serait plutôt : « Rejoins-nous et prie, car la fin des temps est proche ! »

— Il prédit l'apocalypse ?

— Depuis sept ans d'affilée, oui. Ses fidèles se rassemblent régulièrement pour un mois de jeûne, de prière et d'échangisme sexuel effréné... C'est du moins ce qu'on raconte.

— Excellentes techniques de recrutement, commenta Jon avec cynisme. J'imagine que la congrégation est en pleine expansion ?

— Le shérif a dénombré quatre cent soixante-quinze membres.

— Pas mal... Et de quelle origine ?

— Rien qui ressemble de près ou de loin à des terroristes du monde arabe si c'est à ça que tu penses. On trouve une majorité d'écolos et de hippies sur le retour. Plus des paumés de tous bords, apparemment. Avec quelques anciens militaires qu'Enaibre a connus au Viêt-nam.

— Enaibre était au Viêt-nam ? En tant qu'aumônier ?

Greenley secoua la tête, tandis que le chauffeur de taxi descendait pour faire pivoter le fauteuil roulant de Jon.

— Penses-tu ! En tant que colonel, mon cher ! J'ai d'ailleurs appris deux choses à son sujet qui pourraient nous intéresser. Enaibre avait la réputation, à l'époque, d'être un grand farceur. Il n'aimait rien tant que de monter de gros canulars. D'autre part, il avait un surnom qui va sans doute t'amuser...

— Lequel ? demanda Jon alors que le chauffeur redémarrait déjà.

— Je te le donne en mille : Prince !

Avec un sourire hilare, Greenley referma la portière et lui fit un petit signe de la main.

Prince... Un farceur... Furieux, Jon tapa du poing sur l'accoudoir de son fauteuil. Toute cette agitation pour quoi ? A cause des bouffonneries d'un ex-colonel ! Prince Enaibre... D'où lui était venu ce surnom, au fond ? Les sonorités évoquaient quelque chose de familier, mais quoi ?

Jon se pencha pour gratter Burton derrière l'oreille et la réponse lui vint d'elle-même : Prince Enaibre... Prince des Ténèbres. Il frissonna violemment.

— La voici, notre *Aphrodite*, déclara Sarraj en désignant fièrement le yacht.

— Impressionnant, commenta Demi avec une politesse forcée.

En vérité, Richard Sarraj commençait à lui sortir par les yeux ! Elle venait de passer deux heures à tenter de le raisonner pour qu'il modifie ses listes d'envoi. Rien à faire. Il lui avait répondu avec un large sourire qu'elle n'avait aucun souci à se faire. Les problèmes de marketing relevaient de sa compétence.

Quant au flacon et au conditionnement, mystère. Il tenait manifestement à garder le secret.

— Mais je sais que vous serez conquise, Demi. Je réponds de mon choix. Cessez donc de vous tourmenter, et dormez sur vos deux oreilles pour être belle le soir de la fête. J'ai la situation bien en main.

Pourquoi ne pouvait-elle se défaire du pressentiment tenace d'un désastre ? Pourquoi cette impression de chute vertigineuse, comme s'ils dévalaient une pente raide à bord d'un véhicule sans freins ? Demi secoua la tête et s'obligea à chasser ces idées sombres. A force de fatigue et de nuits brèves, elle finissait peut-être par délirer complètement ! En sortant du restaurant, elle demanderait à Richard de la déposer à Alluroma. Il lui restait si peu de temps pour achever « Septième Voile » ! Et elle sentait qu'elle touchait au but, qu'elle était à deux doigts d'atteindre le sublime.

Si seulement elle avait disposé d'une petite semaine supplémentaire !

— Comment accédez-vous au yacht, Richard ? demanda-t-elle d'un ton faussement détaché.

Si elle parvenait à voir le prince en tête à tête, il accepterait peut-être de l'écouter ?

— Lorsque je veux monter à bord, ils m'envoient une chaloupe, là-bas, expliqua-t-il en désignant une marina, côté Manhattan.

— Mais avez-vous songé que deux cents personnes sont invitées sur l'*Aphrodite* ? se récria-t-elle. Vous ne voulez tout de même pas les embarquer par petits groupes sur votre chaloupe !

Richard rit doucement en lui tapotant la main.

— Demi, mon petit, cessez donc de voir des problèmes partout. L'*Aphrodite* sera à quai pour accueillir ses invités, bien sûr, avant de faire une petite croisière. Je vous promets que tout se déroulera exactement selon notre plan.

Une heure plus tard, d'humeur exécrable, Jon attendait un appel de Greenley dans le hall d'entrée d'un cinéma. En rentrant chez lui, alors qu'ils venaient à peine de se séparer, il avait trouvé un message de l'agent sur son répondeur. Il tressaillit lorsque la sonnerie stridente retentit soudain tout près de ses oreilles.

— Allô, oui ? aboya-t-il.

— Jon ? bougonna l'agent dont l'humeur paraissait plus noire encore que la sienne. J'ai du nouveau. Et je te le dis tout de suite : rien que des mauvaises nouvelles.

Il était renvoyé dans l'Ouest — cette fois, avec plusieurs de ses collègues. Car la veille, un individu conduisant une camionnette de location avait acheté un engrais chimique en doses conséquentes, dans une coopérative agricole du Dakota du Nord.

— Et il semble que le type était d'origine moyen-orientale. Ou peut-être hispanique, le vendeur n'était pas très sûr. Voici la suite : exactement à la même heure, dans le Colorado, un type de même origine, même genre de camionnette, fait l'acquisition, sous une fausse identité, d'un autre fertilisant en quantité industrielle. Il suffit de mélanger les deux composants pour obtenir une bombe. Et ils ont là de quoi faire sauter un gratte-ciel.

— Simple coïncidence, peut-être.

— C'était également notre avis. Jusqu'à ce qu'un gars cambriole un entrepôt près d'une carrière dans l'Utah. Nature du vol : de la dynamite. Et le suspect qu'on a vu traîner dans le coin la veille était originaire...

— ... du Moyen-Orient, compléta Jon avec un soupir. Et tu penses que les trois devraient se retrouver sous peu ?

— Exact. Voilà pourquoi on a mis le maximum de gens sur le coup.

Jon se mordilla la lèvre.

— C'est bien gentil, mais ici, que faisons-nous ?

— Pas d'angoisse. Il reste neuf jours avant la réception. Vu le nombre d'agents impliqués, on devrait retrouver nos trois plastiqueurs dans un délai assez bref. En attendant, promets-moi une chose : tu te tiens tranquille, tu observes, et pas un mot à Landero sur ta véritable identité, d'accord ?

Jon pesta tout bas. A croire que Greenley lisait dans ses pensées ! Mais si Demi était en danger...

— Ça, je ne peux pas te le promettre.

— Dans ce cas, c'est vite vu. J'ai un seul coup de fil à passer et la police vient t'arrêter sous un prétexte quelconque. Ils te colleront en cellule et tu n'en bougeras plus. Je sais que tu es complètement subjugué par cette fille, mais pour nous, elle reste suspecte.

Jon lui raccrocha au nez. Il avait besoin de réfléchir. Et vite. Mais il savait déjà que Greenley le tenait en son pouvoir. Il aurait pu enlever Demi de force, l'enfermer quelque part et attendre que l'ouragan passe. Mais cela équivaudrait à faire échouer l'opération montée par Trace. Et si Sarraj renonçait à son projet présent pour recommencer ailleurs — plus discrètement et, cette fois, sans rencontrer d'obstacles — se pardonnerait-il jamais d'avoir été l'instrument indirect du désastre ?

238

Le téléphone sonna de nouveau. La voix de Greenley était glaciale :

— Il me reste deux minutes, alors sois bref : c'est oui ou c'est non ?

Il soupira.

— Je ne dirai rien à Demi. Mais tu t'engages à être de retour ici au minimum deux jours avant la réception.

— Marché conclu, maugréa l'agent d'un ton légèrement radouci.

Lorsque Jon arriva — à l'heure — le lendemain, Demi lui avait laissé un petit mot sur son bureau. Elle était sortie prendre son petit déjeuner et lui confiait deux nouvelles compositions à doser. Jon passa au labo, se hissa hors de son fauteuil, puis marcha jusqu'au plan de travail en poussant son tabouret. Jour après jour, l'état de son genou s'améliorait...

Demi revint juste au moment où il achevait son dernier mélange. Agitant la queue, Burton bondit à sa rencontre. Heureux chien ! Lui, au moins, pouvait se ruer vers elle ventre à terre. Regagnant son fauteuil, Jon suivit le même chemin que Burton — à une allure plus modérée. Il la trouva assise à son bureau, la joue posée sur ses bras repliés.

— Demi ?

Sans relever la tête, elle ouvrit les yeux et sourit.

— Bonjour.

Elle avait l'air d'une enfant somnolente. Jon se rapprocha. Si seulement il avait pu la prendre dans ses bras, la bercer sur ses genoux...

— Tu as dormi, cette nuit ?

— Quelques heures... Je suis un peu sonnée, mais je crois que je n'ai pas perdu mon temps. Tu as senti la nouvelle composition ?

— Pas encore.

— Jusqu'à présent, « Voile » avait un cœur trop noir,

trop violent, murmura-t-elle. J'ai gardé la colère, mais je crois que la tonalité est moins sombre. Enfin... j'espère.

Jon approcha une première mouillette et la posa près de son nez. Elle inhala doucement et poussa un petit soupir qui rappela à Jon leur unique nuit d'amour. Allait-il laisser le mensonge les séparer ? Ou une réparation restait-elle possible ?

— Et l'autre ? murmura-t-elle faiblement.

Il approcha la seconde touche. Les yeux clos, elle chercha à tâtons, jusqu'à ce que ses narines effleurent sa main.

— C'est celui-là, le bon, chuchota-t-elle. Oui, cette fois, nous y sommes... Juste une pointe d'encens supplémentaire, peut-être...

Elle sourit, sa respiration se fit plus ample et plus profonde. Elle dormait. Jon prit une mèche de cheveux noirs et la glissa derrière une oreille.

— Laisse, Jon... Je t'ai acheté quelque chose, murmura-t-elle d'une voix ensommeillée. Là... dans la boîte blanche. C'est un smoking pour la réception. Et je t'ai pris un pantalon de survêtement noir au cas où ça coincerait au niveau des plâtres.

Ainsi, elle n'avait encore rien remarqué.

— Merci.

— C'est Sarraj qu'il faut remercier. C'est lui qui paye la facture.

— Je suis invité, alors ?

— Bien sûr. Il tient à ta présence, même.

— Mmm... C'est flatteur.

Ainsi, Greenley avait raison. Sarraj avait bel et bien décidé d'agir à l'occasion de la réception. Mais rirait bien qui rirait le dernier ! Il était bien décidé à empêcher Demi et Kyle de monter à bord.

Comme elle s'assoupissait de nouveau, Jon n'y tint plus : il lui caressa doucement les cheveux et la nuque.

— Rentre te coucher, Demi, dit-il lorsqu'elle ouvrit les yeux. Tu es épuisée.

— Et laisser « Voile » inachevé ? Tu rêves ?

Elle allait finir par se tuer à la tâche. Et Sarraj devait se moquer d'elle, à la voir ainsi se démener pour créer son parfum-leurre. Pour cette seule raison, Jon l'aurait volontiers étranglé à mains nues.

— Tu ne crois pas qu'il est suffisamment réussi comme ça ?

Demi se redressa, repoussa sa main et lui jeta un regard hautain.

— « Suffisamment réussi » n'est pas un critère. C'est *parfait* qu'il doit être ! Tiens, refais-moi le mélange en dosant l'encens à 0, 7. Et dépêche-toi de me l'apporter.

20.

Ils travaillèrent d'arrache-pied ce jour-là, jonglant avec des doses infimes, silencieux et complices dans leur course éperdue vers la perfection. Le monde de Demi s'était réduit à un seul sens. Quant à Jon, il n'existait plus qu'à travers ses mains, qui œuvraient sans relâche au service de son odorat.

Inlassablement, il pesa et mélangea, tiraillé entre sa colère croissante contre Sarraj et son admiration pour Demi, qui créait avec la passion de l'artiste sur le point d'achever l'œuvre de sa vie. Devoir lui cacher la vérité devenait pure torture. Dire qu'elle aurait tout le temps de peaufiner son merveilleux parfum, lorsque cette sombre histoire serait enfin réglée !

A minuit, Jon finit par déclarer forfait et l'arracha à son ordinateur pour la mettre d'autorité dans un taxi. Le lendemain, il regagna son poste à 8 heures et la trouva dans le laboratoire, pipette en main, revêtue d'une blouse blanche, avec des cernes jusqu'au milieu des joues. Plus que sept heures de tâtonnements, de recherches et de doutes, et Sarraj serait là pour exiger la formule définitive...

A 13 heures, Jon lui apporta une mouillette qui la fit rire et pleurer à la fois.

— Ça y est ? demanda-t-il plein d'espoir lorsqu'elle esquissa un pas de danse. Nous y sommes ?

— Pas tout à fait... Mais cette fois, on tient vraiment le bon bout, Jon.

Demi fouilla dans son sac et en sortit un minuscule vaporisateur de poche.

— Ajoute de l'alcool à ce concentré et remplis-moi ça avec l'extrait créé, tu veux bien? J'ai envie de porter cette version.

Une demi-heure plus tard, ils se trouvèrent à court de café. Impossible de poursuivre sans ce carburant. Jon fila se réapprovisionner à l'épicerie du coin. Au retour, en sortant de l'ascenseur, il perçut la voix suppliante de Demi.

— Rien qu'une semaine, Richard... Une toute petite semaine, et vous aurez un parfum qui vous rapportera une fortune!

— Demi, ne faites pas l'enfant... Il est parfait ainsi.

— Non! J'approche du point d'équilibre, mais je n'ai pas encore atteint l'harmonie que je cherche!

— Vous êtes trop exigeante! Il n'y a pas une personne sur un million qui soit capable d'apprécier ces nuances.

Jon s'immobilisa dans l'encadrement de la porte au moment où elle tendait son poignet à Sarraj.

— Sentez-le vous-même! Je suis à deux doigts du but. Ce serait monstrueux de s'arrêter maintenant!

— Mmm... Merveilleux. Ça ira bien comme ça, Demi. Je vous assure.

Sans lui lâcher la main, Sarraj se tourna vers Jon.

— Dites-lui, vous, que « Septième Voile » est superbe tel qu'il est. Et bien assez bon pour le public américain.

Quel mépris! songea Jon, estomaqué.

Il hocha cependant la tête.

— Oui. « Septième Voile » me paraît assez bon.

— Jon! protesta Demi, horrifiée.

— Vous avez suffisamment travaillé comme ça, mademoiselle Landero, reprit-il. Si M. Sarraj le veut tel qu'il est... Le client est roi, non?

Demi lui jeta un regard meurtrier et se tourna de nouveau vers Sarraj.

— Vous avez une heure d'avance sur le rendez-vous fixé. Laissez-moi au moins ce délai-là. Juste une heure...

Mais Sarraj demeura inflexible.

— Impossible, Demi. Le fabricant m'attend pour procéder au mélange. Et nous n'aurons plus que la journée de demain pour fixer le gel sur les languettes. C'est une course contre la montre qui commence.

— Dans ce cas, nous ne vous retiendrons pas, trancha Jon en roulant jusqu'à l'ordinateur.

Il fit apparaître une page à l'écran.

Sans un mot, il lança l'impression et remit la formule à Sarraj. Celui-ci remercia avec un sourire suave, promit à Demi qu'il la conduirait sur l'Aphrodite le lendemain pour lui présenter le prince, et sortit à grands pas.

Resté seul avec Demi, Jon s'arma de courage et attendit l'explosion.

— De quel côté es-tu, au juste, Jon Sutter ?

— Du tien.

— Menteur ! Je ne veux plus te voir. Jamais. Sors d'ici, immédiatement ! Tu es viré, et ton cabot avec !

— Non.

Il fit la grimace lorsque le vase contenant son bouquet de lilas alla se fracasser contre la cloison.

— Allons déjeuner, Demi. Au champagne. Nous le méritons.

Encore sept jours à tenir avant la réception. Encore sept jours de mensonge à endurer...

— Du champagne ? Pour fêter un flop historique ? Laisse-moi mourir en paix, Sutter, puisque tu t'es associé avec mes assassins !

— Ecoute, je vais chercher ma veste et mon portefeuille, et on va commencer par sortir d'ici. Je reviens dans une seconde.

A son grand soulagement, elle acquiesça distraitement d'un signe de tête. Jon se dirigeait vers le laboratoire lorsqu'il entendit le téléphone.

Demi considéra l'appareil d'un œil sombre et, les bras croisés, attendit que le répondeur se mît en marche :

— Bonjour ! claironna une voix féminine inconnue. Il s'agit d'un message urgent — je répète : très urgent — pour Jon Sutt... euh, Jon Sutter. Si quelqu'un écoute, veuillez décrocher, s'il vous plaît.

Sourcils froncés, Demi s'empara du combiné. A qui appartenait cette belle voix de contralto sensuelle et enjôleuse ?

— Alluroma. J'écoute.

— Oui... Pourrais-je parler à Jon, s'il vous plaît ?

— De la part de qui ? s'enquit Demi, hérissée par le ton possessif de l'inconnue.

— Vous lui direz que c'est la serveuse du bar topless. Si vous avez Jon sous la main, dites-lui qu'il faut que je lui parle.

Ce dernier entrait sur ces entrefaites. Relevant orgueilleusement le menton, Demi lui tendit le combiné sans un mot et passa dans la kitchenette.

— Allô ? bougonna Jon.

— Bonjour, ma petite gueule d'amour... Tu te souviens de moi ? s'éleva une voix voluptueuse qu'il reconnut comme étant celle de sa sœur Emilie. J'ai des choses assez... osées à te dire.

Jon demeura un instant bouche bée. Comment sa sœur avait-elle eu son numéro ? Et pourquoi cette comédie absurde ?

— Je t'écoute, marmonna-t-il en se demandant si Demi pouvait l'entendre.

— Ce que je vais te raconter, mon lapin rose, est un peu trop brûlant pour les chastes oreilles de ta patronne. Tu peux te débrouiller pour me parler dans des conditions plus... privées ?

— Mmm... Ça a l'air d'être pressé, ma colombe ?

Trace ! C'était Trace qui avait dû donner ses coordonnées à Emilie. Et elle lui jouait ce numéro de vamp pour le cas où le téléphone d'Alluroma serait sur écoute.

— Fais vite, oui, roucoula Emilie. Je meurs d'impatience.

Autrement dit, il s'agissait d'une urgence.

— Je peux te rappeler chez toi? D'un endroit un peu plus tranquille? Dans une vingtaine de minutes, disons?

— Ce serait parfait... tout simplement parfait, mon trésor. Ta patronne a l'air assez possessive, au fait. Dois-je être jalouse?

Jon rit doucement et raccrocha. Demi, possessive? A en juger par le regard dédaigneux qu'elle tenait rivé sur lui en ce moment, Emilie se trompait complètement.

— Il faut que je m'absente, Demi.

— Oh, je t'en prie, prends ton temps. Tu mérites bien un moment de... détente.

— Je serai de retour dans une heure tout au plus.

— Comme tu voudras. Je m'en fiche complètement, rétorqua-t-elle d'un ton sec.

— Pas moi, lança-t-il par-dessus l'épaule en actionnant fébrilement son fauteuil en direction de la sortie.

Demi se calma les nerfs en allant ramasser les débris du vase. Les larmes aux yeux, elle prit le pauvre lilas fané qui gisait sur le sol.

— Comment a-t-il osé me faire ça, Burton? Remettre ma composition à Sarraj! Cette fois, la preuve est faite: Jon et lui sont de mèche... Mais cette femme, au téléphone? D'où sort-elle, celle-là?

D'un geste impatient, elle repoussa le chien qui la fixait de ses grands yeux bruns désolés.

— Oh, et puis, je ne sais pas pourquoi je te parle! Tu soutiens toujours ton maître, de toute façon!

Le téléphone sonna, et elle lâcha les éclats de verre. Jon? Elle décrocha, le cœur battant.

— Demi? C'est toi, mon petit?

Son grand-père! Les larmes aux yeux, elle enchaîna en français. Lorsqu'il eut fini de parler, elle demeura un instant sans voix.

— Tu es sûr?

— Absolument. Je me suis renseigné partout. Il n'y a pas un designer dans ce pays à qui on ait commandé de créer un nouveau flacon ces jours-ci. Tu es certaine que ton client a bien dit Paris?

— Sûre et certaine. Mais mon interlocuteur m'a bien l'air incompétent. C'est la première fois qu'il lance un parfum. Il prétend avoir la situation en main, mais plus ça va, plus je me rends compte qu'il fait n'importe quoi.

— Et le prince saoudien qui finance ton parfum? Tu connais son nom?

Demi se mordit la lèvre.

— A vrai dire, non. Mais je dois faire sa connaissance demain. Je crois que je vais essayer de m'arranger directement avec lui. Car j'ai créé un parfum, grand-père... Une merveille comme tu n'en as encore jamais senti.

Ils parlèrent quelques instants de « Voile ». Puis, au moment où ils allaient raccrocher, Demi n'y tint plus.

— Juste une petite question...

Son grand-père rit doucement. Depuis trente ans, c'était toujours lui qui l'avait aidée à voir clair dans les moments difficiles.

— Si tu aimais une femme qui ne répondait à aucun — strictement aucun — des critères que tu t'étais fixés, que ferais-tu?

M. Landero se mit à rire.

— La dernière fois que ça m'est arrivé, j'ai foncé sans hésiter. Et ça fait cinquante-cinq ans que ça dure. Quant à tes parents... Jamais couple ne fut aussi mal assorti. Et pourtant, je suis persuadé que si ton père avait vécu, le mariage durerait encore.

Demi ne répondit pas, car elle pleurait à chaudes larmes. Mais de soulagement, cette fois...

— Comment s'appelle-t-il, cet homme?

— Jon, murmura-t-elle, prenant plaisir à prononcer son nom.

— Jon? Mais c'est le nouvel assistant dont tu m'as parlé, non?

— C'est lui, oui. Tu vois un peu le problème. Il travaille pour moi. Avoue que toutes les conditions sont réunies pour que ça tourne au désastre entre nous !

— Mmm... Et tu en fais ce que tu veux, de ce garçon ? Il t'obéit au doigt et à l'œil ?

Demi ne put s'empêcher de sourire.

— Si seulement ! Je n'ai jamais rien pu en tirer.

Son grand-père poussa un grognement approbateur.

— Parfait. Viens donc nous rendre visite avec ton ami Jon dès que le parfum sera terminé. J'ai hâte de faire sa connaissance.

Le sourire qui flottait sur les lèvres de Demi disparut moins d'une minute après qu'elle eut reposé le combiné. Son parfum ! Son merveilleux parfum lui avait été arraché encore inachevé ! Mais elle ne se laisserait pas déposséder sans se battre. Il lui restait une dernière chance de sauver son œuvre.

Prenant place devant son ordinateur, elle composa une lettre, puis une seconde. Mais comment s'adressait-on à un prince, pour commencer ? Quelle était la formule de politesse de rigueur ? Exaspérée, elle froissa les deux lettres et les jeta à la corbeille. Le plus simple serait de se rendre à la marina la plus proche et de payer quelqu'un pour la conduire sur l'*Aphrodite*. Pendant que Sarraj était occupé en ville, elle pourrait s'expliquer avec le prince sans être dérangée. Et si cet homme était amoureux de l'art, de la beauté et du travail bien fait, elle trouverait le moyen de le convaincre...

— J'espère pour toi que tu avais de bonnes raisons de me déranger ! vociféra Jon lorsqu'il eut trouvé un téléphone sûr.

La voix de sa sœur Emilie avait perdu ses intonations langoureuses.

— Pas de bonnes raisons, non. Des raisons sinistres. Trace m'a appelée de Russie, il y a environ une heure. Il a marmonné je ne sais quoi au sujet d'une « catastrophe mondiale sans précédent ». Il était carrément féroce au téléphone.

Jon sentit une main de fer se resserrer sur sa poitrine.

— Il t'a donné des détails sur la catastrophe en question ?

— Pourquoi crois-tu que je t'appelle ? Il m'a ordonné froidement de noter tout ce qu'il me dicterait et de ne pas poser de questions. Je suis donc chargée de te transmettre que la fameuse caisse destinée à l'*Aphrodite* provient d'un laboratoire P4 — autrement dit, de très haute sécurité — qui a été démantelé, faute de fonds... Jon ?

Il continua à jurer avant de se ressaisir.

— Désolé. Continue, Emilie.

— Dans quelle horrible histoire Trace t'a-t-il entraîné ? J'ai cherché ce qu'était un laboratoire P4. C'est là qu'on stocke les germes mortels comme le virus ebola, l'anthrax, la peste bubonique et ce genre d'horreurs !

Jon essuya son front soudain trempé de sueur. Demi... Cette fois, quoi qu'il arrive, il ne la lâcherait plus d'une semelle !

— La suite, Emmie ?

— Deuxième point : le chercheur qui a remis la caisse aux livreurs de la mafia a disparu dans les montagnes de l'Oural avec quatre millions de dollars en poche. Trace est à sa recherche. Il veut le retrouver pour le faire parler. Il a besoin de connaître les techniques de conservation des micro-organismes concernés.

— Bien. C'est la première chose à faire, effectivement.

Personne n'entrait dans un local P4 sans se revêtir d'un casque et d'une combinaison spéciale. Si Trace parvenait à en apprendre plus sur les conditions de conservation du produit, il saurait par la même occasion où il était caché. Jon était prêt à parier que les virus se trouvaient dans le congélateur de l'*Aphrodite*, maquillés en nourriture.

— Autre point, Jon : Trace veut que je te fasse jurer de

250

ne rien tenter contre eux. Il reste encore sept jours. Tu ne touches à rien, surtout pas à un flacon dont tu ignorerais le contenu.

Sept jours avant la réception, oui. Sept jours avant que Sarraj et ses petits camarades ne s'amusent à contaminer mortellement deux cents invités de marque, pour les lâcher ensuite dans New York où ils propageraient l'épidémie fatale...

— Oh, Jon, je me fais un souci d'encre pour toi, murmura Emilie d'une voix tremblante. Je t'en supplie, n'y retourne pas !

— Trace a demandé que je quitte New York ?

— Non, justement ! C'est bien ce qui me chagrine. Il ne veut surtout pas que tu modifies ton comportement, au contraire. Tu continues comme si de rien n'était.

— Entendu. La dernière chose à faire serait de leur donner l'alerte en disparaissant brusquement.

Car s'ils se voyaient percés à jour, Sarraj et ses complices risquaient de se rabattre sur un plan d'urgence. Comme de lâcher le contenu de la caisse dans une rame de métro bondée, par exemple.

— Autre chose ?

— Oui. Vu l'ampleur que prend l'affaire, le FBI n'est plus seul sur le coup. Un groupe d'intervention spéciale va se rendre sur place, demain en fin de journée. Mais ils n'agiront pas avant d'avoir obtenu des consignes précises de manipulation. Donc l'attente risque de se prolonger encore quelques jours.

Jon se passa nerveusement la main dans les cheveux.

— Ça me paraît tout à fait logique. La moindre erreur d'appréciation pourrait être fatale. Et il faut qu'ils soient certains de démembrer tout le réseau.

— Dernier point : Greenley doit revenir ce soir. Il fera office d'agent de liaison avec l'équipe d'intervention spéciale. D'autre part, et c'est très important : il faut que tu quittes impérativement les lieux avant que l'équipe de super-flics intervienne. A aucun prix, tu ne dois te retrouver au milieu de la mêlée générale. Car ils vont tirer sur tout ce qui bouge.

Jon sentit un muscle tressaillir à l'angle de sa mâchoire.

— Et maintenant, écoute-moi, Emilie : tu vas rassembler tes chats et de quoi lire pendant quelques semaines, et tu files dans le Vermont. Ne dis rien à papa et maman, contente-toi d'inventer un prétexte. Tu as toujours été admirablement douée pour le mensonge et...

— C'est bon, économise ta salive, Trace m'a déjà tenu le même discours. Je me replie chez papa et maman, je fais le plein d'essence pour tous les véhicules, j'achète de la nourriture pour trois mois et je rentre un maximum de bois pour l'hiver, au cas où la civilisation s'effondrerait. Mais pour l'amour du ciel, rejoins-moi vite, Jon !

— Dès que possible, c'est promis... Et si tout va bien, je ne serai pas seul.

— Mmm... Ne me dis pas que tu comptes nous amener le glaçon que j'ai eu au téléphone ?

— Celle-là même. Mais elle n'est pas glaciale du tout, tu verras.

— J'espère que ce n'est pas une garce comme...

— Certainement pas. Elle a du caractère, mais c'est une femme de cœur... Et maintenant, en route, fillette. Et embrasse tout le monde.

Jon frissonna en reposant le combiné et se hâta de regagner son fauteuil. Demi... Vite. Il n'y avait plus une seconde à perdre.

21.

Lorsque Jon poussa la porte d'Alluroma, Burton se précipita à sa rencontre.

— Demi ?

Silence.

— Où est-elle, Burton ? Ne me dis pas que tu l'as laissée partir !

Le téléphone sonnait. Le cœur battant d'espoir, il se précipita pour répondre. Mais ce n'était que Kyle, malheureusement.

— Kyle ? Oui, ça va, et toi ? dit-il machinalement, en se penchant pour lire le mot que Demi avait laissé pour lui sur sa table de travail.

« Je suis partie pour la journée. D. »

Jon sentit le nœud d'angoisse se durcir dans son ventre. Pourquoi avait-il fallu qu'elle parte précisément aujourd'hui sans indiquer sa destination ?

— ... et voilà. C'est de plus en plus bizarre, non ?

— Euh... Quoi ? Pardon ?

Kyle soupira bruyamment.

— Tu ne m'écoutais pas, Jon ? Bon, je recommence : Sarraj a retenu de nouveaux fichiers pour le mailing. Et le choix est de plus en plus étrange. Il veut envoyer notre pub ciblée à toutes les femmes âgées entre vingt et soixante ans, dans une région bien précise, notamment les environs de Washington. Leur revenu est beaucoup trop bas, mais ça n'a pas l'air de lui poser de problèmes.

Les cheveux de Jon se dressèrent sur sa tête.

— Quels autres fichiers bizarres a-t-il choisis pour le mailing ? demanda-t-il d'une voix sourde. Demi ne m'en a pas parlé.

— Voyons... l'armée, par exemple : tous les officiers, hommes et femmes, au-dessus du grade de capitaine. Tu vois des femmes militaires de carrière porter « Septième Voile », toi ?

Lorsque Kyle eut fini de décliner les différentes catégories visées par Sarraj, Jon marmonna un vague merci et reposa lentement le combiné. Il était tétanisé sur son siège. Cette fois, tout était clair — d'une clarté terrifiante. *Prince des Ténèbres*. L'homme était fou à lier, mais génial. Avec un extraordinaire talent d'illusionniste, il avait multiplié les indices pour créer de fausses pistes — terrorisme arabe, pseudo-prince saoudien — pendant qu'il mettait au point sa machination infernale.

Dès le lendemain, lorsque les brochures de Kyle partiraient par la poste, le sort du monde serait joué. Chaque petite languette parfumée porterait la contagion. Et qui fallait-il frapper pour décimer un pays le plus efficacement possible ? La police et l'armée, bien sûr. Les médecins qui, touchés, ne seraient plus en mesure de combattre l'épidémie. Les enseignants, qui contamineraient leurs élèves, puis les parents ; les hôtesses de l'air, qui dissémineraient le mal aux quatre coins du globe. Une hécatombe rondement menée...

A tout prix, il fallait mettre Demi en sécurité avant l'intervention des forces spéciales. Car les super-flics ne feraient pas dans la dentelle lorsqu'ils sauraient que le sort du monde était menacé. Ils frapperaient sans discernement, et tant pis pour les quelques innocents fauchés au passage.

Lorsque le téléphone sonna, Jon arracha le combiné de son socle.

— Ah, quand même ! vociféra-t-il. Où te caches-tu, bon sang ?

— Je vous demande pardon ? répondit une voix d'homme amusée au fort accent français.

— Euh, désolé, je croyais que...

— Vous devez être Jon, je suppose ? Ici Alec Landero, le grand-père de Demi. Puis-je lui parler ?

— Désolé, elle s'est absentée. Si vous souhaitez que je prenne un message...

— Volontiers. Suite à notre conversation téléphonique, tout à l'heure, j'ai réservé deux places sur le vol Paris-New York de demain soir. Pourriez-vous noter notre heure d'arrivée, s'il vous plaît ?

— Bien sûr.

Ne trouvant aucun papier à portée de main, Jon en sortit un de la corbeille, le défroissa et s'empara d'un stylo. Il se figea net lorsque son regard tomba sur les premiers mots d'une lettre.

« Votre Altesse... »

Bon sang ! Elle avait entrepris d'écrire au prince imaginaire de Sarraj !

— C'est noté ? demanda le grand-père de Demi.

— Euh... oui, marmonna Jon en sortant une seconde lettre de la poubelle.

— Encore une petite chose, précisa le vieil homme d'une voix soudain tranchante. Si j'apprends que vous faites souffrir ma petite-fille, sachez que je vous arracherai le cœur sans pitié !

Malgré son angoisse, Jon faillit sourire.

— Ce ne sera pas nécessaire, monsieur. Je ne désire que son bonheur. Mais vous n'auriez pas une idée, par hasard, de l'endroit où elle pourrait se trouver ?

Le vieil homme réfléchit un instant.

— Si vous voulez mon avis, elle est allée rendre visite à son prince saoudien. Et je vous avoue que je ne suis pas tranquille. C'est pour cette raison que j'ai décidé de la rejoindre à New York avec ma femme. J'aurais préféré qu'elle ait un homme pour la soutenir.

— Elle en a un. J'y vais de ce pas.

Demi à bord de l'*Aphrodite*... Elle s'était fourrée droit dans la gueule du loup. Que faire? Appeler le groupe d'intervention spéciale? Mais s'ils se voyaient menacés, Sarraj et ses complices n'hésiteraient pas à se servir d'elle comme otage. Et cela, c'était un risque qu'il ne pouvait se permettre de prendre.

Jon déglutit et retrouva sa voix.

— Monsieur Landero? J'aurais besoin d'une personne fiable pour passer un coup de fil à minuit, heure de New York.

S'il n'avait pas sauvé Demi d'ici là, il serait grand temps de penser au reste de l'humanité...

— Drôle de course au trésor que vous organisez là, commenta le chauffeur de taxi qui avait aidé Jon à faire ses achats dans la quincaillerie, cinq minutes avant l'heure de fermeture. Des cordes, des cadenas, des chaînes, des butoirs de porte!

— Merci de m'avoir donné un coup de main, en tout cas, dit Jon en vérifiant sa liste. Vous avez trouvé la peinture?

— Oui. J'ai pris une bombe rose fluo.

— Parfait.

Jon avisa alors un adolescent qui passait.

— Stop! Arrêtez-vous! Il me faut absolument ce sac à dos.

Le taxi freina brutalement, et la transaction fut conclue en moins d'une minute. Jon consulta sa montre. Depuis combien de temps Demi était-elle à bord? La pensée qu'elle se trouvait seule entre les mains de ces fous furieux le rendait fou d'anxiété.

Parvenu près de Battery Park, Jon donna cent dollars au chauffeur pour qu'il lui garde Burton. Jusqu'au lendemain, si tout allait bien.

Dès qu'il fut seul devant les grilles de la marina, Jon

scia la chaîne et descendit la rampe pour rouler jusqu'aux quais déserts. Il ne lui restait plus, à présent, qu'à « emprunter » un kayak pour deux personnes. Puis, le tout serait de trouver le courage de monter à bord et de pagayer...

Le grand salon de l'*Aphrodite* offrait une vue extraordinaire sur Manhattan. Debout devant une fenêtre, Demi contemplait la statue de la Liberté toute proche, sur fond de tours illuminées. Dans son dos, elle sentait le regard des deux hommes fixé sur elle. Un regard malveillant, ironique.

Le pire des deux, c'était le dénommé Adam Enaibre, cet individu d'une beauté diabolique qui l'avait accueillie à bord pour lui annoncer, une fois son bateau-taxi reparti, qu'elle ne trouverait pas le prince sur l'*Aphrodite*. Le prince effectuait, semblait-il, des démarches en ville avec Sarraj. Mais qu'elle se mette à l'aise, surtout. L'attente ne serait pas longue...

Attentive à dissimuler son malaise, Demi se tenait droite comme un i, avec un sourire hautain aux lèvres. Mais intérieurement, elle se sentait apeurée. Pourquoi cette sensation de terreur, comme si un danger de mort la guettait sur ce grand bateau blanc au luxe ostentatoire ? Oh, Jon... Où était-il donc ? Si seulement elle l'avait prévenu de ses intentions ! Car même s'il était mêlé d'une façon ou d'une autre à cette histoire, elle savait qu'en dernier ressort, Jon serait de son côté. Il y avait entre eux un lien puissant, un lien de chair et d'amour.

Alors que cet Adam Enaibre était son ennemi. Elle en avait désormais la certitude. Son expression avait été ouvertement moqueuse lorsqu'elle lui avait parlé du prince. Existait-il seulement, ce royal rejeton sans nom et sans visage ? A mesure que les heures s'écoulaient avec une lenteur décourageante, le doute, peu à peu, s'insinuait en elle.

— Ils ne vont pas tarder, dit Enaibre avec un sourire insolent. Laissez-moi vous offrir à boire pour distraire votre attente.

Demi secoua la tête.

— Non merci, vraiment.

— Vous avez tort, fit remarquer Bob, le steward, d'un ton sarcastique.

Elle frissonna. Que lui voulaient ces deux hommes ? Pourquoi faisaient-ils peser cette menace sur elle ? Enaibre sortit une bouteille de vin rouge du bar et disposa trois verres sur un plateau.

— Pouvez-vous m'indiquer les toilettes ? s'enquit Demi avec hauteur.

Ce serait toujours un moyen de gagner du temps en attendant le retour de Sarraj.

— Mais certainement. Descendez l'escalier sur votre gauche.

En bas, elle tomba sur une cabine de luxe avec salle de bains attenante. Il y avait trois hublots, mais ils paraissaient trop étroits pour qu'elle pût se glisser à l'extérieur. Avec un léger frisson, Demi entra dans la salle de bains et se regarda sévèrement dans le miroir ciselé qui surmontait une vasque en marbre. Elle aurait pu passer la journée avec Jon et Burton, à flâner dans les rues. Pourquoi était-elle venue se jeter dans ce piège ?

Elle se remit du rouge à lèvres et glissa ses clés et son vaporisateur dans les poches de son tailleur. Son beau parfum... Dire qu'elle était venue dans l'intention de convertir le prince à sa cause en lui jouant un numéro de charme !

Si elle ôtait sa veste de tailleur, peut-être parviendrait-elle à sortir par le hublot du fond ? Elle se glissa hors de la salle de bains et s'immobilisa net. Enaibre l'attendait dans la chambre avec deux verres à la main. Coincée...

Evitant de jeter les yeux sur le grand lit à deux places, Demi s'avança à sa rencontre en lui adressant son plus beau sourire.

— Oh, comme c'est gentil ! Vous n'auriez pas dû !

Elle accepta le verre qu'il lui tendait et y plongea le nez. Arômes de fruits... bouquet... tanins... Mais aussi, comme une pointe d'amertume chimique ! Un vent de panique souffla sur elle lorsque l'odeur inconnue frappa ses narines. Ainsi, ses pressentiments se confirmaient. Ces deux individus essayaient bel et bien de la droguer.

— Quel bateau magnifique, dit-elle d'une voix rauque en faisant tinter son verre contre celui d'Enaibre. Vous me le faites visiter ?

Enaibre hocha la tête.

— Si je vous offrais une croisière ? Trois mois, ça vous irait ?

— Impossible, j'aurais le mal de mer.

Elle porta le verre contre ses lèvres closes et laissa couler un filet de vin sur sa veste de tailleur.

— Oh, zut ! Regardez-moi ce désastre ! Quelle idiote, je fais !

Se rapprochant d'Enaibre, elle posa la main sur sa poitrine.

— Vite ! De l'eau de Seltz ! J'imagine qu'elle est là-haut ?

Plongeant sous son bras, elle remonta au pas de course vers le salon. Dans son dos, elle l'entendait qui suivait à distance, en riant ouvertement de sa maladresse. Mais l'essentiel, pour le moment, c'était d'avoir échappé au tête-à-tête dans la chambre à coucher.

— Voyez un peu comme je me suis arrangée ! lança-t-elle au steward. Vous n'auriez pas une serviette ou un mouchoir ?

Enaibre se dirigea vers le bar en secouant la tête d'un air amusé.

— Et une eau de Seltz pour Madame ! annonça-t-il pendant que Bob cherchait un mouchoir dans sa poche.

Demi en profita pour intervertir son verre avec celui du steward, puis tamponna le col de son tailleur avec de l'eau de Seltz.

Elle but sagement le verre de vin de Bob et soutint une conversation animée pendant une bonne vingtaine de minutes, sous l'œil de plus en plus perplexe d'Enaibre. Bob, lui, commençait à dodeliner de la tête et à bâiller discrètement.

Le cœur lourd, Demi se leva et recommença à faire le guet devant la fenêtre. Devant ses yeux, majestueuse, se dressait la grande statue verte — symbole d'une liberté tristement inaccessible.

« Il n'y a pas de rochers dans le port... Pas de rochers dans le port », se répétait Jon comme un mantra. Ce n'était pas l'eau qui suscitait son angoisse, avait-il fini par comprendre. Ni même les kayaks. Sa peur panique était uniquement liée aux rochers contre lesquels la rivière rapide l'avait jeté, dans un fracas d'os brisés...

D'autres dangers, cependant, le guettaient dans l'obscurité : les énormes bateaux qui descendaient vers l'océan, portés à une vitesse terrifiante par leur puissance et par la force du courant. Invisible dans son embarcation minuscule, il devait se montrer d'une vigilance sans faille. Car il n'y aurait plus personne pour sauver Demi s'il se faisait couper en deux par un pétrolier.

Une fois qu'il eut dépassé Ellis Island, le trafic se fit moins dense. Il contourna l'île où se dressait la statue de la Liberté. Le yacht mouillait plus au sud, mais il avait l'intention de l'aborder par l'ouest. Dans l'épreuve qu'il allait tenter, aucune erreur ne lui serait permise. Comme pour escalader une montagne, il aurait à garder la tête froide et à choisir avec soin chacune de ses prises.

Il regarda sa montre. 22 h 55. Avec une force redoublée, il plongea sa pagaie dans les eaux noires. Plus qu'une heure pour la sauver !

« Oh, Demi, mon amour. Tiens bon... »

260

22.

Greenley avait raison : l'*Aphrodite* était une splendeur. Tout en admirant le yacht, Jon fit mentalement le compte de ses adversaires. Enaibre, d'abord. Puis le skipper, bien sûr, un ancien de la marine. Voyons... Pas d'embarcation à la poupe. Il manquait donc quelqu'un à bord. Sarraj, sans doute, toujours occupé à mettre au point les derniers détails de son mailing maléfique...

Qui d'autre, alors, aurait-il à affronter ? Un cuisinier, assurément, compte tenu des dimensions de ce palace flottant. Un steward, pour le standing. Un second pour assister le capitaine... Mais il y avait une petite chance pour que ce dernier eût accompagné Sarraj à quai. Donc, il aurait quatre personnes à maîtriser dans le meilleur des cas. Cinq, si le sort lui était contraire. A cette heure-ci, tout le monde devait vaquer, à l'intérieur. Le capitaine se trouvait à son poste, sur la passerelle, puisqu'il y avait de la lumière là-haut. Priant pour que personne ne l'entendît, Jon fit discrètement le tour du yacht pour repérer l'agencement du bateau. *A priori*, la porte ovale, sous la cheminée, devait ouvrir sur la salle des machines. Et il y avait de fortes chances pour que la cuisine fût juste à côté.

Le kayak glissa sous la ligne de mouillage tendue par le courant et s'immobilisa à la poupe. Pas de gardien en vue. Jon passa non sans mal du petit bateau au grand et retint un cri lorsque ses genoux heurtèrent la coque. Une fois assis, il hissa son fauteuil roulant hors du kayak et faillit perdre ses pinces coupantes dans la manœuvre. Ses mains tremblaient lorsqu'il les récupéra de justesse. Sans cet outil, c'était tout son plan qui tombait à l'eau. Une fois remis de ses émotions, il monta sans difficulté sur le pont arrière qui lui offrait une vue sur un vaste salon.

Demi... Elle était là — bien vivante — plantée devant une fenêtre, tournant le dos au bar. Alors seulement, Jon comprit à quel point il avait été tenaillé par la peur à son sujet. Vue ainsi, à distance, elle paraissait infiniment fragile.

Jon hésitait à l'appeler lorsqu'il vit un homme s'approcher d'elle. Grand, blond, athlétique. Enaibre, à n'en pas douter. Le frère adoptif de Sarraj passa un bras autour des épaules de Demi. Elle se dégagea d'un geste hautain et s'éloigna. Enaibre lui jeta un regard mauvais et lui emboîta le pas. Tous deux disparurent de sa vue.

Les mâchoires de Jon se crispèrent. Il n'y avait plus une minute à perdre. Il hissa son fauteuil roulant sur le pont après avoir fait glisser le kayak à bâbord.

S'il voulait tirer Demi de là, il faudrait jouer serré. Le fauteuil était juste assez étroit pour se glisser entre le bastingage à sa gauche et la cabine à droite. Tête baissée, il progressa sans être vu, juste en dessous du niveau des fenêtres.

« Attention, les gars ! Le vengeur à roulettes est lancé ! »

La porte ovale en aluminium qu'il avait repérée donnait bel et bien sur la salle des machines. Jon l'ouvrit doucement et constata qu'il aurait une échelle à emprunter pour parvenir en bas. Première épreuve et pas des moindres, vu l'état de ses jambes ! Avec la pince coupante coincée sous un coude, il se laissa descendre en évitant de faire porter trop de poids à son genou droit. Une fois au sol, il prit une profonde inspiration. A présent, il se donnait cinq minutes pour faire le maximum de dégâts. Plaçant les mâchoires de son coupe-boulon sur une des buses à injection, il se mit à sectionner allègrement les conduits reliant les moteurs aux filtres et aux réservoirs.

Et voilà... Qu'il survécût ou non à cette nuit, le yacht n'irait pas plus loin. Jon s'aperçut qu'il souriait. Une dernière fois, il repéra l'emplacement de l'interrupteur. Puis il examina l'alarme qui — logiquement — devrait se déclencher dans la timonerie et alerter le capitaine et l'équipage sans troubler la sérénité des passagers. Il sortit alors la bombe de peinture de son sac. Rose fluorescent. Il ne lui restait plus qu'à apposer sa signature en priant pour que les poissons mordent à l'appât...

Il s'agissait à présent de trouver un endroit où se cacher en attendant que le piège fonctionne.

Jon remonta l'échelle, poussa la porte adjacente à celle qu'il venait de franchir et se trouva dans une coursive avec, au fond, des marches menant au pont supérieur. A sa droite, il entendit un cliquetis de couverts et un bruit d'eau courante. Ainsi, il ne s'était pas trompé : c'était bien la cuisine, avec son chef en pleine action.

A sa gauche, il trouva la cache qu'il recherchait : une petite pièce feutrée qui devait faire office de bibliothèque. Il y dissimula son fauteuil roulant, puis redescendit en salle des machines. Son cœur se mit à battre à coups redoublés. Il inspecta une dernière fois son œuvre peinte en rose sur la paroi opposée, puis il prit une profonde inspiration et déclencha l'alarme. Il entrait dans la phase critique de son plan. Les nerfs tendus à se rompre, il partit de nouveau à l'assaut de cette maudite échelle. S'il ne s'extirpait pas de ce trou à la vitesse du vent...

Parvenu à l'avant-dernier barreau, il se cogna si violemment le genou qu'il fut à deux doigts de s'évanouir. Se mordant la lèvre jusqu'au sang, il finit de se hisser à la force des poignets et sautilla sur un pied jusqu'à sa cachette. Déjà des voix se faisaient entendre, des pieds dévalaient les marches en provenance du pont supérieur.

— Qu'est-ce qui se passe, bon sang ?

— Sûrement un faux contact !

Combien étaient-ils en tout ? Deux ? Trois ? Quelques secondes plus tard, Jon entendit une exclamation stupéfaite. Du haut de l'échelle, l'équipage venait de découvrir son œuvre : un immense cœur rose, avec l'inscription « JC aime DL » à l'intérieur.

« Et maintenant, les enfants, le piège va se refermer ! » Jon retourna à cloche-pied jusqu'à la porte ovale et sortit de son sac à dos une chaîne, un cadenas ainsi qu'un flacon. Sans bruit, il ouvrit la porte et vit trois hommes penchés sur un moteur : le skipper, son assistant, et le cuisinier qu'une curiosité bienvenue avait attiré sur les lieux.

Jurant en abondance, le capitaine leva les yeux. Leurs regards se croisèrent, la mâchoire inférieure du marin s'affaissa, et Jon laissa tomber sa petite bouteille. De l'essence absolue de narcisse de qualité supérieure.

« Cadeau d'Alluroma, mes petits chéris. Avec les compliments de la maison. »

Le capitaine poussa un hurlement et se rua vers l'échelle. Jon appuya sur l'interrupteur, referma le panneau, et passa la chaîne autour de la roue qui assurait l'étanchéité de la porte. Toujours sur un pied, il sautilla pour fixer l'autre extrémité de la chaîne à une rampe en métal sur sa droite. Au même moment, la porte se mit à bouger de l'intérieur. Se jetant contre le panneau de tout son poids, il parvint à placer le cadenas à temps. Ouf !

« Amusez-vous bien, les gars ! » L'absolu de narcisse ne les tuerait pas, car la ventilation était excellente. Mais les émanations puissantes devraient les calmer quelque temps. Il ne restait plus qu'à déclencher la seconde phase de son plan. A cloche-pied, il se dirigea vers la cuisine.

Toujours à son poste devant la fenêtre, Demi voyait la scène dans son dos se refléter sur la vitre. Avec un frisson d'angoisse, elle nota qu'Enaibre se penchait sur Bob et le secouait par l'épaule. Il souleva la tête du steward et la laissa retomber. Bob ouvrit un œil, le referma et continua à ronfler de plus belle. Demi se fit violence pour ne pas se mettre à trembler.

— Pas mal, pour une poupée de votre genre, commenta Enaibre avec un sourire ouvertement cynique.

Demi arqua un sourcil.

— Je vous demande pardon ?

— Que guettez-vous donc aussi désespérément ? Mon petit frère ? Mais ce n'est pas Richard qui vous tirera de là, ma belle. De nous deux, c'est moi qui commande. Depuis toujours.

Demi serra les poings.

— En fait, ce sont mes amis que j'attends, déclara-t-elle crânement. Ils ne devraient pas tarder à arriver.

Enaibre la prit par les épaules et la fit pivoter vers lui.

— Quels amis ?

— Kyle Andrews et ses collègues de chez Madison, Hastings et Gurney, répondit-elle d'un ton léger en soutenant son regard. Et mon assistant, bien sûr. Jon est chargé d'apporter le champagne. Nous avons décidé d'offrir une petite fête au prince.

Enaibre la fixa un instant en silence puis renversa la tête en arrière et éclata de rire.

— On ne vous a jamais dit que vous étiez une piètre menteuse ?

Vexée, Demi serra les lèvres et se laissa tomber dans un fauteuil, les bras croisés sur la poitrine.

— En vérité, vous auriez grand besoin de vous détendre, ma chère, ajouta Enaibre en lui servant un second verre de vin.

Puis, ostensiblement, il sortit une boîte de cachets et en mit deux dans sa paume. Avec un sourire railleur, il les fit tomber dans la boisson.

Jamais ! songea Demi en promenant un regard effaré autour d'elle. Ce fut alors qu'un objet insolite attira son attention : une balle roulait sur le tapis, comme si une main magique l'avait envoyée dans sa direction. Elle ouvrit des yeux ronds. Ce n'était pas une balle, en fait, mais une orange ! Innocent comme un jouet d'enfant, le fruit vint heurter le pied de son fauteuil et s'immobilisa.

Enaibre, toujours souriant, mélangeait sa mixture à l'aide d'une petite cuillère. Demi se pencha pour placer son sac à main de façon à dissimuler l'orange. Ses narines captèrent alors une odeur inattendue.

De la civette ? Pas possible !

Et pourtant si ! Sa propre civette de synthèse, la même que Burton, un jour, avait répandue sur... Oh, Jon... Il était donc venu la sortir de là ! Demi se leva avec désinvolture et se dirigea vers le bar afin de distraire l'attention d'Enaibre. Restait maintenant à décrypter son message, songea-t-elle fiévreusement. Si Jon était venu seul, il n'avait aucune chance. Non seulement Enaibre pesait une bonne dizaine de kilos de plus que lui, mais ses jambes étaient en parfait état de marche.

Avec une courbette ironique, Enaibre posa le verre devant elle.

— Buvez à ma santé, ma belle.

Elle lui décocha un sourire enjôleur.

— Je vous propose un marché : vous m'expliquez ce qui se passe et ensuite j'avale votre mélange. Ça marche ?

— Avalez d'abord, et j'expliquerai ensuite.

Secouant la tête, Demi se leva et retourna vers la fenêtre. Enaibre la suivit, verre en main.

— Buvez, maintenant. C'est un ordre.

Elle se retourna, prit le verre, lui sourit poliment... et lui vida le contenu sur les pieds. Erreur, comprit-elle aussitôt. Enaibre ne semblait avoir attendu que cette excuse pour agir : avec un large sourire, il lui attrapa les épaules et l'attira brutalement contre lui. De l'avant du bateau, un bruit sourd et prolongé se fit alors entendre. Enaibre sursauta et tourna la tête. Du coin de l'œil, Demi vit la statue de la Liberté s'écarter et s'éloigner sereinement.

— Hé !

Il lui fallut une seconde pour comprendre que le yacht

était en mouvement. Chassant d'abord d'un côté, il repartit en sens contraire pour reprendre sa position initiale.

Enaibre jura à voix haute lorsque le même bruit sourd et prolongé résonna de nouveau à l'avant.

— Qu'est-ce qui se passe ? demanda-t-elle.

— C'est la chaîne de l'ancre qui se déroule hors du puits à chaînes ! Il y a un problème !

Jon ! comprit Demi, impressionnée. Il était sans doute à l'origine de cette manœuvre de diversion. Enaibre s'élança puis s'immobilisa pour lui jeter un regard noir.

— Vous ne bougez pas d'ici, vous m'entendez ?

Avec un large sourire, elle prit place sur le canapé et croisa les jambes.

— Où voudriez-vous que j'aille ? Si j'étais bonne nageuse, il y a déjà longtemps que je serais à l'eau.

Enaibre lui tapota la joue.

— Parfait. La nuit promet d'être intéressante, vous verrez.

Demi s'essuya la joue, attendit quelques instants pour le laisser prendre de l'avance, puis partit sur ses traces en priant pour que Jon ne fût pas venu seul. Alors qu'elle traversait un petit hall, l'odeur de civette lui frappa de nouveau les narines. Cela venait de la cuisine.

— Jon ? chuchota-t-elle.

Ses yeux se remplirent de larmes. Plus à cause de l'émotion qu'en raison de l'action corrosive de la substance odorante. Elle trouva le message de Jon sous une coupe de fruits.

« Si tu m'aimes, passe à l'arrière du bateau, monte dans le kayak que tu trouveras à ta gauche et attends. Si quelqu'un d'autre que moi survient, détache-toi et tâche de regagner le quai.

PS : Si tu ne m'aimes pas, suis exactement les mêmes consignes. »

**

Dans la cuisine, Jon avait trouvé un verre ainsi qu'une bouteille de champagne entamée. Comme le disait toujours Greenley : « Arrange-toi pour qu'ils te sous-estiment. » Assis dans son fauteuil roulant, à l'avant du yacht, il posa son verre plein sur le pont et but une gorgée de champagne à la bouteille. Mmm... Pas mauvais du tout. Il versa du liquide pétillant dans ses paumes et s'aspergea les cheveux et le visage. Voilà. Ainsi paré, il ne lui restait plus qu'à attirer Enaibre dans ses filets...

Le guindeau qui servait à actionner l'ancre était un très joli modèle à l'ancienne avec une roue qui — lorsqu'on la tournait à l'inverse du sens des aiguilles d'une montre — laissait se dérouler la chaîne entièrement. Il y eut d'abord une légère hésitation lorsque le courant frôla la proue. Puis le bateau partit à la dérive.

La ligne de mouillage produisait un beau vacarme, claquant sur le pont puis cliquetant furieusement. Dans la salle des machines, le capitaine devait s'arracher les cheveux. Mais l'entendait-on de l'arrière, au moins ? Jon laissa filer trente pieds de chaîne puis vira en sens inverse pour bloquer le mouvement.

Le yacht se redressa de nouveau. Il regarda sa montre. Minuit et une minute. Si Alec Landero, conformément à ses instructions, était en train d'expliquer la situation à Greenley au téléphone, combien de temps leur restait-il avant l'arrivée des forces de frappe ? Une demi-heure ? Peut-être un peu plus ? Bon sang, mais que fabriquaient Enaibre et ses éventuels acolytes ? Peut-être appartenaient-ils, eux aussi, à l'espèce de ceux qui tirent d'abord et posent des questions ensuite ? A trôner ainsi à l'avant, il offrait une cible commode s'ils décidaient de le descendre d'entrée de jeu. Mais il était un peu tard, désormais, pour se poser ce genre de questions...

A la dernière seconde, Jon pensa à sortir ses lunettes de la poche de son smoking et les plaça sur son nez. Avec sa bouteille de champagne à la main, il avait l'air inoffensif au possible.

Un bruit de pas précipités se fit entendre. Enaibre, enfin.

Jon lui adressa son plus beau sourire.

— Je suis désolé, mais je crains d'avoir fait un brin de casse. Ça ne fonctionne pas du tout comme sur le rafiot de mon beau-frère.

Il tourna la roue et le yacht oscilla de nouveau. Avec une exclamation rageuse, Enaibre vint se pencher au-dessus de lui.

— Qui êtes-vous ?

— Le préparateur de Demi. Jon Sutter. Désolé si j'arrive en retard pour la fête... Oh là, quel vacarme ! Je n'aurais jamais dû toucher à ce machin. Tenez, prenez ça, je vais essayer de remédier au problème.

Il tendit la bouteille de champagne à Enaibre et actionna le treuil à fond sur la gauche.

— Ah voilà, c'est mieux. Enfin... Oups ! Qu'est-ce que je dis ? ça n'a pas vraiment l'air de s'améliorer.

Le yacht chassa à bâbord.

— Je crois que j'ai vraiment fait du grabuge. Tant pis, on boit un coup ?

Il leva son verre et fit mine de le porter à ses lèvres. Revenu de sa stupeur première, Enaibre laissa éclater sa fureur.

— Poussez-vous de là immédiatement, sinistre imbécile !

Son fauteuil bloquait la roue, et le bateau dérivait de plus belle.

— Désolé, vraiment.

Enaibre repoussa le fauteuil et se pencha pour redresser la situation en jurant copieusement. La chaîne grinça, cessa de se dérouler, puis se tendit de nouveau. Enaibre émit un grognement de satisfaction et tourna la tête vers lui, les lèvres retroussées en un curieux rictus. Jon sourit niaisement, et lui jeta le contenu de son verre en plein visage.

Juste une petite dose de civette pure. Il savait d'expérience quel effet produisait cette substance...

Enaibre poussa un cri et porta les mains à ses yeux.

Sortant le flacon de sa poche, Jon lui versa le restant sur les cheveux et les épaules. Puis il tira prestement la chaîne qu'il cachait dans son fauteuil et l'enroula deux fois autour de son cou. A l'aide d'un cadenas, il fixa le tout à la chaîne de l'ancre.

Il se releva hors d'haleine en se tenant au guindeau et sautilla jusqu'à son fauteuil.

— J'ai une seule question à poser et je vous laisse tranquille : où sont les virus ?

S'ils avaient déjà été lâchés quelque part, il était peut-être encore temps de les neutraliser. Pour toute réponse, Enaibre hurla et lui décocha un coup de pied dans les tibias. Jon grimaça de douleur et recula.

— C'est terminé pour vous, Enaibre. Personne ne va venir à votre secours. Alors économisez votre souffle, et crachez le morceau.

Pour toute réponse, Jon reçut une nouvelle bordée d'insultes. A ce train-là, ils en avaient pour des heures. Et Sarraj pouvait arriver d'un instant à l'autre. Sans parler du groupe d'intervention spéciale armé jusqu'aux dents.

Serrant les dents, Jon se déplaça jusqu'au guindeau et libéra la chaîne de quelques centimètres. Se sentant emporté, Enaibre poussa un hurlement de terreur.

— Vous savez ce qui va se passer si je la laisse filer, n'est-ce pas ? Vous pourriez ne pas apprécier la façon dont vous seriez broyé contre le pont...

Jamais, même pour un empire, il n'aurait fait une chose pareille. Mais un type prêt à décimer l'humanité serait sans doute réceptif à un pareil ultimatum. Le visage décomposé, Enaibre poussa une sorte de couinement pathétique et, toute superbe oubliée, fournit les renseignements demandés. Le virus se trouvait dans une bouteille scellée stockée dans l'usine de Sarraj. Dès le lendemain, elle devait être remise aux ouvriers qui l'auraient mélangée en toute innocence aux autres composants du concentré. Une fois les languettes parfumées fabriquées puis scellées, tous ceux qui auraient manipulé le mélange

270

seraient morts quatre jours plus tard, à peu près au moment où les échantillons seraient arrivés dans les boîtes aux lettres de leurs destinataires. Quant à l'*Aphrodite*, il était prévu qu'elle prenne le large bien avant la réception, avec des vivres à bord pour trois mois.

Charmant programme, songea Jon en remerciant Enaibre pour ces informations. Enchaîné et défait, le Prince des Ténèbres n'avait plus rien de maléfique. Jon bloqua la roue de façon à la stabiliser, et fila vers l'arrière du bateau en priant pour que Demi eût pu grimper à bord du kayak sans encombre.

Etait-ce l'effet du vin, de l'angoisse, ou des deux combinés ? Il fallut dix minutes à Demi avant de commencer à analyser la situation de façon lucide. Jon était venu seul !

— Oh, mon Dieu !

Elle plongea au fond du kayak pour récupérer ses escarpins et remonta à bord du yacht. Direction la cuisine, pour commencer ! Elle trouverait bien un couteau suffisamment pointu pour...

— Hep là ! fit la voix de Jon juste au-dessus d'elle.

— Oh, Jon...

Grimpant à sa rencontre, elle se raccrocha à ses épaules et lui couvrit le visage de baisers. Il sentait le champagne, la civette... et lui-même. Une merveilleuse odeur, à la fois grisante et rassurante ; une odeur indispensable et nécessaire, comme le sel de la terre, comme le soleil et l'éternité.

— Ne me dis surtout pas que tu t'es mesuré seul à ce type horrible... à cet Enaibre ! Oh, Jon... Tu avais une arme, au moins ?

— Des armes à ma façon, oui. Viens vite. Nous n'avons pas une minute à perdre.

Il ne l'en attira pas moins contre lui, le temps d'un baiser. Lorsqu'ils se séparèrent enfin, elle le dévisagea, au bord du vertige.

271

— Qui es-tu, Jon Sutter ? demanda-t-elle dans un souffle.

Au moment même où elle posait la question, Demi comprit que la réponse était sans importance. Tant qu'il continuerait à l'embrasser comme il l'embrassait, les explications pouvaient attendre.

— Plus tard, ma chérie. Il est minuit largement passé.

— Et tu vas te transformer en citrouille ?

— En passoire, plutôt, si nous ne partons pas d'ici au grand galop. Tu peux m'aider à descendre ?

Elle le vit grimacer de souffrance lorsqu'elle lui tendit la main pour le hisser hors de son fauteuil.

— Quand as-tu réappris à marcher ? demanda-t-elle, stupéfaite, en glissant un bras autour de sa taille.

Jon laissa échapper un petit rire.

— Si on peut appeler ça marcher... Mais je reconnais que c'est un progrès.

Ils descendirent en chancelant. Jon poussa un soupir de soulagement en prenant place dans le kayak.

— Tu es blessé ! s'exclama-t-elle, malade d'inquiétude, en faisant tomber sur lui une nouvelle pluie de baisers.

— Rien de bien méchant. Eloignons-nous d'ici, Demi.

Il lui effleura la joue lorsqu'elle se pencha vers lui, les joues ruisselantes de larmes.

— Demi, ne pleure pas. Je vais bien, je t'assure. Monte dans le kayak.

Toujours perchée sur le yacht, elle se pencha pour reprendre l'escarpin qu'elle venait de perdre. En se redressant, elle eut un coup au cœur : un petit bateau à moteur glissait dans leur direction. Sarraj se tenait à bord.

Jon jura tout bas et tenta de s'extirper du kayak.

— C'est Sarraj, Jon, murmura-t-elle. Tu travailles pour lui ?

Le regard incrédule dont il salua sa question constituait en lui-même une réponse.

— Reste tranquille, chuchota-t-elle. Je me charge de Sarraj.

— Demi, non ! Il est dangereux.

Dangereux ? Eh bien, on allait voir ce qu'on allait voir ! Les mains enfoncées dans les poches de son tailleur, Demi attendait de pied ferme. Sarraj sauta à bord et fronça les sourcils en voyant Jon dans son kayak.

— Vous avez eu tort de l'emmener ici avec vous, Demi, dit-il sèchement. Où sont les autres ?

— Quelque part là-haut. Nous nous apprêtions à partir.

— Désolé, mais c'est impossible. Retournez dans le salon et servez-vous à boire, Demi. Je vous rejoins dans une minute pour vous expliquer la situation.

— Et Jon ?

— Il reste ici, rétorqua Sarraj d'une voix dure. Allez, maintenant, ma chère. Il n'est plus temps de traîner.

— Fais ce qu'il te dit, ordonna Jon d'une voix sourde.

Pour le laisser seul avec Sarraj ? Plutôt mourir ! Agrippant Sarraj par les épaules, elle planta son regard dans le sien.

— Tu m'aimes, Richard ?

Une question propre à déstabiliser n'importe quel homme digne de ce nom. Richard cilla, balbutia un « peut-être » pendant que la main de Demi se crispait sur son vaporisateur de poche.

— Dommage, murmura-t-elle en lui envoyant une giclée de « Voile ».

Touché aux yeux, Sarraj vacilla. Au même moment, elle lui donna un coup de genou bien placé et le poussa à l'eau. Eclaboussée par sa chute, elle s'ébroua comme un chat et se glissa dans le kayak.

— Qu'est-ce qu'on fait, Jon ? On le tire de là ? Il ne sait peut-être pas nager ?

— Pour l'amour du ciel, dégageons d'ici ! cria Jon en détachant le kayak. Ils s'apprêtaient à introduire un virus mortel dans ton parfum !

— Quoi ?

Demi faillit en tomber par-dessus bord.

— C'est donc ça qu'ils complotaient ! Mais c'est monstrueux !

— Je ne te le fais pas dire. Mais apparemment, Sarraj aura la vie sauve. Ces cocos-là se chargeront de le repêcher.

Du menton, Jon désigna le nord. Il fallut quelques instants à Demi pour distinguer les lumières mouvantes qui se détachaient peu à peu de celles de la ville. Un hélicoptère — non, deux. Et encore un troisième, là-bas, comme des petits insectes aux yeux rouges.

— Qui sont-ils, Jon ?

Le kayak fila le long de l'*Aphrodite* et se dirigea vers la rive. Jon pagayait comme un fou furieux. Un projecteur illumina alors le ciel juste au-dessus du yacht, soudain baigné d'une lumière irréelle. Comme ils passaient au pied de la statue, Demi repéra une vedette qui se dirigeait à pleine vitesse vers l'*Aphrodite*. Accrochés à des filins, des silhouettes noires se laissaient descendre des hélicoptères sur le yacht. Le kayak contourna l'île et un grand calme redescendit sur les eaux noires. Jon souleva sa pagaie et poussa un grand ouf.

— Jon ?

— C'est un groupe d'intervention spéciale. La gendarmerie maritime, le FBI, la police de New York, probablement. Tous unis pour cueillir ce petit monde à bord.

Il était hors d'haleine. Elle se pencha en arrière pour lui effleurer le visage, et il lui embrassa les doigts un à un.

— Un virus mortel dans mon parfum, chuchota-t-elle, sous le choc. D'où cette hâte, ces bizarreries... Mais comment comptaient-ils procéder, Jon ?

En quelques phrases, il lui expliqua tout : les noires prédictions du « prince des Ténèbres », le projet machiavélique qu'Enaibre et Sarraj avaient été chargés de mettre en œuvre, les languettes parfumées qui auraient dû semer l'universelle destruction.

Demi en avait le vertige. Son beau parfum détourné en instrument de mort !

— Tu le rebaptiseras, Demi, murmura Jon comme s'il

lisait dans ses pensées. Tu auras tout le temps, désormais, pour parfaire ses accords... Avec l'aide d'Hector !

— Car tu es préparateur en pharmacie comme je suis championne olympique de course à pied, soupira-t-elle. Et maintenant, venons-en aux faits : qui es-tu, Jon Sutter ? Un employé des services de l'Immigration ?

Il éclata de rire et reprit sa pagaie.

— Un agent du FBI ?

L'aviron plongea dans l'eau noire. Jon sourit en secouant la tête.

— Le croiras-tu ? Voici ma carte de visite : professeur d'archéologie à l'université de Princeton. Chimiste à mes heures. Passionné de fouilles.

Demi se retourna vers lui et se pencha au risque de les faire chavirer.

— Attention, Jon ! Si tu mens encore... ou si tu oses plaisanter, je te fais couler ! Et maintenant, la vérité ?

— La vérité, c'est tout ce que tu auras à attendre de moi désormais. Rien d'autre.

Erreur. Elle attendait déjà autre chose de lui ! Demi ferma les yeux et sourit rêveusement. Pendant les heures interminables passées sur l'*Aphrodite*, elle avait eu amplement le temps de faire et de refaire le compte des jours. Et d'en tirer des conclusions évidentes...

Mais elle partagerait ce beau secret avec lui plus tard. Se penchant un peu plus encore, elle effleura ses lèvres. Le kayak oscilla, et ils s'écartèrent l'un de l'autre en riant.

— Et maintenant, ton identité véritable ! Surtout, ne me dis pas que je te connais sous un prénom d'emprunt ?

Comment pourrait-elle jamais l'appeler autrement que par ce nom de Jon qu'elle en était venue à chérir ? Pour elle, il était Jon à jamais. Son Jon à elle, tendre, un peu fou, avec des mains magiques, un esprit acéré, d'inépuisables ressources. Son Jon qu'elle voulait à ses côtés, compagnon de vie et père de ses enfants. Jon, son fol amant...

— A une petite nuance près, je reste le même, admit-il en riant. Mon vrai nom est Jon Sutton.

Demi Sutton? Mmm... Oui, cela ne sonnait pas si mal. Elle garderait « Demi Landero » pour un usage professionnel.

— Jon Sutton, murmura-t-elle en se retournant pour effleurer la coupure sur sa joue.

— Pour vous servir, madame.

— Mmm... J'espère bien. Jusqu'à la fin de tes jours, mon cher. Et puisque je ne serai plus appelée à te revoir dans mon laboratoire, comment conçois-tu la suite de notre programme?

— Après les interminables interrogatoires qui nous attendent, tu veux dire? Lorsque nous aurons rassuré tes grands-parents qui arrivent demain soir, et que ton grand-père aura pu constater par lui-même que je suis un gentil garçon, dont il n'aura pas à arracher le cœur comme il a menacé de le faire?

Demi éclata de rire. Ainsi, Jon et Alec avaient déjà été en contact?

— Tu as fait connaissance avec mon grand-père?

— Téléphoniquement, oui. Il n'a pas l'air commode.

Un sourire se dessina sur les lèvres de Demi. Le kayak fendait joyeusement les flots. Jamais le monde ne lui avait paru aussi beau.

— Mon grand-père est tout simplement féroce. Je pense d'ailleurs qu'il va t'obliger à m'épouser. Ça t'inquiète?

— Terriblement, mais tu connais ma nature docile.

— Justement oui, parlons-en! C'est bien ce qui me fait craindre pour l'avenir. Et une fois passées toutes ces épreuves?

Le rire de Jon se fit sensuel.

— Je nous prescris du repos, pour commencer. Un stage au lit d'au moins une semaine, avec interdiction de faire autre chose que l'amour... Pour la suite, nous nous organiserons. Tu me feras tester tes fragrances et je te ferai connaître le désert... Si tu veux bien, précisa-t-il avec une pointe d'hésitation dans la voix.

Demi ferma un instant les yeux. Le sable... la nuit... l'infini du ciel. Elle hocha la tête.

— J'ai toujours rêvé de découvrir les odeurs du désert. Et à propos d'odeurs, nous rebaptiserons mon parfum ensemble, puisque c'est un peu notre enfant commun ?

A l'arrière du kayak, il y eut un moment de silence.

— Notre premier enfant commun, oui, murmura Jon d'une voix que la tendresse étranglait. Que dirais-tu d'« Aventure » ? Pour les bébés à venir, nous verrons au fur et à mesure, non ?

Au prix d'une manœuvre périlleuse, Demi se retourna pour lui voler un nouveau baiser. « Aventure », oui, le nom était trouvé pour ce parfum pas tout à fait comme les autres...

Un beau nom pour une fragrance dont chaque accord, chaque couleur parlaient de la naissance d'un grand amour.

Chère lectrice,

Vous nous êtes fidèle depuis longtemps?
Vous venez de faire notre connaissance?

C'est pour votre plaisir que nous avons
imaginé un rendez-vous chaque mois
avec vos auteurs préférés, vos
AUTEURS VEDETTE dans les
collections Azur et Horizon.

Les AUTEURS VEDETTE vous
donneront rendez-vous pour de
nouveaux livres vedette.

Pour les reconnaître, cherchez
l'étoile... Elle vous guidera!

Éditions Harlequin

HARLEQUIN

LE FORUM DES LECTEURS ET LECTRICES

CHERS(ES) LECTEURS ET LECTRICES,

VOUS NOUS ETES FIDÈLES DEPUIS LONGTEMPS?

VOUS VENEZ DE FAIRE NOTRE CONNAISSANCE?

SI VOUS AVEZ DES COMMENTAIRES, DES CRITIQUES À
FORMULER, DES SUGGESTIONS À OFFRIR, N'HÉSITEZ
PAS… ÉCRIVEZ-NOUS À:
        LES ENTERPRISES HARLEQUIN LTÉE.
        498 RUE ODILE
        FABREVILLE, LAVAL, QUÉBEC.
        H7R 5X1

C'EST AVEC VOS PRÉCIEUX COMMENTAIRES QUE NOUS
ALLONS POUVOIR MIEUX VOUS SERVIR.

DE PLUS, SI VOUS DÉSIREZ RECEVOIR UNE OU
PLUSIEURS DE VOS SÉRIES HARLEQUIN PRÉFÉRÉE(S)
À VOTRE DOMICILE, NE TARDEZ PAS À CONTACTER LE
SERVICE D'ABONNEMENT; EN APPELANT AU
(514) 875-4444 (RÉGION DE MONTRÉAL) OU 1-800-667-4444
(EXTÉRIEUR DE MONTRÉAL) OU TÉLÉCOPIEUR
(514) 523-4444 OU COURRIER ELECTRONIQUE:
AQCOURRIER@ABONNEMENT.QC.CA OU EN ÉCRIVANT À:
        ABONNEMENT QUÉBEC
        525 RUE LOUIS-PASTEUR
        BOUCHERVILLE, QUÉBEC
        J4B 8E7

MERCI, À L'AVANCE, DE VOTRE COOPÉRATION.

BONNE LECTURE.

HARLEQUIN.

VOTRE PASSEPORT POUR LE MONDE DE L'AMOUR.

ROUGE PASSION

De fiévreuses histoires d'amour sensuelles!

De provocantes histoires d'amour passionnées et romantiques qu'on lit d'une seule traite. Aventureuses, parfois humoristiques, et sensuelles, elles mettent en vedette des hommes et des femmes d'aujourd'hui.

ROUGE PASSION... quatre nouveaux titres chaque mois.

COLLECTION
HORIZON

Des histoires d'amour romantiques qui
vous mènent au bout du monde!

Découvrez la passion et les vives
émotions qu'apportent à la Collection
Horizon des auteurs de renommée
internationale!

Captivantes, voire irrésistibles, ces
histoires d'amour vous iront
assurément droit au coeur.

Surveillez nos quatre nouveaux titres
chaque mois!

La COLLECTION AZUR

Offre une lecture rapide et

- ☑ stimulante
- ☑ poignante
- ☑ exotique
- ☑ contemporaine
- ☑ romantique
- ☑ passionnée
- ☑ sensationnelle!

COLLECTION AZUR . . . des histoires
d'amour traditionnelles qui vous
mènent au bout du monde!
Six nouveaux titres chaque mois.

GEN-AZ

HARLEQUIN

En août, on vous tente avec un livre SUPER PASSION de la série Rouge Passion.

Les livres SUPER PASSION sont un peu plus sensuels et excitants, mais toujours l'amour triomphe des contraintes, de dilemmes et vient réchauffer votre coeur comme une caresse.

Une histoire SUPER PASSION chaque mois, disponible là où les romans Harlequin sont en vente !

RP-SUPER

Composé sur le serveur d'EURONUMÉRIQUE, à MONTROUGE
PAR LES ÉDITIONS HARLEQUIN
Achevé d'imprimer en mai 2001

BUSSIÈRE

GROUPE CPI

à Saint-Amand-Montrond (Cher)
Dépôt légal : juin 2001
N° d'imprimeur : 12356 — N° d'éditeur : 8801

Imprimé en France